KB131719

여행자

Der Reisende
by Ulrich Alexander Boschwitz

Copyright © 2018 by Klett-Cotta - J.G. Cotta'sche Buchhandlung Nachfolger GmbH, Stuttgart

All rights reserved. No part of this book may be used or reproduced in any manner whatever without written permission except in the case of brief quotations embodied in critical articles or reviews.

Korean translation copyright © 2021 by Viche, an imprint of Gimm-Young Publishers, Inc.
Korean edition is published by arrangement with Literarische Agentur Michael Gaeb, Berlin through BC Agency, Seoul.

이 책의 한국어판 저작권은 BC 에이전시를 통한 저작권자와의 독점 계약으로 비채에 있습니다.
저작권법에 의해 한국 내에서 보호를 받는 저작물이므로 무단전재와 무단복제를 금합니다.

여행자

DER REISENDE

I

울리히 알렉산더 보슈비츠 _전은경 옮김

작품 소개

'우리'라는 울타리의 폭력

울리히 알렉산더 보슈비츠는 1915년 베를린에서 태어났다. 뉘른베르크 법(반유대주의법)으로 유대인의 권리가 박탈되고 재산이 몰수된 1935년에 스칸디나비아로 이주했고, 1937년 여름에 첫 소설《삶의 옆에 있는 사람들(Menschen neben dem Leben)》을 스웨덴어로 출간했다.

《여행자》는 저자의 두 번째 소설로, 1938년 대규모의 유대인 박해 사건인 '수정의 밤' 소식을 듣고 사 주 만에 쓴 소설이다. 1939년에 영국에서, 1940년에는 미국에서 출간됐으나 당시 국가사회주의자*들이 정권을 잡은 독일에서는 당연히 출간될 수 없었다.

소설의 주인공 오토 질버만은 베를린에 거주하는 유대

* '국가사회주의 독일 노동자당', 일명 '나치당'의 이념을 추종하는 이들.

인 사업가로, 제1차 세계대전에 군인으로 참전했으며 나치가 정권을 잡기 전까지는 베를린에서 존경받는 시민이었다. 이름에서만 유대인임이 드러날 뿐, 외모나 정서는 오히려 아리아인에 가깝다. 그러나 1938년에 벌어진 수정의 밤 이후 박해는 더욱 심해지고, 도주했어야 함을 알았을 때는 이미 늦었다. 유대인이 합법적으로 해외 이주하는 일이 사실상 불가능해진 것이다. 그는 고발과 공격의 위험에 처한 채 겁에 질려 기차로 독일을 떠돈다.

저자는 주인공이 기차로 도주하면서 심리와 이성이 망가지는 며칠을 느린 호흡으로 묘사한다. 질버만은 기차가 움직이니까 자기는 안전하다고, 자기는 지금 독일에 있는 게 아니라고 믿는다. 또한 부당한 줄 알면서도 같은 처지인 유대인을 싫어한다. 자기 외모는 전형적 유대인과는 다르고, 유대인이 이렇게 많지 않다면 자기 자신은 안전했을 테니까. 여행에 지친 여행자는 이 미친 세상을 어떻게 대해야 할지 더는 알지 못한다.

울리히 알렉산더 보슈비츠는 1939년 제2차 세계대전이 발발하기 직전 영국으로 망명했다. 그는 다른 독일인들과 마찬가지로 영국 수용소에 격리됐다가 1940년에 오스트레일리아 포로수용소로 이송됐다. 1942년 10월에 영국으로 돌아오는 배에 탔으나, 이 배가 독일 잠수함이 쏜 어뢰에 맞아 침몰하면서 죽음을 맞았다.

영국과 미국에서 출간된 이후 저자가 직접 교정한《여행자》의 앞부분은 무슨 이유에서인지 어머니에게 전해지지 않았고, 교정 중이던 뒷부분은 침몰한 배와 함께 사라졌다. 이 책의 발행인이자 편집자 페터 그라프의 작업은 잊힌 원고의 재발견에 큰 비중이 있는데, 그는 저자의 조카에게서《여행자》초고가 1960년대 후반부터 독일국립도서관 망명 기록 문서실에 있다는 정보를 얻는다. 이 작품은 유족의 동의하에 그의 편집을 거쳐 2018년에 독일어로 처음 출간됐다.

저자는 소설의 배경인 1938년 박해 당시에는 이미 외국으로 망명한 상태였지만, 나치가 유럽 전역으로 세력을 넓힘에 따라 새로운 땅에 정착하지 못하고 쫓겨 다녔다. 그리하여 이 소설은 자전적 성격을 띠고 있으며, 유대인 당사자의 초기작이라는 점에서 큰 의미를 지닌다.

책을 옮기며 마음이 먹먹하고 안타까웠다. 주인공은 예전에 미미하게나마 존재하던 망명 기회를 다 잃고, 경제적 기반은 물론 정신마저 시시각각 무너져내린다. 법률의 보호만 받지 못하는 게 아니라 스스로 천민이 되었다고 생각한다. 오래 걸리는 불행 앞에서 그는 생각이라는 걸 더는 하지 않기로 결심한다. "생각하는 습관을 버렸어요. 그게 모든 것을 견디기에 가장 좋은 방법이지요."

이 책의 출간을 준비하는 사이 팬데믹이라는 새로운 일상을 마주했다. 두려움 앞에서 인간은 나와 남을 구별하고픈 충동을 느낀다. 오늘 우리 사회는 '우리'라는 울타리와 그 너머에 있는 타인을 어느 정도나 구분 지으며 살아갈까. 타인에게 가해지는 부당함에 얼마만큼 무감각할까. "나는 유대인을 좋아하지도, 미워하지도 않아요. 관심이 없습니다. (……) 그들이 뭔가 부당한 일을 겪는다면 유감이긴 하지만 놀라지는 않습니다. 세상사가 다 그래요. 한쪽이 파산하면 다른 쪽은 성공하는 법입니다." 주인공에게 집을 사려는 아리아인이 하는 말이다. 유대인이라는 이유만으로 체포되는 일이 일상이 된 상황에서 객관이나 중립을 가장한 무관심은 얼마나 강력한 불의인가. 이때의 무위(無爲)는 사실상 무력(武力)이다.

지쳐서 여행을 그만두려는 여행자는, 모든 것을 견디기 위해 생각을 그만둔 우리 사회의 유대인은 누구일까.

2021년

전은경

DER REISENDE

희망이 있는 자만 살아남지
앞을 더는 못 보는 자는
떠나기 전에 이미
정신을 포기한 것

_울리히 알렉산더 보슈비츠

• 모든 주는 옮긴이주입니다.
• 인명과 지명은 국립국어원 외래어표기법을 따르되 현지 발음을 고려해 표기했습니다.
• 책 말미의 '발행인 후기'는 이 소설을 독일에서 출간한 현지 편집자가 독일어판에 게재한 글입니다.

1

베커는 자리에서 일어나 시가를 재떨이에 털었다. 재킷 단추를 채운 후, 질버만의 어깨에 조심스럽게 오른손을 얹었다.

“자, 오토. 잘 지내게. 나는 내일 아마 베를린에 또 올 걸세. 뭔가 일이 생기면 함부르크로 전화하게.”

질버만은 고개를 끄덕이며 당부했다.

“부탁 하나만 하겠네. 또 도박하러 가지 말게. 자네는 사랑에서는 아주 운이 좋지만, 도박에서는 아니지 않나. 그리고 자네가 잃어버리는 건…… 우리 돈이라네.”

베커는 짜증 난 표정으로 웃었다.

“왜 자네 돈이라고 말하지 않지? 내가 언제 한 번이라도…….”

“아니, 그런 말이 아닐세.”

질버만은 다급하게 베커의 말을 막았다.

"자네도 알다시피 그냥 농담한 걸세. 하지만 자네는 정말 경솔해. 일단 도박을 시작하면 멈추질 못하니 말이야. 게다가 큰돈까지 지니면……."

질버만은 말을 멈췄다가 차분한 어조로 다시 이었다.

"나는 자네를 전적으로 믿네. 이성적인 사람이니까. 하지만 자네가 도박판에서 잃는 한 푼 한 푼이 정말 아까워. 우린 동업자 아닌가. 자네가 자네 돈을 잃으면 내 돈을 잃은 것처럼 속상하다네."

짜증으로 일그러졌던 베커의 넓적하고 순한 얼굴이 다시 활짝 펴졌다.

"오토, 우리가 연극할 필요는 없지 않나. 내가 돈을 잃으면 당연히 자네 돈을 잃는 거지. 내 돈은 없으니까."

베커는 끼룩거리며 웃었다.

"우리는 동업자야."

질버만이 재차 강조하자 베커도 이번에는 진지하게 대답했다.

"물론 그래. 그런데 왜 내게 부하 직원 대하듯 말하지?"

"감정이 상했나?"

질버만이 물었다. 그의 말투에는 풍자와 충격이 슬쩍 섞여 있었다.

"말도 안 되는 소리."

베커가 아첨하듯 말했다.

"자네와 알고 지낸 지 얼만데! 서부전선에서 삼 년, 그리고 이십 년 동안 동업하며 서로 의지한 사이 아닌가. 자네가 내 감정을 상하게 할 리 있나. 기껏해야 짜증을 좀 돋울 뿐이지."

그는 질버만의 어깨에 다시 손을 얹고는 힘찬 목소리로 말을 이었다.

"오토, 이런 위험한 시대, 이런 불확실한 세상에서 믿을 건 단 하나, 우정뿐이라네. 남자들의 우정! 친구, 명심하게. 나에게 자네는 사나이, 그것도 유대인이 아니라 독일 사나이라네."

"아니, 아니지. 나는 유대인일세."

베커는 거친 말을 강한 말이라고 착각하는 경향이 있었다. 그래서 그가 투박하고 솔직하게 말하느라 기차를 놓칠까 걱정된 질버만은 얼른 끼어들었다. 그러나 베커는 감상에 휩싸인 이 시간을 단 일 초도 놓치지 않으려 했다.

"자네에게 할 말이 있네."

베커는 친구가 여러 번 초조한 티를 냈는데도 전혀 신경 쓰지 않고 또 입을 열었다.

"나는 국가사회주의자야. 내가 자네에게 사실을 숨긴 적은 한 번도 없어. 자네가 다른 유대인들처럼 진짜 유대인이었다면 나는 아마 자네의 대리인이었겠지. 동업자는 절대 하지 않았을 걸세! 나는 유대인 사회에 끼어들어 유대인 노릇 하는 이방인이 아니야. 한 번도 그런 적 없네. 하지만 자네는 아리아인인데 뭔가 잘못되어 바뀐 거야. 나는 그렇게 확신하네. 마른 전투와 이제르 전투, 솜 전투*. 우리 둘은 사나이였지! 그런데도 누군가 자네를…….”

질버만은 종업원을 찾아 두리번거리며 베커의 말을 가로챘다.

“구스타프, 자네 기차 놓치겠어!”

“놓치거나 말거나.”

베커는 자리에 주저앉으며 감상에 빠져 말했다.

“자네와 맥주 한 잔 더 마시고 싶네.”

질버만은 주먹으로 테이블을 슬쩍 내리치고는 짜증 난 목소리로 대꾸했다.

“식당차에서 퍼마시게. 나는 이제 거래하러 가야 하니.”

베커는 화가 나서 거칠게 숨을 내쉬었다.

“뭐, 그러시든가.”

그러고는 느릿하게 말을 이었다.

* 모두 제1차 세계대전 중 일어난 전투.

"내가 반유대주의자라면 이런 명령 투를 용납하지 않았을 걸세. 안 하고말고! 아무도 나에게 명령하지 못해! 자네만 빼고 말이지."

그는 다시 일어나 테이블에서 서류 가방을 챙겨 들었다. 그러고는 껄껄 웃으며 말했다.

"그런데 이런 자가 유대인이라니!"

베커는 연기하듯 과장스럽게 머리를 흔든 뒤, 질버만에게 재차 고개를 까닥하고 일등칸 대기실을 나섰다.

질버만은 그의 뒷모습을 걱정스레 바라봤다. 베커는 비틀거리며 걷다가 테이블에 부딪쳐 어설프게 몸을 일으켰다. 심하게 취하면 늘 비틀대는 사람이었다.

자기 역할을 소화하지 못하는 거야. 질버만은 생각에 잠겼다. 계속 대리인을 시켜야 했어. 구스타프는 대리인으로서는 믿을 만하고 말수도 적고 반듯하고 아주 훌륭한 동료였어. 하지만 그는 행운을 감당하지 못해. 그가 사업을 망쳐버리면 안 되는데. 도박하러 가면 안 돼!

질버만은 이마를 찡그리며 불쾌한 표정으로 중얼댔다.

"행운이 그를 무능하게 만들었어."

아까 두리번거렸을 때는 보이지 않던 종업원이 드디어 나타났다.

"여기는 기차를 기다리는 곳입니까, 아니면 종업원을 기다리는 곳입니까?"

날림으로 하는 일이라면 다 혐오하는 질버만이 날카롭게 물었다.

"죄송합니다."

종업원이 사과했다.

"이등칸에 계신 어떤 신사분이 앞자리에 앉은 사람이 유대인 같다고 불만을 제기하셔서요. 알고 보니 유대인이 아니라 남아메리카인이었어요. 제가 에스파냐어를 조금 할 줄 알아서 불려 갔지요."

"알았습니다."

질버만이 자리에서 일어났다. 입은 일직선으로 굳게 닫고, 잿빛 눈동자로는 종업원을 엄하게 쏘아보았다.

종업원이 그를 살살 달랬다.

"정말로 유대인이 아니었어요."

종업원이 안심시키듯 말했다. 앞에 있는 손님이 아주 엄격한 당원이라고 짐작한 모양이었다.

"상관없습니다. 함부르크 행 기차가 벌써 출발했나요?"

종업원은 플랫폼에 걸린 시계를 출구 너머로 건너다보았다.

"19시 20분이라."

이렇게 중얼거리고는 말을 이었다.

"마그데부르크 행 기차가 막 출발하겠군요. 함부르크 행은 19시 24분 출발입니다. 서두르시면 탈 수 있을 겁니다. 저도 기차 여행을 하고 싶지만, 우리 같은 사람은 할 일이 많아서……."

그는 냅킨으로 테이블에서 빵 부스러기를 떨어내다가, 앞서 하던 이야기를 다시 꺼냈다.

"사실 유대인이 노란 완장을 두르면 가장 좋겠지요. 그러면 적어도 혼동할 일은 없을 테니 말입니다."

질버만이 그를 노려보았다.

"정말 그 정도로 잔인하신 겁니까?"

나지막하게 묻던 그는 말하는 도중에 후회했다.

종업원은 무슨 소리냐는 듯이 그를 바라봤다. 인종학에 따른 유대인 외모 특징이 질버만에게서는 전혀 보이지 않았으므로, 그는 의심할 생각은 못 한 채 그저 어리둥절하기만 했다.

그러다가 조심스럽게 다시 입을 열었다.

"뭐, 저랑은 상관없습니다. 하지만 다른 사람들에게는 편리하겠지요. 예를 들어 제 매형은 유대인과 약간 비슷하게 생겼는데, 당연히 아리아인입니다. 하지만 모든 사람에게 설명하고 증명해야 하지요. 이런 걸 오래 견디라고 할 수는 없어요."

"그렇겠지요."

질버만은 그에게 동의한 후 음식값을 지불하고 나왔다.

말도 안 돼, 정말 말도 안 된다고……. 그는 생각에 잠겼다.

역에서 나와 택시를 타고 집으로 향했다. 거리는 행인으로 가득했고 군복 입은 사람도 많이 보였다. 신문팔이들이 신문을 사라고 목청껏 외쳤다. 굉장한 판매고를 올리는 것 같았다. 신문을 한 부 살까 잠시 고민하다가, 자신에게 나쁜 소식은 어차피 곧 알게 되리라 짐작하고는 그만두었다.

잠시 후에 그는 집이 있는 건물 앞에 도착했다. 수위의 아내인 프리드리히스 부인이 계단에 서 있다가 그에게 정중하게 인사했는데, 변하지 않은 그 태도에 질버만은 왠지 모르게 기뻤다. 붉은 플러시 카펫이 깔린 대리석 계단을 오르면서, 자기 존재가 절반쯤은 비현실적이라는 기분이 또 들었다. 이런 기분은 최근에 습관처럼 되어버렸다.

나는 유대인이 아닌 것처럼 살아. 이 생각에 질버만은 어리둥절했다. 지금 나는 위협을 당하긴 하지만 재산도 있고 아직은 권리를 침해받지 않은 시민이야. 이런 일이 어떻게 가능하지? 나는 방 여섯 개짜리 현대식 집에 살아. 사람들은 나랑 대화를 나누고, 나를 그들과 완전히 똑같은 부류로 대하지. 양심에 가책을 느낄 정도야. 어제부터 유대인이 완전히 이방인이 되어버린 현실을 확연히 드러내고 싶기도 하군. 나를 과거와 똑같이 대하는 인간들에게. 그런데 나는 과거에 뭐였지? 아니, 나는 지금 뭘까? 나는 누구인가? 존재 자체가 이미 움직이는 욕설이지만 사람들은 그렇게 보지 않아!

나는 이제 권리가 없어. 하지만 그저 이성과 습관 때문에 나에게 아직 권리가 있다는 듯 행동하는 사람이 많아. 나는 사실 그들이 없애려고 하는 기억 덕분에 존재하는 거야. 사람들은 나를 잊었지. 나는 이미 강등됐는데, 그 강등이 아직 공공연하게 이루어지지 않았을 뿐이야.

질버만은 현관문을 나서는 고문관 쳉켈 부인에게 모자를 벗으며 인사했다.

"부인, 안녕하세요?"

"어떻게 지내세요?"

쳉켈 부인이 상냥하게 물었다.

"아주 잘 지냅니다. 건강은 어떠신가요?"

"괜찮아요. 노인치고는 그럭저럭 지낸답니다."

부인은 악수를 청하고는 유감이라는 듯 말을 이었다.

"당신에게는 힘든 시기지요. 아주 끔찍한 시기……."

질버만은 동의도 거부도 아닌, 조심스럽고 신중한 미소

만 지어 보였다. 그러다가 입을 열었다.

"우리에겐 특별한 역할이 주어졌지요. 근본적으로……."

"하지만 한편으로는 위대한 시기기도 해요."

부인이 그를 위로했다.

"당신이 사실 부당한 대접을 받는지는 모르지만, 그래도 공정하고 현명하게 생각하셔야 해요."

"부인, 그건 좀 심한 요구 아닌가요?"

질버만이 물었다.

"그건 그렇고, 나는 생각이라는 걸 이제 더는 하지 않습니다. 생각하는 습관을 버렸어요. 모든 것을 견디기에 가장 좋은 방법이지요."

"당신에게는 아무 일도 일어나지 않을 거예요."

부인은 그를 안심시키며, 누군가 그를 건들면 자기가 용납하지 않겠다는 암시처럼 오른손에 움켜쥔 우산으로 층계를 단호하게 두드렸다. 그러고는 용기를 주듯이 고개를 끄덕이고 그를 지나갔다.

질버만은 집에 도착하자마자 하녀에게 핀들러가 왔느냐고 물었다. 하녀가 그렇다고 대답하자 서둘러 모자와 외투를 벗고 손님이 기다리는 서재로 들어갔다.

테오 핀들러는 어떤 그림 앞에 서서 상당히 언짢은 표정으로 그림을 살펴보고 있었다. 문이 열리는 소리를 들자 급하게 몸을 돌리고는, 들어서는 질버만을 미소로 맞았다.

"흠."

그는 이야기할 때면 늘 그러듯이 이마를 찡그렸다. 주름을 깊게 잡으면 의미심장해 보일 거라 생각하는 사람이었다.

"잘 지내십니까? 혹시 뭔가 일을 당하신 건 아닌지 걱정했어요. 사람 일은 알 수 없으니까요……. 지난번 드린 제안은 생각해보셨습니까? 사모님은 안녕하신가요? 오늘 전혀 못 뵈었네요. 베커는 함부르크로 떠났군요."

핀들러는 심호흡을 한 번 했다. 이제 막 독백을 시작한 참이었다.

"두 분은 정말 성실해요. 모두 두 분께 배워야 합니다. 베커의 두뇌는 유대인이지요. 하하, 그러니 잘 해낼 겁니다. 잘할 거예요! 나도 동업했더라면 좋았을 텐데 이미 늦었지요. 흠……. 그건 그렇고 이 끔찍한 그림들은 어디서 난 겁니까? 이런 그림을 걸어둔다는 게 이해가 가지 않아요. 그림에 질서라고는 없잖아요. 이 재미없는 문화혁명가 같으니라고. 내가 지난번 제시한 금액에서 1천 마르크 지폐 한 장이라도 올려줄 거라고 생각하지 말아요. 절대 그러지 않을 거니까.

당신은 내가 부자인 줄 알지요. 모두 그런 줄 압니다. 도대체 왜 그렇게 생각하는지 모르겠어요. 난 세금도 미처 다 못 내는데 말입니다. 말이 나온 김에, 성실한 회계사 한 명 소개해주실 수 있나요? 회계 관련 일을 조금 알긴 하지만, 제대로 돌볼 시간이 없어서요. 아, 세금. 빌어먹을 세금. 나 혼자 독일 제국 전체를 부양해야 합니까? 응? 말 좀 해봐요.

아무 말도 안 하시네요. 어때요, 제안에 대해 생각해보셨습니까? 받아들이시겠어요? 아무래도 사모님이 나를 싫어하시는 것 같군요. 도무지 뵐 수가 없는 걸 보면 말이지요. 얼마 전 저녁에 만났을 때 인사하지 않아서 기분 나쁘게 생각하시나요? 아이고, 하지만 인사할 수 없었어요! 그 식당은 나치로 가득했잖습니까! 나중에 아내는 우리가 인사를 해야 했다고 잔소리를 했지요. 하지만 나는 아내에게 질버만은 아주 이해심이 많은 사람이라고, 내가 자기 때문에 당혹스러운 처지에 놓이는 걸 원치 않을 거라고 했습니다. 그렇지요?

자, 질버만. 이제 이야기 좀 해보시지요. 집을 파실 겁니까, 팔지 않으실 겁니까?"

핀들러는 말을 마친 모양이었다. 이제 기대에 찬 표정으로 질버만을 보았다. 둘은 담배 탁자에 자리를 잡았다.

핀들러는 소파에 너무 급하게 주저앉았는지 얼굴을 고통스럽게 찌푸리며 왼쪽 엉덩이를 문질렀다.

"9만."

질버만은 상대방이 조심스럽게 던진 다양한 질문과 이런저런 언급에는 반응을 보이지 않고, 그를 혼란스럽게 할 작정으로 곧장 이렇게 말했다.

"3만은 현찰로, 나머지는 저당권 2순위로요."

핀들러는 전기 충격이라도 받은 것처럼 자리에서 벌떡 일어섰다.

"쓸데없는 이야기는 하지 마십시오."

그가 모욕당했다는 듯이 외쳤다.

"이제 우스갯소리는 그만둡시다. 1만 5천을 당장 내지요. 알아들었습니까? 아니, 3만 마르크라니! 나한테 3만 마르크가 있다면 이 집을 사는 것보다 뭔가 더 나은 일을 할 겁니다. 3만이라니!"

"임대 이윤도 계산하셔야지요. 어차피 매매가가 형편없으니 적어도 계약금은 제대로 받아야겠습니다. 이 집의 값어치는 20만인데, 당신이 사는 가격은……."

"값어치, 값어치, 값어치."

핀들러가 그의 말을 가로막았다.

"내 값어치는 얼마라고 생각하십니까? 나와 똑같은 사

람은 한 명도 없어요. 내 가치를 지불할 수 있는 사람은 아무도 없다고요. 하지만 내 값어치로 1천 마르크를 내놓을 사람 역시 아무도 없을 겁니다. 나는 매매 대상이 아니에요. 당신 집도 마찬가집니다. 하하하, 질버만. 우정을 걸고 말하지요! 내가 이 오두막을 넘겨받겠습니다. 내가 안 하면 국가가 할 겁니다. 하지만 국가는 당신에게 단 한 푼도 안 줘요."

옆방에서 전화벨이 울렸다. 질버만은 가야 하나 잠시 고민하다가, 벌떡 일어나 핀들러에게 양해를 구하고 방을 나왔다.

나는 아마 그의 제안을 받아들여야 할 거야. 그는 수화기를 들면서 생각했다. 사실 핀들러는 꽤 괜찮은 인간이니까.

"여보세요, 누구십니까?"

국제전화교환국이었다.

"잠깐 기다리세요. 파리에서 온 전화입니다."

교환수의 싸늘한 목소리가 들렸다.

질버만은 흥분하여 담뱃불을 붙인 후, 전화를 기다리며 나지막하게 아내를 불렀다.

"엘프리데."

짐작대로 응접실에 있던 아내가 조용히 문을 열고 들어

왔다.

"엘프리데, 별일 없었지?"

질버만은 수화기를 손으로 막고 아내에게 인사했다.

"난 오 분 전에 돌아왔어. 핀들러 씨가 와 있어. 그 사람과 이야기 좀 나누지 않을래?"

엘프리데가 다가왔고, 둘은 살짝 입맞춤했다.

"에두아르트야."

그가 소곤소곤 말했다.

"아주 안 좋은 상황에 전화가 왔네. 핀들러랑 대화를 좀 나눠줘. 안 그랬다가는 그 사람이 엿들을 테니까. 파리 사람과 통화하는 건 거의 범죄나 마찬가지잖아."

"에두아르트에게 안부 전해줘. 그런데 몇 마디 직접 통화하고 싶어."

아내 부탁을 그는 단칼에 거절했다.

"절대 안 돼. 통화 내용을 모두 도청하고 있어. 당신은 너무 조심성이 없어서 무심코 말실수를 할 거야."

"아들에게 인사 정도는 할 수 있잖아."

"아니, 안 돼. 제발 이해 좀 해줘."

엘프리데는 그를 바라보며 애원했다.

"몇 마디만. 조심할게."

"안 돼."

그가 단호하게 대꾸했다.

"여보세요? 여보세요……. 에두아르트? 잘 있었니?"

그가 간청하는 표정으로 서재 문을 가리켰다.

엘프리데가 그쪽으로 가자 질버만은 통화를 이어갔다.

"에두아르트, 우리 허가증을 받았니?"

그는 한 마디 한 마디를 심사숙고하면서 아주 천천히 말했다.

"아니요."

수화기 건너편에서 에두아르트가 대답했다.

"아주 힘들어요. 두 분이 허가증만 믿고 계시면 안 돼요. 제가 뭐든 다 해보겠지만……."

질버만이 헛기침을 했다. 좀 더 몰아붙여야겠다는 생각이 들었다.

"이런 식으로는 안 된다. 힘을 쏟는 거니, 전혀 안 쏟는 거니? 이 일이 중요하다는 건 너도 알 거 아니냐? 이렇게 어설퍼서는 뭘 해야 할지 모르겠구나."

"아버지가 제 능력을 과대평가하시는 거예요."

에두아르트가 당혹스러운 목소리로 대답했다.

"반년 전까지만 해도 훨씬 쉬웠을 텐데, 그때는 아버지가 원하지 않으셨죠. 그러니 제 잘못이 아니라고요."

"지금 누구 잘못인지가 중요하니?"

질버만이 화가 나서 쏘아붙였다.

"허가증을 구해야 한다. 너더러 뭐 아주 특별히 현명하게 행동하라고는 요구하지도 않아."

"아니, 아버지."

에두아르트가 분노했다.

"지금 아버지는 저더러 하늘에서 별을 따오라고 하고서 왜 해내지 못하느냐고 화를 내시는 거예요! 그건 그렇고, 어떻게 지내세요? 엄마는요? 엄마에게 안부 전해주세요. 직접 통화하면 정말 좋을 텐데."

"어서 허가증을 마련해라!"

질버만은 다시 한번 절박하게 부탁했다.

"그것 말고 다른 부탁은 하지 않잖니! 네 엄마가 안부 전하란다. 유감스럽지만 지금 직접 통화할 수는 없어."

"음, 얻을 수 있을 거예요."

에두아르트가 대답했다.

"어쨌든 최선을 다할게요."

질버만은 전화를 끊었다.

내가 아들에게 뭔가 부탁하는 건 평생 이게 처음이야. 그는 실망스럽고 불쾌했다. 보나 마나 실패할 테지! 파리에 사업 동료가 있다면 입국 허가증을 며칠 안에 얻어줄 텐데 에두아르트는……. 그 아이한테서 내가 뭘 요구할 수는 없지. 에두아르트는 우리를 위해 뭔가 하는 습관이 안 된 거야. 한쪽이 아주 오랫동안 돌봄을 받으면 입장을 바꾸기가 어려운 법이지. 에두아르트는 내 도움을 받는 데 익숙한데, 이제 내가 아이에게 도움을 청하고 있다. 아이는 이런 새로운 역할이 불편할 테지!

질버만은 자기 생각이 부끄러워져서 고개를 저었다. 내가 부당한 생각을 하는구나. 게다가 감상적이 되면 더 안 좋아.

그는 서재로 돌아갔다.

"지금 사모님에게, 예전에 다니던 식당에 가시는 건 조심스럽지 못한 행동이라고 말하던 참입니다."

핀들러가 말했다.

"당신을 그다지 좋아하지 않는 지인을 만나면 무척 불편한 상황이 될 수도 있어요. 사모님은 아리아인이니 어디든 갈 수 있지만 당신은……. 이런 조언이 달가울 리 없겠지만, 모두 당신을 위해 하는 소리입니다. 집에 계시거나 지인 집에 머무는 게 가장 좋아요. 물론 당신은 정말이지 유대인처럼 보이지 않지만 무슨 일이 벌어질지 어떻게 알겠습니까? 그건 그렇고, 아드님은 잘 지내나요? 걸음아 날 살려라 하고 제때 도망을 간 모양이지요. 하하하, 참 우스운 시대예요. 흠."

"이봐요, 핀들러."
질버만이 드디어 입을 열었다.
"계약금 2만에 이 집을 넘기지요. 이제 정말 결정을 내려야 하니까요."
"말도 안 되는 소리. 오랜 친구인 핀들러를 왜 놀리려고 하십니까? 국경에서 어차피 돈을 모두 몰수당할 텐데요. 내가 이 집 값어치보다 몇 마르크 더 얹어줄 수도 있을 테지만, 프로이센 국가에 공헌할 마음은 없습니다."
"독일을 떠날 마음은 아직 없는데요."
"아이고, 여보세요. 마음대로 하시죠. 나는 정말이지 두분 상황이 지금보다 좀 나아지길 바랍니다. 유대인 피가 독일 민족에 들러붙은 꼴 아닙니까. 그런데 그중 하나가 왜 하필 내 친구 질버만인지……. 도망칠 수 있는 사람은 도망쳐야지요. 충분히 이해합니다."
"지금 사람들이 유대인에게 엄청난 범죄를 저지르는 거 아닌가요?"
'유대인 피가 독일 민족에 들러붙은 꼴'이라는 말에 소름이 끼친 질버만 부인이 물었다. 부인은 이런 상황에서도 도덕을 찾으려는 습관을 아직 버리지 못했다.
"물론이지요."
핀들러가 싸늘하게 대꾸했다.

"세상에는 사악한 일이 많이 벌어집니다. 좋은 일도 많고요. 어떨 때는 이 사람에게, 어떨 때는 저 사람에게 말이지요. 어떤 사람은 폐결핵 환자고, 또 어떤 사람은 유대인이에요. 아주 운이 안 좋을 때는 둘 모두에 해당합니다. 사는 게 다 그래요. 내가 살면서 어떤 불행을 겪은 줄 아십니까? 어쩔 수 없는 일이에요."

"핀들러 씨, 당신이 그다지 예의 바른 사람이 아니라는 건 알고 있었어요."

질버만 부인이 분노를 터뜨렸다.

"하지만 마음이 이렇게 싸늘하고……."

부인은 '잔인한'이라는 단어를 꿀꺽 삼켰다.

"……냉담한 분인지는 미처 몰랐네요."

핀들러는 싸늘한 미소를 지었다.

"나는 아내와 딸을 사랑합니다. 다른 사람들과는 사업상 거래를 하고요. 그게 다입니다. 나는 유대인을 좋아하지도, 미워하지도 않아요. 관심이 없습니다. 유대인들이 유능한 사업가라는 점에는 감탄하지요. 그들이 뭔가 부당한 일을 겪는다면 유감이긴 하지만 놀라지는 않습니다. 세상사가 다 그래요. 한쪽이 파산하면 다른 쪽은 성공하는 법입니다."

"당신이 만약 유대인이라면?"

"하지만 아니에요! 일어나지도 않을 일에 골치를 앓는 건 그만뒀습니다. 현실만으로도 벅차니까요."

"당신은 항상 자기 입장만 생각하나요? 타인의 비극을 동정하지는 않아요?"

"내가 운이 나쁘면 누가 나를 돌봅니까? 아무도 없어요! 테오 핀들러에게는 테오 핀들러밖에 없다고요. 둘은 찰거머리처럼 딱 붙어 있어야 합니다. 하하."

"그런데도 아내와 딸을 사랑한다고 주장하시는군요."

질버만 부인은 점점 더 화가 났다.

"그 정도로 짐승처럼 냉담한 사람은 절대로……."

"이것 보세요, 부인. 너무 심하시군요. 난 얼굴이 두꺼워 농담을 잘 견디지만, 모욕은 참지 않습니다!"

질버만 부인이 일어났다.

"이만 실례합니다."

부인은 핀들러에게 차갑게 인사하고 방을 나갔다.

"아이고, 두 분 정말 예민하시네요."

핀들러가 웃음을 터뜨렸다.

"세상에! 흠, 나처럼 솔직한 사람은 구박을 많이 받는다니까요. 자, 이제 사업 이야기로 돌아가지요! 어때요, 어떻습니까? 흠."

전화벨이 다시 울렸다.

"2만. 나머지는 2순위로 올리고요."

질버만이 요구했다.

문이 열리더니 질버만 부인이 남편에게 옆방으로 오라고 청했다. 무척 흥분한 것 같았다. 조금 전 일로 기분이 무척 나쁜 모양이었다.

"잘 생각해보십시오."

질버만이 서재를 나가면서 핀들러에게 말했다.

"엘프리데, 무슨 일이야?"

그의 질문에 아내는 전화기를 가리켰다.

"당신 동생이야. 통화해. 다 이야기할 거야……."

그가 수화기를 들었다.

"힐데니?"

"으, 응. 귄터가 체포됐어!"

여동생은 흥분해서 말을 더듬었다.

질버만은 너무 놀라 무슨 말을 해야 할지 알 수 없었다. 그러다가 드디어 입을 열었다.

"아니, 왜? 무슨 일이야?"

"유대인이 모두 체포되잖아."

그는 의자를 당겨다가 앉았다.

"힐데, 흥분하지 마. 뭔가 오해가 있었을 거야. 차분하게 다시 설명해봐."

"그럴 시간이 없어. 오빠에게 주의를 주려고 전화한 거야. 우리 건물에서 이미 남자 네 명이 체포됐어. 아, 귄터가 어떻게 되었는지 알면 정말 좋을 텐데."

"그럴 리가 없어! 죄도 없는 사람을 집에서 끌어내 체포하다니! 그럴 리가 없지!"

질버만은 입을 다물었다. 그럴 수 있어. 그럴 수 있다고. 그런 생각이 들었다.

잠시 후에 그는 다시 입을 열었다.

"내가 너희 집에 갈까? 아니면 네가 여기로 올래?"

"아니, 안 가. 여기 있을래. 오빠도 오면 안 돼. 아무 소용없어. 오빠, 잘 지내."

힐데가 전화를 끊었다.

당황한 질버만이 아내에게 돌아서서 소곤거렸다.

"지금 유대인이 모두 체포되고 있어! 공포를 불러일으키려는 임시 조치인지도 모르지. 어쨌든 당신도 알다시피 귄터가 체포됐다는군."

질버만은 잠시 말을 멈추었다가 다시 이었다.

"엘프리데, 우리 어쩌지? 어떻게 하는 게 좋을까? 내가 여기 있어야 하나? 어쩌면 사람들이 나를 깜박 잊어버릴 수도 있지 않을까. 나는 아직 심하게 괴롭힘당한 적은 없어. 베커가 옆에 있으면 좋겠다. 그 사람은 당에서 인맥이 아주 넓잖아. 베커가 중재할 수도 있을 텐데. 하지만 체포 명령이 위에서 온 거라면 그도 어쩔 수 없겠지. 어쩌면 베커가 함부르크에서 돌아오기 전에 내가 이미 누군가의 실수로 맞아 죽었을 수도 있고. 아, 말도 안 되는 소리! 아무 일도 없을 거야. 최악의 상황에는 당신이 베커에게 전화해서 당장 와달라고 부탁해."

"우리, 반년 전에 독일을 떠날 수도 있었어."

아내가 천천히 말했다.

"나 때문에 여기 머물렀지. 내가 떠나려 하지 않았으니까. 당신에게 뭔가 일이 벌어진다면 내 잘못이야. 당신은 떠나려 했는데 내가……."

"아, 무슨 소리야."

그는 자책하는 아내를 말렸다.

"잘못한 사람은 아무도 없어. 누군가 총에 맞으면 제때 방탄조끼 입는 걸 잊어버린 사람이 잘못한 건가? 말도 안 되는 소리야. 게다가 당신이 나보다 더 떠나고 싶어했잖아. 당신 말대로 했더라면 우린 이미 떠났을 거야. 당신이 가족과 이별하는 것보다 내가 사업과 이별하는 게 더 힘들었겠지. 그래서 결국 떠나지 못했어. 지금 이유를 묻는 건 아무 소용도 없다고."

그는 아내에게 입맞춤하고 핀들러에게 돌아갔다. 아까

처럼 차분하고 느긋해 보이려고 애썼다. 그러나 긴장감이 훤히 드러난 데다 경련하듯 미소 짓는 그의 표정은 핀들러를 당황하게 했다.

"흠, 무슨 일입니까? 뭔가 안 좋은 일이 생겼나요?"

"가족 문제입니다."

질버만은 이렇게만 대답하고 다시 자리에 앉았다.

"음, 음. 그래요."

핀들러는 느긋하게 대답하며 평소보다 더 많이 이마를 찡그렸다.

"흠, 그렇다면 분명히 나쁜 소식이겠군요. 안 그래요? 가족 소식은 늘 안 좋으니까요. 나도 잘 안답니다."

질버만이 탁자에 있는 담뱃갑을 열었다.

"다시 사업 이야기를 해볼까요?"

그는 최대한 침착하게 물었다.

"흠, 사실 그다지 구미가 당기지 않습니다. 유대인 소유물을 아직 사들여도 되는지도 확실하지 않고요. 정말 모르겠군요. 당신은 본인에게 유리하다면 순식간에 나를 속이겠지요. 흠."

자기만족과 지독한 느긋함을 드러내며 반복하는 이 '흠'은 질버만을 점점 더 절망에 빠뜨렸다.

"집 살 생각이 있습니까? 아니면 그냥 집 매매에 관해 이야기하고 싶은 건가요? 뭘 원하십니까?"

"흠."

핀들러는 소파에서 몸을 쭉 뻗었다.

"조금 전에 하마터면 엉덩이가 부러질 뻔했어요. 거기에 대해서는 하실 말씀 없습니까? 흠……. 새 법률이 정해질 때까지 좀 기다리는 건 어때요? 나한테는 너무 위험한 매수라서 말입니다. 내가 집을 샀는데 나중에 얻지 못하면 어떻게 하나요? 국가가 지금 유대인에게 무슨 일을 할지 모릅니다."

"1만 5천!"

"질버만, 글쎄요. 사야 할지 말지 정말 모르겠어요. 몇 주 더 기다려보지요. 그사이 아무 일도 없다면 그때 사면 되니까요. 내 변호사와도 당연히 이야기해봐야 합니다."

"하지만 십 분 전까지만 해도……."

"흠, 그사이 고민이 생겨서 말입니다. 당신이 집을 팔고 불편한 일을 겪어서는 안 되지요. 무엇보다도 내가 겪어서는 더욱 안 되고요."

"흥정을 끝냅시다. 계약금 1만 4천에 이 집을 넘기지요. 이제 정말 동의하셔야 합니다."

"그래요? 흠……. 내일 다시 이야기합시다. 1만 4천은 막대한 돈이에요. 그건 확실합니다! 나도 사람이에요. 공짜로 얻을 생각은 없습니다. 하지만 이 집이 1만 4천 마르크를 계약금으로 걸 값어치가 있을까 하는 의문은 여전히 남아요. 그것 말고도 지급은 당연히 공증과 토지등기 이전 후에나 이루어질 겁니다. 불가항력적인 일이 발생한다면 계약은 물론 무효가 됩니다. 1만 4천이라……. 오늘 저녁 여기서 그냥 악수로 이 계약을 성사시킨다면 나에게 꽤 괜찮은 거래라고 생각하십니까?"

"조금 전에 1만 5천을 내려고 하셨잖아요. 그런데 지금 1만 4천에 고민을 하신다고요?"

"그 돈이면 다른 사업을 해도 되겠다는 생각이 들었거든요. 더 나은 사업 말입니다. 살면서 내가 어떤 상황에 있는지 늘 적극적으로 살펴야지요. 흠."

그가 느긋하게 한숨을 내쉬었다.

질버만은 벌떡 일어서서 아주 불쾌한 표정으로 말했다.

"당신 결정에 나는 물론 어떤 영향력도 행사할 수 없습니다. 하지만 시간이 없으니, 지금 바로 결정해주시면 고맙겠군요. 아니라면 내 제안은 없던 일로 하지요. 당신이 정말 매수 의사가 있기나 한지 도무지 모르겠습니다."

"불쾌하게 생각하지 마십시오."

핀들러가 짜증스럽게 대꾸했다.

"나는 당신 같은 유대인들이 제대로 된 사람에게 걸리면 거래조차 못 한다는 사실을 알고 있었어요. 흠……."

질버만은 핀들러가 폭리를 취하는 이 상황을 얼마나 즐기는지 깨달았다. 자신은 협박하는 인간과는 경쟁할 수 없고 그럴 의도도 없다고, 평소에는 이보다 더 점잖게 거래한다고, 하지만 지적이고 점잖은 사람보다 상상력이라고는 전혀 없는 사기꾼에게 훨씬 유리한 상황도 많다는 날카로운 대답이 질버만의 입술까지 올라왔다.

그러나 질버만은 입술까지 올라온 거친 말을 그에게 내던지지 못했고, 온화하게 대답할—이게 아마 더 이성적이었을 것이다—기회도 얻지 못했다. 불현듯 초인종이 요란하게 울렸기 때문이다. 질버만은 당황하는 핀들러의 얼굴을 쳐다보지도, 실례한다는 말도 하지 않은 채 황급히 방을 나서다가 복도에서 아내를 만났다.

"당신, 얼른 도망쳐야 해."

흥분한 엘프리데가 소곤거렸다.

"아니, 안 돼. 당신을 혼자 둘 수 없어!"

뭘 해야 할지 몰라 그냥 현관문 쪽으로 가는 질버만을 아내가 붙잡았다.

"당신이 떠나면 나에게는 아무 일도 벌어지지 않아."

아내가 길을 막고 서서 그를 안심시켰다.

"오늘 밤은 호텔에서 묵어. 자, 어서 가……."

질버만은 고민에 빠졌다. 초인종이 다시 울리고 주먹으로 문을 두드리는 소리도 들려왔다.

"유대인, 문 열어라. 문 열어!"

여러 명이 뒤죽박죽 고함을 질렀다. 질버만의 아래턱이 툭 떨어졌다. 그는 문을 가만히 노려보다가 거의 들리지 않을 정도로 나지막이 말했다.

"권총 가지고 올게. 이 집에 들어서는 첫 번째 인간을 쓰러뜨리겠어! 그 누구도 여기 침입할 권리가 없어."

그는 아내를 지나쳐 침실로 향하며 중얼거렸다.

"어디 두고 보자, 두고 봐……."

주먹으로 문을 두드리는 소리, 초인종 소리가 다시 울렸다.

"흠."

시끄러운 소리에 복도로 나온 핀들러가 입을 뗐다.

"무슨 일입니까? 정말 대단하군요. 저 사람들이 여기서 나를 발견하면 흥분한 나머지 나를 유대인이라고 착각하고 때려서 이를 부러뜨리겠네요."

그는 부드럽게 자기 입술을 쓰다듬었다.

"뒷문이 없나요?"

마치 조언과 도움을 기다린다는 듯 멈춰 서 있는 질버만에게 핀들러는 이렇게 덧붙였다.

"이 빌어먹을 집은 다른 사람에게 넘기시지요. 쯧쯧!"

"권총 가지고 올게. 이 집에 들어서는 첫 번째 인간을 쓰러뜨리겠어!"

질버만은 기계적으로 같은 말을 반복했다.

"아이고, 아이고."

테오 핀들러가 달래듯 말했다.

"흥분하지 마시고 어서 여길 떠나십시오. 내가 저 사람들과 이야기할 테니. 뒷문으로 나가세요. 이 집은 1만 마르크에 내가 넘겨받지요. 동의하십니까?"

"무슨……. 아, 그래요. 그럽시다. 동의합니다."

"자, 그럼 어서 서둘러요! 공증받을 때 당신이 살아 있어야 하니까."

"얼른 가!"

아내가 애원했다.

초인종이 계속 울렸다. 질버만은 왜 아무도 문을 부수고 들어오지 않는지 의아했다.

"내 아내는 어떻게 합니까?"

질버만이 당황해서 묻자 핀들러가 가슴을 쭉 펴며 대답했다.

"나만 믿으세요. 내가 다 알아서 해결하지요! 그런데 이제 어서 가셔야 합니다!"

"아내에게 뭔가 안 좋은 일이 벌어진다면……. 당신은 이 집을 받지 못합니다!"

"알았어요, 알았다고요."

핀들러가 그를 달랬다.

"지금 가시지 않으면 당신 아내와 나까지도 위험에 처합니다!"

핀들러는 재킷을 반듯하게 펴고 뻣뻣한 머리카락을 오른손으로 다듬은 후, 심호흡하고 현관문으로 향했다.

"흠, 무슨 일이오?"

핀들러가 위협적인 목소리로 물었다.

"유대인, 문 열어!"

"유대인이 공직자인 경우 본 적 있소?"

핀들러가 무뚝뚝하게 물었다.

"주둥이 닥쳐, 이 더러운 놈아. 문 열라고!"

핀들러는 몸을 돌려, 질버만이 모자와 외투를 들고 복도를 나서는 모습을 확인했다. 질버만 부인에게 방에 숨으라고 손짓한 뒤 고함을 질렀다.

"나는 당원이오! 여기 유대인은 없소!"

그가 문을 획 열며 말했다.

핀들러의 눈앞에 젊은이 예닐곱 명이 서 있었다. 그들은 핀들러의 고압적인 등장에 잠시 머뭇거렸다. 핀들러는 당원증을 꺼내려고 가슴 주머니에 손을 댔다.

"유대인은 모두 사기꾼이다."

젊은이 가운데 한 명이 말했다.

"질버만이 당원이라니. 유대인답게 뻔뻔스럽군!"

"나는 질버만이 아니……."

테오 핀들러의 몸이 꺾이며 바닥에 쓰러졌다. 한 젊은이가 그의 아랫배를 걷어찬 것이다.

2

질버만은 다급하게 뒤쪽 계단으로 내려왔다. 그들이 아래 숨어서 나를 기다리고 있을 거야. 아, 그냥 집에 있어야 했어. 이제 엘프리데는 어떻게 되는 걸까? 그는 되돌아갈까 고민하다가 마음을 가라앉혔다. 핀들러가 있잖아. 얼마나 다행인가. 어쨌든 뭐, 이성은 있는 사람이니까. 내가 집에 있었으면 절망에 사로잡혀 분명 뭔가 끔찍한 일을 저질렀을 거야. 저항하고, 어쩌면 정말 총을 쐈을지도 몰라. 뭔가는 해야 했을 테니까. 모든 걸 견딜 순 없어. 물론 아무 소용 없었을 테지. 오히려 반대였을 거야. 질버만은 자신이 공포심 때문에 총을 쏘았으리라는 사실을 이제 깨달았다. 강제수용소와 감옥이, 그리고 무엇보다도 매질이 두려웠다.

인간의 존엄이라. 그는 생각에 잠겼다. 인간은 존엄이

있잖아. 그걸 빼앗겨서는 안 돼.

그는 아래에 서 있는 어떤 남자를 보고 걸음을 멈칫했다. 그러다가 몸을 똑바로 세우고, 계단 발치에 서서 담배 피우는 남자에게 여유 있는 걸음걸이로 다가갔다. 그는 상대방 시선을 차분하게 견디고 담뱃불까지 빌렸다.

남자는 주머니에서 성냥갑을 꺼내, 성냥개비에 불을 붙여 질버만에게 내밀며 물었다.

"여기 있습니다. 혹시 이곳에 유대인이 많이 사나요?"

"글쎄요."

질버만은 자신의 대답이 무척 느긋하게 들린다는 사실에 놀랐다.

"수위에게 물어보시죠. 난 여기 주민이 아니라서요."

그러고는 팔을 들어 올리며 인사했다.

"하일 히틀러."

상대방도 같은 방식으로 응답했다. 질버만은 아무 방해도 받지 않고 그를 지나쳤다. 이제 돌아보면 안 돼. 그리고 너무 빨리 걸어도, 너무 늦게 걸어도 안 되고. 지나치게 눈에 띄지 않으면 오히려 눈에 띄기 마련이고, 그런 사람은 너무 의심스럽지 않아서 의심스러우니까……. 아, 도대체 사람들이 나에게 왜 이럴까?

질버만은 통로를 나와 마당을 가로질렀다. 걸어가면서

코를 한번 만지며 생각했다. 어이, 코. 너 지금 아주 중요해. 자유롭게 살지 잡힐지, 어떻게 살지, 살 수는 있을지가 너에게 달렸어. 코 생김새에서 유대인인 게 티가 나는 사람은 상황에 따라 죽기도 하지.

건물 문 앞에 미심쩍은 남자가 또 한 명 서 있었다.

"흠."

질버만은 자기도 모르게 테오 핀들러를 흉내 냈다.

"여기서 뭐 하는 겁니까, 응?"

상대방은 깜짝 놀라 무의식적으로 불안해 보이는 자세를 취했다. 그러더니 은밀한 존경심을 담아 대답했다.

"아, 그저 유대인 사냥하는 겁니다."

"아, 그래요?"

질버만은 아무 관심도 없다는 듯이 대꾸하고는 손을 들어 올려 인사했다. 이번 초소도 잡히지 않고 통과했다. 거리로 나선 그는 뭔가 기다리는 것처럼 발걸음을 멈췄다. 저 위에서는 무슨 일이 벌어지고 있을까? 질버만은 불안에 휩싸여 고민했다. 알 수 있으면 정말 좋겠는데. 설마 뭔가……. 아니겠지. 핀들러가 있잖아.

갑자기 엄청난 공포가 밀려왔다. 그들이 당장에라도 여기 나타날 수 있어. 집을 나와 나를 잡으러 올 거야. 보초 가운데 한 명이 나중에 의심이 들었을 수도 있잖아. 그는 다시 움직였다. 걸음이 점점 빨라졌다.

길 건너편이 더 안전한 것 같아 도로를 건너던 그는 생각에 잠겼다. 참 이상도 하지. 십 분 전까지만 해도 내 집, 그러니까 내 재산 일부가 문제였어. 그런데 이제는 내 목숨이 문제로군. 얼마나 급격한 변화인지. 내게 전쟁을 선포한 거야. 나라는 개인에게. 그래, 바로 그거다. 방금 나에게 정말로 최종적인 선전포고를 내린 거라고. 나는 이제 적국에서 완전히 혼자야.

최소한 베커라도 여기 있다면 좋을 텐데. 그가 사업을 망치지 말기를. 그런 일까지 벌어진다면 정말 큰일이다. 어떻게든 수중에 돈이 있어야 해. 베커가 도박하면 안 되는데. 아, 아니겠지. 어쨌든 지금 믿을 사람이라고는 베커밖에 없잖아. 그가 정말 몇백 마르크를 잃는다 해도 그게 무슨 문제야? 지금은 더 중요한 일이 있어.

하지만 돈은 있어야 해. 돈은 삶이야. 특히 전쟁 중에는. 독일에서 돈 없는 유대인은 먹이 없이 우리에 갇힌 동물과도 같아. 절망적이지.

질버만은 공중전화 부스를 지나쳤다가 몸을 돌려 그곳으로 갔다. 전화를 해봐야겠어. 그러면 무슨 일이 벌어졌는지 알 테니까.

이런 생각이 떠올라 기뻤지만, 전화 부스에 이미 누가

있어서 한참 기다려야 했다. 전화 부스 안 여자 목소리가 바깥까지 들려서, 질버만은 이제 그녀가 어떤 모피 외투를 수선해야 한다는 것과 〈남쪽의 사랑〉이라는 영화와 인후염을 앓는 한스라는 남자에 대해 알게 되었다.

질버만은 초조하게 왔다 갔다 움직였다. 그러다가 경고하듯 유리문을 두드렸다. 그에게 얼굴을 돌린 중년 부인 표정이 하도 딱딱해서 그는 오 분 더 통화가 이어지게 두었다가 재차 유리문을 두드렸다.

드디어 전화 부스가 비자, 질버만은 급하게 집에 전화를 걸었다. 아무도 받지 않아서 두 번 더 걸어봤지만 헛수고였다.

핀들러가 잘 처리하겠지. 그는 자신을 안심시키며 수화기를 내려놓았다. 그 침입자들을 떼어내기 힘들 거야. 전화한 건 멍청한 짓이었어. 그들이 옆에 있는 한, 핀들러나 아내가 내게 아무 말도 할 수 없잖아. 그는 변호사에게 전화를 걸었다.

눈물에 잠긴 듯한 여자 목소리가 들렸다.

"아무도 안 계십니다."

"박사님 어디 계시는데요?"

"저도 몰라요."

여자는 잠시 침묵한 후 말을 이었다.

"여기 안 계세요……."

"그런데 전화 받으시는 분은 누구신지요?"

"하녀입니다."

"뢰븐슈타인 박사님께 이 말을 좀 전해주……."

"아니, 나중에 다시 전화하시는 게 좋겠어요."

하녀가 그의 말을 가로챘다.

"박사님이 언제 오실지 전혀 모르니까요."

질버만은 전화를 끊고 중얼거렸다.

"그들이 박사님도 끌고 간 게 아닐까. 무슨 일이 벌어진 건지 모르겠다."

그는 유대인 지인 사업가에게 전화했지만, 그쪽 역시 아무도 받지 않았다.

질버만은 점점 더 당혹스러웠다. 힐데 말이 옳았구나. 유대인이 모두 체포됐어. 도주에 성공한 사람은 내가 유일한 모양이군.

그는 동생에게 전화했다.

"나야. 공중전화에서 거는 거야. 우리 집에……."

"듣고 싶지 않아."

동생이 말을 가로막았다.

"우리 집은 완전히 쓰레기 더미야. 내가 여기 있어야 했는데. 내가 잡혀갔더라도 상관없어. 나는 지금 여기 앉아서, 귄터에게 무슨 일이 벌어졌을지 걱정하고 있어. 쉰여섯 살짜리 남자, 쉰여섯인 남자에게 말이야. 귄터는 흥분하면 안 돼. 그랬다가는 정말 끝장이야……."

"다시 놓아줄 거야."

질버만은 동생을 달래려고 했다.

"내가 도울 수 없을까? 그런데 너희 집에 가는 건 안 될 것 같아."

수화기에서 딸깍 소리가 들리자 그는 깜짝 놀라 목소리를 높였다.

"잘 있어! 잘 지내야 해. 정말 잘 지내. 다시 연락할게."

그는 공중전화 부스를 나와 주위를 둘러봤다. 도청당하고 있어. 질버만은 불안에 휩싸였다. 이제 곧 경찰이 올 거야. 전화도 할 수 없는 건가?

버스를 타고 슐레지셴 역으로 가서, 많은 사람 틈에 꽉 낀 채 플랫폼에 서 있었다. 옆에서 어떤 젊은 여자와 남자가 포옹하고 있었다. 질버만은 여자의 느긋한 얼굴을, 그리고 남자의 얼굴을 바라봤다.

평화로워! 이 사람들은 아직 평화롭다. 이들의 소소한 존재는 이들처럼 사랑하고 증오하는 많은 이들에 가려져 잘 보이지 않아. 하지만 가려진 존재도 결국에는 드러날 수밖에 없겠지.

차표를 한 장 사고 나서 돈이 얼마나 있는지 지갑을 살폈다. 지폐를 셌다.

180마르크. 어느 정도 안심이 되었다. 이 정도면 나라를 뜰 수도 있을 거야. 아직 뜰 수 있다면 말이지. 하지만 설령 그렇다고 해도 그는 떠날 생각이 없었다. 재산을 지키고 싶었다. 이렇게 졸지에 뺏길 순 없어. 암, 안 되지.

다 잘된다면 내일 베커가 8만 마르크를 가지고 올 거야. 그는 희망에 부풀었다. 거기에 더해 집값으로 1만 마르크를 현금으로 받아. 운이 좋으면 손해를 좀 보더라도 저당권을 팔 수 있을 테지. 질버만은 슬그머니 미소를 지었다. 나는 여전히 꽤 부자야. 그는 이런 결론을 냈다. 가난한 반유대주의자들은—가난한 반유대주의자들이 정말 아직도 있다면—온갖 단점에도 불구하고 부유한 유대인이랑 처지를 바꾸려고 할 거야. 이런 상상을 하자 마음이 좀 가벼웠다. 그 사람들에게 이런 질문을 한번 해봐야 해. 하지만 그들이 왜 처지를 바꾸겠어? 돈만 빼앗으면 부유한 반유대주의자가 되는데.

버스가 멈춰 섰다. 질버만은 밀려드는 행상인 가운데 한 명에게서 신문을 사서 이마를 찌푸리며 표제를 읽었다. "파리에서 벌어진 살인" "유대인들이 독일 민족에게 선전포고하다" 질버만은 당혹감과 분노를 동시에 느끼며 신문을 구겨서 집어 던졌다.

이게 전쟁이라는 건 이미 알았어. 하지만 내가 선전포고했다는 건 이제야 알았네. 이게 도대체 무슨 말도 안 되는 농담인가? 수납계 직원이 강도들을 공격해 중상을 입혔더니, 강도들이 병원비를 내겠다고 직원의 지갑을 꺼낸 꼴이지. 강꼬치고기가 잉어를 먹다가 배탈이 나서는 자기에게 자행된 살해 시도 때문에 다른 물고기들에게 선전포고한다는 거나 마찬가지잖아.

질버만은 담배 한 개비를 물었다.

열일곱 살짜리 젊은이가 자살하는 대신, 자살하라는 조언을 건넨 쪽에 총을 쏘았다. 그래서 그가, 우리 전부가 독일 제국을 공격했다는 거로구나.

질버만은 버스에서 내려 거리 인파를 헤치고 호텔로 갔다. 예전에 교외에 살 때 밤에 교통이 끊기면 자주 이용하던 호텔이다. 요즘도 우연히 이 근처에 있을 때면 대부분이 호텔에서 점심을 먹곤 했다.

질버만은 오랫동안 알고 지낸 수위를 지나쳐 갔다. 느긋하고 태연한 그의 표정에 짜증이 솟구쳤다. 질버만이 들어서자 수위는 인사하지 않으려는 의도에서인지 다른 쪽으로 시선을 돌렸다.

예전에는 이러지 않았어. 질버만은 그때 기억을 떠올렸

다. 텅 비어가는 듯한 작은 통증을 몸 안에서 느꼈다.

그는 아는 얼굴이 있는지 둘러보며 천천히 로비를 지나 열람실로 향했다. 이곳에는 남자 몇 명만 앉아 있었다. 대부분 사업가였고, 누군가를 기다리며 잡지를 뒤적이거나 신문 마지막 면의 주식을 들여다보거나 편지를 쓰는 중이었다. 안락하게 꾸민 넓은 공간을 둘러보자 잠시나마 느긋한 기분이 되었다.

모든 게 예전과 똑같아. 그가 생각했다. 다시 불안해지자 질버만은 그 문장을 반복했다. 모든 게 예전과 똑같아. 하지만 나는 나 혼자 변한 게 아니라 온 세상이 함께 변했다고 생각하는군.

그는 언짢은 기분으로 다른 사람들을 건너다봤다.

그래, 너희 외국인들이 여기 앉아 있구나. 질버만은 생각에 잠겼다. 평온한 시민들의 집을 습격해서 감옥이나 강제수용소로 보내는 게 너희에게는 평범한 일상이 아니겠지. 너희 고국에서는 신임투표할 때 감독관이 옆에 기관총을 두는 일도 없을 거야. 하지만 여기 우리에게 그런 일이 일어나면 너희는 그저 독특하다고 생각할 뿐이야. 사람들이 너희에게는 아무 짓도 하지 않으니까. 내게는 위험으로 가득한 원시림이 되어가는 이 호텔도 너희에게는 안락한 공간이라서, 평소대로 아무 생각 없이 지내면 돼. 그러다가 다시 집으로 돌아가면, 너희는 제3제국에서도 잘 먹고 잘 지낼 수 있더라고 말하겠지.

질버만은 앉아서 영자신문을 펼쳐 들고 넘기다가, 외국인이라고 짐작되는 사람들을 이따금 쏘아보았다. 그러고는 담뱃불을 붙이고 기사를 읽었다.

누군가 옆에 있다는 느낌에 고개를 들었다. 오래전부터 알고 지낸 호텔 매니저 로제가 앞에 서 있었다. 질버만은 매니저의 난처한 표정으로 미루어 그가 무슨 말을 하려는지 짐작했다. 그런데도 아무렇지 않게 "안녕하십니까?"라고 인사하며 매니저에게 악수를 청했다.

로제는 내민 손을 못 본 척하려 했으나 결국은 나지막하게 속삭였다.

"그러지 마세요."

질버만은 황급히 손을 거둬들였다. 얼굴이 새빨개지는 걸 깨닫고는, 부끄러워하는 자신이 부끄러워졌다.

"질버만 씨."

로제는 나지막하고 공손하게 말했다. 호텔 분야에서 평생을 지낸 사람답게 어떤 상황이든 노련하게 대하는 목소리였다.

"정말 곤혹스럽군요. 질버만 씨는 우리가 존경하는 오랜 고객입니다. 하지만…… 이해해주시겠어요? 제 잘못이 아니고, 또 이런 상태가 계속되지는 않을 겁니다만……."

"무슨 일입니까?"

로제가 무슨 말을 하는지 질버만도 잘 알았지만 그를 이 곤경에서 벗어나게 해줄 마음은 없었다. 신의 없는 성격을 솔직하게 고백하라고 채근하는 중이었다. 상대방이 당혹스러워하자 기분이 좋아질 지경이었다. 어쨌든 자신의 당혹스러움을 벗어나는 데는 도움이 되었다.

"그러니까 나를 내쫓고 싶으신 거로군요?"

질버만은 메마른 목소리로 물으며 매니저를 빤히 바라봤다.

"그렇게 오해하지는 마십시오."

로제가 간청했다. 그는 자신이 존경하는, 주머니도 두둑한 고객과의 관계가 깨지는 이 상황을 버거워하며 얼른 덧붙였다.

"우리는 질버만 씨를 고객으로 자주 모실 수 있어 늘 기뻤습니다. 이렇게 요청하는 것은 우리 뜻이 아닙니다. 앞으로……."

"잘 알았어요, 로제."

상대방의 온화한 말투에 예상했던 것보다 마음이 가벼워진 질버만이 말을 가로챘다.

"나도 이해합니다."

더 설명하려는 매니저를 오른손으로 제지하자 그가 고개 숙여 인사했다. 질버만은 그에게 고개를 끄덕이고는 천천히 자리에서 일어나 열람실을 나왔다. 로비를 지나, 이제는 고개를 까닥하여 인사하는 수위에게 뭔가 할 말이 있다는 듯 멈췄다가 그냥 지나쳤다. 그러다 호텔 회전문 앞에서 다시 멈춰 섰다.

도대체 어디로 가야 하지? 질버만은 고민에 빠졌다. 유대인 펜션들은 보나 마나 돌격대의 습격을 받았을 테지. 작은 호텔들은 전혀 안전하지 않아. 돌격대 단골 술집이나 마찬가지야. 싸구려 여인숙에서 잘까? 그곳은 아직 괜찮겠지. 하지만 정말 안전할까? 여인숙도 위험해. 혼자 가서 방을 달라고 하면 의심받기 쉬우니까. 무슨 일을 하든 그저 의심받을 수밖에 없구나.

질버만은 거래하는 사업가가 지방에서 올 때면 이따금 데려갔던 작은 호텔에 가기로 했다. 한동안 전차를 기다리다 포기하고 택시를 잡았다. 호텔에 도착했을 때 입구 옆쪽에 돌격대원이 한 명 서 있었지만, 질버만은 잠시 망설인 뒤 차분하게 그를 지나쳐 호텔의 자그마한 로비로 들어갔다.

"방 하나 주십시오."

다가온 종업원에게 말했다.

“역에서 짐을 가져올까요?”

그렇군. 호텔에서 숙박하는 사람은 짐이 필요하지. 안 그랬다가는 눈에 띄어.

“아니요, 괜찮습니다.”

질버만은 이렇게 대답하고는 아주 급한 사람처럼 보이려고 애썼다.

“일단 방부터 볼 수 있을까요?”

이따금 수위 역할도 하는 듯한 그 종업원은, 번호판에서 객실 열쇠를 하나 꺼내 들고 질버만과 승강기를 탔다.

“날씨가 안 좋아요.”

종업원 말에 질버만이 마지못한 표정으로 대꾸했다.

“그렇군요.”

그런데도 종업원은 말을 계속했다.

“죄송합니다만, 손님. 오늘 시내에서 무슨 일이라도 벌어졌나요?”

“왜요? 무슨 일 말입니까?”

질버만은 애써 평온을 가장하며 되물었다.

“유대인이 많이 숙박해서요. 혹시 우리가 난처한 일을 겪는 건 아닌지 모르겠어요.”

“그래요?”

질버만이 무뚝뚝하게 대꾸했다.

"그런데 왜요? 혹시 유대인 숙박 금지명령이라도 내려왔습니까?"

"그걸 모르겠네요. 하지만 뭐, 이러나저러나 저는 아무 상관 없습니다."

승강기가 5층에 도착했다. 바로 다시 내려가도 될 텐데. 질버만은 이런 생각이 들었지만, 종업원에게 객실 안내를 받으려고 복도로 나섰다.

그는 마음을 정하지 못하고 불쾌한 표정으로 객실을 여러 번 이리저리 오갔다. 종업원이 아까 한 말이 무척 불안하고 미심쩍었다. 아주 많은 생각이 드는 말이었다. 다른 호텔에 가도 위험이 줄 것 같지는 않아서 질버만은 결국 그 객실에 묵기로 했다.

둘은 다시 내려왔다. 종업원은 질버만이 걱정했던 대로 숙박부를 내밀었다.

"알았어요, 알았어."

질버만은 무척 바쁘다는 듯 퉁명스럽게 말했다.

"나중에 쓰지요……. 객실이 몇 번이더라? 47번……? 아, 그렇군요……. 47번이라……."

호텔을 나간 그는 도로에서 어떤 사람과 부딪혔다.

"죄송합니다."

퉁명스럽고 무례한 태도가 효과적인 방어임을 요즘 경

험으로 깨달은 질버만이 무뚝뚝하게 으르렁거렸다.

"실례했습니다."

상대방은 아주 정중하고 고분고분하기까지 한 목소리로 말했다. 그러다가 깜짝 놀라며 덧붙였다.

"질버만, 질버만. 정말 다행이에요. 아는 사람을 처음 만나네요."

슈타인 회사의 소유주였던 프리츠 슈타인이었다. 질버만과는 오래전부터 알고 지낸 사업상 동료였다. 둘은 악수했다. 하지만 흥분한 슈타인은 손을 놓으려는 질버만의 의도를 알아채지 못하고 손을 계속 꽉 잡았다.

"어떻게 생각하세요?"

슈타인이 물었다. 질버만은 작고 뚱뚱한 이 남자가 심하게 당황했다는 사실을 알아챘다.

"알고 계세요?"

꽉 움켜쥔 상대방의 손아귀에서 드디어 손을 빼낸 질버만이 대답했다.

"다 압니다."

이해할 만한 상황이지만 질버만은 슈타인의 불안감이 매우 낯설었고, 자신은 무척 차분하고 느긋해 보이려고 애썼다.

"나보다 더 많이 아시는군요."

슈타인의 대답에 질버만은 미소를 지으며 물었다.

"그들이 당신 집에도 왔던가요?"

"아직 안 왔을 겁니다."

슈타인은 이야기를 나눌 고통의 동지를 만난 덕분에 내면의 좌절에서 좀 벗어난 듯했다.

"이제 어떻게 하지요?"

그가 물었다.

"지난 며칠 동안 사업 때문에 여러 번 당신과 통화하려고 했어요. 사실 지금이 이야기하기 아주 좋은 시기일 수도 있지요. 당신이 무척 관심 가질 만한 일입니다."

"아니, 이것 보세요."

질버만은 상대의 급격한 기분 변화에 놀라며 입을 뗐다.

"내가 지금 거래할 만한 상황이라고 보십니까? 이봐요, 나는 당신과 달리 활력이 넘치지 않는다고요."

"당신은 활력이 전혀 필요하지 않을 수도 있지요. 하지만 내 머리 위에서는 몇 달 전부터 파산의 독수리가 날면서 '압류!'라고 울부짖고 있어요. 채권자들이 정말이지 불쌍할 지경입니다. 아내 집에 있던 그들의 물품이 파괴됐어요. 마치 아직도 내 물건인 듯이 말입니다."

잠시 여기저기 방황하던 둘은 어떤 진열창 앞에 멈춰 섰다.

"당신은 놀라워요."

질버만이 생각에 잠긴 채 말했다.

"무척 성실한 사람입니다. 내가 당신 같은 낙천주의자면 불안하지 않을 겁니다."

그는 웃음을 터뜨리며 이렇게 덧붙였다.

"당신은 자신이 교수형을 당하는 밧줄로도 돈을 벌 사람이에요."

"그러길 바라야지요."

슈타인이 무척 활발하게 바로 대꾸했다.

"안 그러면 아내가 어떻게 상복을 마련하겠어요?"

"그런데 당신 처지가 그 정도로 안 좋은가요, 아니면 농담을 하시는 겁니까? 농담하시면 안 됩니다."

"단 한 마디도 농담이 아니에요."

슈타인이 대답했다.

"당신도 알다시피 사업을 넘겼는데, 매수자가 돈을 내지 않습니다. 어떻게 해야 하지요? 벌이를 찾아 나설 수밖에 없습니다. 말이 나온 김에, 혹시 3만 마르크를 걸어볼 의향이……."

"아니, 아닙니다."

질버만이 말을 끊었다.

"그만하시지요. 나는 정말이지 더 큰 걱정거리가 있으니까요."

"예, 부럽군요."

슈타인이 느릿하게 대꾸했다.

"당신은 그저 불행하기만 하지요. 나는 거기에 더해, 먹을 것도 없습니다."

질버만은 깜짝 놀라 그를 바라보다가 지갑을 꺼내며 물었다.

"50마르크면 도움이 될까요? 가진 돈이 적어서요."

"당연히 도움이 되지요. 어서 주십시오. 다음 주에 돌려드리겠습니다. 내 사업을 넘겨받은 놈에게서 이따금 돈을 받긴 하니까요. 하지만 지극히 적은 할부금인 데다 그 사람 기분에 달려 있어요."

슈타인은 돈을 챙겨 넣고 활기차게 주위를 둘러보며 물었다.

"이제 뭘 할 겁니까?"

"베커에게 전화해야 합니다. 불행하게도 그 사람이 지금 함부르크에 있어요."

"집 매매는 어떻게 되어가나요? 감히 조언을 드리자면, 서두르셔야 합니다."

질버만이 집을 흥정하던 이야기를 하는 동안 슈타인은 그럴 줄 알았다는 듯이 내내 고개를 끄덕였다.

그러다가 칭찬하듯 슬쩍 부러운 티를 냈다.

"좋으시겠습니다. 당신은 정말 아리아인처럼 보이잖아요. 사람들은 최소한 당신을 두려워하지는 않지요. 하지만 나는 두려워한답니다. 나는 아무 데도 갈 수 없어요. 사람들은 전염병 환자라도 된다는 듯이 나를 피해요. 그래서 나는 늘 이런 말을 한답니다. 사람들은 내가 유대식 코로 자기들을 전염시킬까 봐 무서워한다고요."

슈타인은 씁쓸한 웃음을 터뜨렸다.

"나는 아리아인 친구가 아직 두 명 있어요. 베커와 테오 핀들러입니다."

질버만 말에 슈타인이 반박했다.

"핀들러를 친구라고 표현하시는 건 좀 과합니다. 지금까지 핀들러와의 우정을 자랑스러워한 사람은 없어요."

"당신 말이 아마 맞을 겁니다. 하지만 더는 친구가 없다면 이따금 있다고 상상해야 한답니다. 그러면 약간은 위로가 되니까요. 그런데 이제 뭘 하시렵니까?"

"객실을 하나 빌렸어요."

슈타인은 방금 질버만이 나온 호텔을 가리켰다.

"아, 그렇다면…… 또 만날 수도 있겠네요."

둘은 작별 인사를 했다.

질버만은 상대방의 뒷모습을 바라봤다. 슈타인의 걸음

걸이에는 안심시키는 요소, 낙관적이고 인생을 긍정하는 뭔가가 있었다. 발을 바닥에 똑바로 내려놓지 않고 약간 비스듬하게 디뎠고, 걸을 때 거의 눈에 띄지 않을 만큼 몸이 살짝 흔들렸다. 늘 그렇듯 중절모는 목덜미에 깊숙이 내려와 있었다. 슈타인의 뒷모습을 보는 동안 질버만은 자신이 처한 상황을 모두 잊었고, 둘이 방금 사업 거래를 마친 듯한 기분이 들었다. 특별히 이윤이 남거나 손해 본 거래는 아니고, 그저 서로 사업상 관계를 유지하기 위한 연결용 거래를.

나는 언젠가 그에게 5만 마르크를 빌려준 적이 있어. 질버만은 이 기억을 떠올리며 비애에 젖었다. 건실한 사람들이 슈타인 회사에서 일했고, 대규모는 아니지만 단단했지. 그런데 이젠 폐허가 됐어.

질버만은 저녁 식사를 하려고 레스토랑에 들어섰다. 슈타인을 초대했어야 하는데. 그는 메뉴판을 살피며 생각했다. 하지만 나도 그의 유대식 코가 두려웠어.

질버만은 맛있게 식사했다. 식사를 마친 후에 시가에 불을 붙이고, 한동안 아무 생각도 없이 느긋하게 평온을 누렸다. 그러다 해야 할 일을 떠올리고서 급하게 전화기로 향했다. 집에 전화를 걸고는 짧은 간격으로 울리는 연결음에 점점 더 긴장하며 귀를 기울였다. 몇 분이 흘렀다.

아무도 받지 않았다. 그는 결국 수화기를 내려놓았다.

어쩌면 전화기가 고장났는지도 몰라. 질버만은 대수롭지 않은 이유를 찾고 싶었다. 그런 일도 가끔 일어나잖아. 오늘 그러지 말란 법도 없지. 하지만 하필이면 오늘? 그는 고민에 빠졌다. 그렇다면 무척 이상한 일이지.

질버만은 재차 전화를 걸었지만, 결과는 마찬가지였다. 점점 더 걱정이 되었고, 자신과 아내에게 위협이 될지는 몰라도 어떤 상황인지 당장 알아보는 게 낫지 않을까 고민했다. 그러다 아내가 안전상의 이유로 오늘 밤 친구 집에서 잘지도 모른다는 생각이 들어 마음이 놓였다. 이런 상황에서는 아내가 안전히 쉴 곳과 친구를 더더욱 찾게 될 테니, 이 추측은 옳은 것 같았다. 하지만 그 경우라면 하녀라도 전화를 받아야 했다. 질버만은 더 깊이 생각하지 않고, 하녀가 이 기회를 이용해 평소에도 무척 좋아하는 영화를 보러 갔을 거라고 짐작했다.

그래서 완전히 느긋하지는 않지만, 한결 차분해진 기분으로 아내의 친한 친구 게르슈에게 전화를 걸었다. 아내가 어쩌면 그곳에 갔을 거라고 추측했기 때문이다.

게르슈는 몇 주 전부터 아내를 못 만났다고 했으나, 질버만은 지나친 걱정은 하지 않았다. 그렇다고 자신의 추측이 틀린 건 아니었으니까. 게르슈는 아내와 다투었지만, 아내가 집에 있다면 함께 있어줄 수 있으니 당장 그곳으로 가겠다고 했다. 화해할 핑곗거리가 생겨서 기뻐하는 것 같았다. 게르슈는, 요즘 사건이 많이 벌어지긴 하지만 자기가 알기로는 여성에게는 아무 일도 일어나지 않았다며 그를 안심시켰다.

질버만은 전화를 더 해보려고 다른 친구들의 이름과 전화번호도 받았다. 그는 사업 때문에 늘 바빠서 아내가 요즘 누구와 카드놀이를 하는지 몰랐다.

하지만 게르슈 역시 아내의 지인들에 대해서는 잘 몰랐다. 받은 번호로 전화해도 원하는 결과를 얻지 못했지만, 아내가 다른 지인 집에 묵을 가능성은 여전히 남았다.

질버만은 아내 걱정에서 벗어나려고 함부르크로 시외전화를 신청했다. 베커가 사뭇 뽐내며 최근 자주 머문다고 언급한 포시즌스 호텔과 몇 분 후 연결됐다. 기다리는 시간이 길어지자 질버만은 지명통화를 할 걸 그랬다고 후회했다. 그는 지금도 낭비라면 치를 떨었다. 마침내 베커가 객실에 없다는 대답이 들려왔다.

도박을 하는군. 대답을 들은 질버만은 놀라서 고민에 빠졌다. 내 돈을, 내가 살아남을 기회를 도박으로 날리고 있어. 질버만은 무척 우울한 기분으로 식당을 나와 호텔로 향했다.

어디서 여행 가방을 하나 구할 걸 그랬어. 호텔로 들어서던 그가 생각했다. 가방이 없으니 왠지 분위기가 이상해. 사람들이 나를 부부 싸움 하고 쫓겨난 남편으로 보면 좋을 텐데. 그런 불행이 범죄로 취급받지는 않으니까.

그런데 이름을 질버만이라고 적어도 될까? 검사를 하면 당장 잡힐 거야. 그런데 가명을 쓰면 법을 어기는 건데. 정말 끔찍하군. 국가가 범죄를 지으라고 강요하는 거잖아.

하지만 종업원이 이번에는 숙박부를 내놓지 않고 바로 열쇠를 건네며, 슈타인이 로비에서 기다린다고 알려줬다. 아, 슈타인이 나를 좀 배려해주면 좋을 텐데. 질버만은 이렇게 생각하다가 자기 생각이 바로 부끄러워졌다.

"좋은 소식 있나요?"

유대인으로 보이는 다른 남자와 앉아 있던 슈타인이 물었다.

"전혀 없습니다."

"무소식이 희소식이지요. 그런데 왜 앉지 않으십니까?"

"너무 흥분해서 무척 피곤해요. 사실 바로 잠자리에 들고 싶습니다."

질버만은 작별 인사를 한 뒤 승강기를 타고 객실로 올라갔다. 종업원이 음식이 담긴 커다란 쟁반을 들고 함께 승강기에 탔다.

"수위는 해고됐나요?"

질버만이 종업원에게 물었다.

"오늘 오후에 체포됐어요. 유대인이 맞더군요."

질버만은 경악하여 입을 다물었다.

객실에 도착해 다급하게 문을 잠그고, 생각에 잠기려 침대에 몸을 던졌다. "유대인이 맞더군요." 싸늘하게 설명하는 종업원 목소리가 들렸다. "유대인이 맞더군요……." 종업원에게는 물론 충분한 이유가 되었다. 유대인 체포란 손님이 주는 팁처럼 지극히 평범한 일상다반사라고 생각하는 듯했다. 유대인이 체포됐다. 유대인이라서. 다른 이유가 필요한가? 종업원이 볼 때는 그것으로 충분했다.

여기 묵으면 안 되겠다. 질버만은 이렇게 결심하고서 침대에서 벌떡 일어나 넓은 객실을 둘러봤다. 여기서는 절대 자면 안 돼. 어쩌면 한밤중에 나를 침대에서 끌어낼지도 몰라. 그러는 와중에 소음이 약간 발생하면 투숙객들이 깨서 문을 열고 룸메이드에게 무슨 일인지 물을 테고, 그러면 아마 이런 대답을 들을 것이다. "아, 아무 일도 아니에요. 방금 유대인 한 명이 체포됐어요. 그게 다예요." 그러면 사람들은 이렇게 대답하겠지. "아, 그렇군요……. 그런데 체포하면서 이렇게 요란스러워야 하나요?" 이 잠꾸러기들은 그저 방해받고 싶지 않을 뿐이다. 중요한 것은 그게 전부다.

언젠가 내가 체포된다면 다른 사람들이 무슨 말을 할지, 어떻게 말할지는 아무 상관도 없다. 아니, 상관이 없는 건 아니야. 인정 있는 사람이 한 명이라도 있다면……. 어쨌든 여긴 안전하지 않아. 나를 체포하고, 어쩌면 때려서 죽일 수도 있어. 항의에도 불구하고 내가 계속 귀찮게 굴고, 편히 쉬고 싶은 사람들의 권리를 침해했다는 이유만으로도. 그들은 무엇보다 잠을 자고 싶으니까.

질버만은 방에서 왔다 갔다 하며 걸었다.

내가 여전히 목숨을 부지하는 건 놀라운 일이야. 이제 그들은 유대인이 시민이었던 시절을 다 잊었어. 어쩌면 사람들이 우리 옷을 조심스럽게 벗기고 죽일지도 모르지. 옷에 피가 묻거나 지폐가 훼손되지 않게 말이야. 요즘은 살인도 경제적으로 하니까.

질버만은 거울 앞에 서서 넥타이를 똑바로 가다듬고 휴대용 빗으로 머리를 빗었다. 그런 다음 객실 문을 조심스럽게 열고 넓은 복도를 내다봤다. 아무도 없었다.

방금도 발소리를 들은 것 같았어. 나는 너무 겁이 많아. 세계대전에 참전했으면서도. 하지만 그건 달랐지. 다수 대 다수였으니까. 지금 나는 혼자고, 홀로 전쟁을 치러야 해. 내가 스파이인 셈인가? 만약 그랬다면 어땠을까. 아마 어떤 행동을 할지 알았겠지. 하지만 나는 그저 사업가야. 사업가에 불과해. 내게 열정이라곤 없어. 외부에서 오는 활력이 없다고. 바로 그거야. 나는 그저 불안할 뿐이지. 강도 같은 범죄자조차 나처럼 불안해하진 않을 거야.

질버만은 살그머니 한숨을 내쉬고 복도로 나섰다. 급한 걸음으로 승강기로 가서 버튼을 눌렀다. 로비에 다시 도착해, 다른 사람들과 여전히 과거와 미래의 사업에 관해 이야기를 나누는 슈타인에게 다가갔다.

"이봐요, 슈타인."

질버만이 다급하게 말을 이었다.

"나는 지금 이 호텔을 떠납니다. 유대인 수위가 오늘 체포됐대요. 직원 가운데 누군가가 경찰과 연관된 모양입니다. 더 나쁜 경우는 당과 연관이 있는 거고요. 돌격대가 우리를 뒤쫓고 있을지도 몰라요."

"도대체 어디로 가시려고요?"

슈타인은 질버만의 말을 상당히 차분하게 받아들이며 물었다.

"아직 모르지만 어쨌든 여기에는 절대 묵지 않으려고 합니다."

"나는 이대로 묵을 예정입니다."

슈타인이 대답을 이었다.

"오늘 밤에는 어차피 독일 제국을 떠날 수 없어요. 당신도 같은 처지입니다. 그러니 지금 정신 나간 짓을 벌일 필요가 있을까요? 모든 것은 언제나……."

"당신이 운명론자라면 어쩔 수 없지요."

질버만이 그의 말을 가로막았다.

"나는 그들 손아귀에 잡히지 않기 위해 내가 해야 할 일을 하렵니다."

"어디로 가시게요? 어느 호텔이나 마찬가지예요. 그저 운에 달렸을 뿐입니다. 유대인은 죽어서 묘지에 묻혀도 사람들의 난동에서 안전하지 않아요. 뭘 어쩌시려고요?"

슈타인은 체념 가득한 표정으로 어깨를 으쓱했다.

"그래서 나와 가실 겁니까, 안 가실 겁니까?"

"이봐요, 질버만. 나는 당신을 따라가거나 여기 머물거나 똑같습니다. 내 코를 보세요……."

그는 경멸하듯 자기 자신을 가리키며 웃음을 터뜨렸다.

"이 코로 도망친다고요? 말도 안 되는 소리."

"당신이 남아메리카인이나 이탈리아인이라고 생각할 수도 있어요."

질버만이 그를 달래려고 했다.

슈타인은 거부하는 손짓을 했다.

"그럴 수도 있지요. 하지만 나는 아닙니다. 난 독일 여권

소지자예요."

그가 고개를 저으며 말을 이었다.

"안 됩니다. 나는 어쩔 수 없어요. 그저 일을 계속해야 합니다. 할 수 있는 일이라고는 그것뿐이에요. 부유한 유대인은 가난한 유대인보다 항상 더 나은 법이니까요. 그러니 내 걱정은 하지 말고 가세요. 잘 지내시길, 건강하시길 빕니다. 며칠 후에 상황이 나아지면 전화드리지요. 이 사업을 정말로 당신과 하고 싶거든요. 아시겠어요? 당신이 사업을 하고, 나에게 수수료를 지불한다는 뜻입니다. 당신 선박이 고철이 되었더라도 상관없습니다. 이 사업은 열린 금광이에요."

"내가 사업을 계속할 것 같지는 않군요."

질버만이 느릿하게 말했다.

"하지만 어쨌든 며칠 내로 전화는 하셔도 좋습니다."

그는 방값을 지불했다. 미룰 수 없는 여행 때문에 갑자기 떠나게 되었다고 어느 정도 노련하게 핑계를 댔다. 수위 역할을 하는 종업원에게 자신도 이유를 모르면서 팁을 듬뿍 주고는 호텔을 떠났다.

함부르크로 가야겠어. 거리로 나선 그는 순식간에 이런 결정을 내렸다. 그게 제일 좋아. 그곳에는 믿을 만한 놈, 베커가 있으니까. 그와는 이야기를 나눌 수 있어. 베커가 개입할 수도 있을 거야. 오늘 일은 아마 정부 허가도 없이 벌인 행위겠지. 내일이라도 정부가 나서서 자기들은 전혀 몰랐다고 해명할지도 몰라. 정부가 설령 반유대주의자들과 결탁했다고 해도 어쨌든 정부야. 정부가 그런 일을 허용해선 안 돼. 이런 시절에는 그저 정신과 육체가 상하지 않게 보존하며 살아남는 수밖에 없어. 사고를 당한 자들은 조심하지 않았으니 자기 잘못이야. 도망친 사람은 정당하지. 나는 정당하기를 바라는 거야.

질버만은 전차를 타고 동물원 역으로 갔다. 가는 길에 다시 한번 돈을 세어보니 97마르크가 남아 있었다.

정말 돈이 술술 나가네. 그는 깜짝 놀랐다. 180마르크에서 97마르크가 되었어. 이제 절약하며 지내야 해. 어쨌든 베커를 만날 때까지는 그래야지. 이 상황에서 돈까지 부족하면 정말 끝장이니까.

역에 도착해서 함부르크 행 차표를 끊었고, 기차가 떠나려면 한 시간이나 남았지만 곧장 플랫폼으로 향했다. 자동판매기에서 껌을 한 통 뽑은 다음, 껌을 씹으면 기분이 차분해지고 다른 생각을 하게 되리라고 믿으며 하나씩 차례로 입에 넣었다. 다른 사람들에게서 자주 봤던 대로 턱관절을 계속 움직여, 페퍼민트 맛이 서서히 퍼지는 끈적끈적한 덩어리를 조심스럽게 이리저리 밀면서 씹었다.

아무 기쁨도 느끼지 못하고 그저 스스로 부과한 의무에 복종하며 한동안 껌을 열심히, 의도한 대로 멍하니 씹었다. 그러면서 플랫폼을 천천히 거닐었다. 뭔가 편안한 것을 생각하려고 애쓰다가, 아내가 이미 잠자리에 누워 잠이 들었을 거라고 상상하기에 이르렀다. 하지만 이 생각은 다른 생각을 몰고 왔고, 마음이 가라앉기는커녕 새로운 불안과 근심을 불러일으켰다.

아내가 내 걱정을 할 텐데. 엽서라도 보내야겠어.

질버만은 대합실 구내식당으로 가서 엽서를 한 장 받았다. 그러고는 자리에 앉아 커피를 한 잔 주문하고, 조심스럽게 껌을 계속 씹으며 엽서를 썼다.

사랑하는 엘프리데.

협의할 게 있어서 함부르크로 떠나. 내일 돌아올 거야. 내 걱정은 하지 마. 잘 지내니까. 당신에게 전화를 걸었는데 연결이 되지 않았어. 당신이 잘 지내기를 진심으로 바라.

사랑을 담아,

오토.

엽서 내용을 훑어보니 의심스러운 점은 없었다. 하기야 그는 의심을 불러일으킬 만한 게 뭔지 알지도 못했다. 질버만은 대합실을 나와 우체통에 엽서를 넣으려고 차단기를 넘어갔다가, 플랫폼으로 돌아와 다시 왔다 갔다 하며 걸었다. 추워서 양손을 비볐다. 장갑은 집에 두고 나왔다. 그의 옆에 보안국 장교 한 명이 불쑥 나타났다.

철도경찰이야. 질버만은 소스라치게 놀랐다. 기차에서 유대인을 수색하겠구나. 이렇게 불안한 적은 한 번도 없었다. 매일 수많은 친위대원과 돌격대원을 눈앞에서 보면서도 그 장면이 뭔가 특이하다고만 생각했다. 하지만 이제 군복만 보면 자기와 관계가 있는 것 같았고, 당원을 만나면 '철천지원수'라는 느낌과 '상대는 나에게 권력을 휘두를 수 있다'는 느낌을 국가사회주의자들의 정권 장악 직후보다 더 강하게 받았다.

질버만은 다시 걸었다. 장교에게서 20미터 떨어진 곳까지 갔다가 몸을 돌려 다시 그가 있는 쪽으로 향했다. 내가 다른 사람들보다 겁이 많은가? 그는 자신에게 물었다. 예를 들어 친위대원이 볼셰비키 국가에서 돌아다니면 어떤 기분일까? 게다가 가련한 프리츠 슈타인처럼 눈에 띄는 특징까지 있다면?

불안할 만한 상황이라고 자신을 달래면서, 한편으로는 적들 역시 불안한 상황이 있을 거라 생각하니 위안이 되었다. 재산을 몰수하는 정당을 평생 경멸했는데 어쩌면 그들이 자기 대신 복수해줄지도 모른다는 생각이 들자 이제는 거의 호감이 생길 정도였다. 그는 이 만족스러운 생각을 한동안 붙잡고 있었다.

질버만은 아무것도 모르는 군인을 안전거리를 두고 바라보며, '조심해. 아직 다 끝난 게 아니야'라는 눈빛을 던졌다.

기차가 들어왔다. 이등칸 앞에 선 질버만은 열심히 껌을 씹던 게 바보처럼 느껴져서 껌을 뱉고 기차에 올랐다. 흡연 칸 순방향 창가석에 앉아, 여전히 별로 붐비지 않는 플랫폼을 내다봤다. 하품을 하고 시계를 보니 기차가 출발하기까지 아직도 한참 시간이 남아 있었다. 그는 이동 중에만 마음의 평안을 다시 얻을 수 있다고 믿었으므로, 이렇게 기다리는 상태가 도무지 마음에 들지 않았다.

하지만 곧 베커와 이야기를 나눌 수 있을 테니 정말 기쁘군. 이렇게 생각한 질버만은 베커가 점점 더 보고 싶어졌다. 그 사람 자체보다는 동업자 베커가 그리웠다.

베커가 깨어 있어야 할 텐데. 이미 잠자리에 들었다고 해도 어쩔 수 없지. 그냥 깨우는 수밖에. 오늘 반드시 이야기해야 하니까. 도대체 베커가 왜 알려주지 않았을까? 뭐든 미리 아는 사람 아닌가.

불현듯 소름 끼치는 의구심이 들었다.

이럴 줄 알았어. 베커가 기회를 잡은 거야. 나는 그의 손아귀에 있잖아. 내 재산을 전부 순식간에 빼앗을 수 있어. 사실 그를 완벽하게 믿은 적은 한 번도 없다. 베커도 핀들러와 똑같은 사기꾼일까? 이익의 절반을 가져가는데도 충분하지 않다는 거지. 베커는 자본을 원해. 이미 그런 암시를 한 적도 있어. 얼마 전에 뭐라고 했더라? "오토, 나는 기반이 필요하다네. 곰곰이 생각해보니 나는 기반이 전혀 없더라고."

게다가 베커는 나치고, 그걸 숨긴 적도 없어. 어쩌면 공격하기 좋은 시기를 기다리는지도 모르지. 한꺼번에 모든 걸 빼앗을 시기. 노름꾼이잖아. 내가 어쩌다가 노름꾼을 믿었을까? 하기야 지금 유대인과 동업할 용기를 내는 사람은 노름꾼밖에 없겠지.

질버만은 오래 앉아 있을 수 없었다. 기차 통로로 나가 유리창 바깥으로 몸을 내밀었다. 차갑고 시원한 바람 덕분에 기분이 나아졌다.

베커가 나를 속일지도 모른다는 생각을 왜 한 걸까? 이번에는 이런 마음이 들었다. 베커는 언제나 꽤 괜찮은 남자였어. 우린 반평생이나 알고 지낸 사이잖아. 지금은 무엇이든 누구든 의심하는 시대지만, 흔들리면 안 돼.

질버만은 어떤 부부에게 길을 터주느라 옆으로 비켜섰

다. 부부는 여러 칸을 들여다보다가 자리를 잡았다. 저 남자는 유대인일 수도 있겠네. 질버만은 이렇게 생각하며 창밖으로 다시 몸을 내밀었다. 기차 승객은 여전히 별로 많지 않았다. 질버만은 자기 칸에 다른 사람들이 더 오지 않아서 다행이라고 생각했다.

잘 수 있겠군. 그는 이렇게 생각하며 또 한 번 하품했다. 정말 무척 피곤하네.

기차가 서서히 움직이자 질버만은 통로를 떠났다. 자기 자리에 편안하게 앉아, 눈을 감고 자려고 애썼다. 평소에도 자장가 같던 기차 바퀴 리듬을 듣고 있자니, 그러잖아도 지친 몸이 더욱 노곤했다. 하지만 잠은 오지 않았다. 이따금 여행객들의 단편적인 대화가 들려왔다. 같이 아는 지인들을 흉보는 소리, 비행기 여행의 장단점에 관한 이야기 같았다.

질버만은 자려고 십 분 동안 애쓰다가 결국 몸을 똑바로 일으켰다. 상의 옷깃에 금빛 당원 배지를 단 남자가 그제야 눈에 들어왔다. 질버만은 자기도 모르게 이마를 찌푸리며 상대방에게 짜증스러운 시선을 던졌다. 쿠션에 머리를 다시 기댔지만, 눈은 그대로 뜬 채였다. 특정한 무언가를 생각하는 건 아니고 피곤해서 그저 멍하니 있었다.

내일 아침 일찍 엘프리데에게 전화하고 전보도 보내야

겠어. 게르슈에게도 한 번 더 전화해야 했는데. 베커에게서는 아무 소식이 없어. 이상하군. 그가 돈을 받았는지 궁금하네. 에두아르트에게도 또 전보를 쳐야지. 그 녀석은 여기서 무슨 일이 벌어지는지 전혀 몰라……. 그런데 집에는 도대체 무슨 일이 일어난 걸까? 누굴 보내봤어야 하나? 여기 이러고 있으니 아는 게 전혀 없잖아. 아이고, 아내에게 무슨 일이 생긴 건지도 몰라. 하지만 핀들러가 거기 있었어. 무뚝뚝한 사람이지……. 그래, 건달처럼 이상하게 무뚝뚝해. 계약금이 1만 마르크라니, 말도 안 되는 소리! 그래도 아내는 돈이 있어. 정말 다행이야. 이 모든 상황은 어떻게 될까? 어린아이처럼 어찌할 바를 모르겠군. 이럴 줄 누가 짐작이나 했을까? 20세기에 유럽 한복판에서 이런 일이 벌어지다니!

승무원이 차표 검사를 했다.

질버만은 뭔가 말을 하고 싶어서, 함부르크 도착 시간을 알면서도 물어봤다.

금빛 당원 배지를 단 남자가 승무원보다 더 빨리 대답했다. 질버만이 그에게 감사 인사를 하자 대화가 시작됐다. 날씨와 급행열차 및 자동차 속도에 대한 이야기가 몇 마디 오간 뒤, 당원 배지를 단 남자가 질버만에게 체스를 두느냐고 물었다.

질버만이 유순하게 그렇다고 대답하자마자 상대방은 서류 가방에서 작은 휴대용 체스를 꺼내 피스를 꽂았다. 질버만은 이 상황이 약간 어색했지만, 남자의 요구를 피할 핑계를 찾지 못했다. 게다가 체스를 하면 생각을 다른 데로 돌릴 수 있어 긴장이 풀릴 거라고 짐작했다. 상대방의 주의도 시합으로 돌려 그의 입을 다물게 할 터였다.

질버만이 훨씬 뛰어나다는 사실이 금방 밝혀졌다. 그는 안전상 상대방을 이기게 해줄까 잠시 고민했지만 그러지 않았고, 말없이 한 시간 동안 체스를 둔 후 상대를 체크메이트로 몰았다.

"무척 잘하십니다."

금빛 당원 배지를 단 남자가 질버만을 칭찬했다. 그의 아내가 잠이 들었다가 이제 다시 깨어 졸린 눈으로 질버만을 보자, 그녀에게 자기가 왜 폰을 잃었는지, 어떤 실수로 졌는지 설명했다. 그러다가 질버만에게 얼굴을 돌려 진지하게 말했다.

"내가 룩을 G4가 아니라 A3로 옮겼더라면……. 아니, 그 전에 킹과 룩의 위치를 바꿨더라면……. 아니, 그랬다면 당신이 나이트를……. 아니, 내가 퀸을 그 전에 뒤로 옮겼어야죠. 무슨 일인지 모르겠군요. 평소에는 훨씬 더 잘한답니다. 지금은 너무 피곤해서 그래요."

질버만은 그저 고개만 계속 끄덕였다.

"오프닝이 무척 인상적이었습니다."

체스를 잘 아는 남자가 말을 이었다.

"흠, 그러니까 내가 하고 싶은 말은…… 혹시 한 판 더 하실까요?"

자신의 패배를 반드시 씻고 싶은 남자의 의지가 엿보였다.

"함부르크에 도착할 때까지 끝낼 수 있을지 모르겠군요."

질버만이 망설이자 남자가 대답했다.

"시간제한을 두고 빨리하지요. 그건 그렇고, 저는 투르너라고 합니다."

"만나서 기쁩니다."

질버만은 쌀쌀맞게 대꾸했다.

이제 '성함을 여쭤봐도 될까요?'라는 질문이 나올 차례였다.

그냥 '질브'라고 해야겠다. 질버만이 마음을 정했다.

하지만 상대방은 묻지 않았고, 바로 두 번째 시합을 시작했다. 당원 배지를 단 남자는 이번에 매우 주의 깊게 체스를 둔 덕에 질버만보다 약간 유리한 고지를 선점했다. 그러나 질버만 역시 온 신경을 쏟았다. 마치 이 시합에 엄청나게 중요한 것이 걸려 있다는 듯 끈질기고 진지하게,

열정적 분노를 담아 집중했다.

상대 얼굴이 새빨개졌다. 그는 입술을 꾹 다물고 흥분해서 눈을 깜박거리다가, 아내를 쿡쿡 찌르며 상황을 설명하기도 했다. 그러고는 한 수 물리려다 질버만이 눈썹을 약간 치켜세우자 포기하고, 원래 두려던 수와 두 번 다르게 두고는 결국 패배를 인정했다.

"무척 예리하게 잘 두시는군요."

그의 목소리는 칭찬보다는 비난에 가까웠다.

"나는 제대로 하지 못했는데요."

질버만은 적의에 차서 거짓말을 했다. 그는 이런 겸손한 말이 승자의 자만에서 비롯된 것임을, 그래서 패자에게 더 많은 굴욕을 안겨주는 것임을 잘 알았다. 패자는 최소한 상대방이 전력을 다했다는 말을 들을 자격은 있지 않은가.

남자는 쿠션에서 초조하게 이리저리 움직이며 손톱을 들여다본 다음, 옆에 놓인 체스 가방을 내려다보다가 드디어 입을 열었다.

"세 번은 해야지요. 나를 다시 체크메이트로 몰아가고 싶지 않으신가요?"

"그 정도로 잘하지는 않습니다."

질버만이 겸손하게 대답한 후 둘은 세 번째 시합을 시

작했다.

이제 정신을 차려야 해. 그는 고민에 빠졌다. 이번에는 져줘야겠다고 생각했지만, 또 이겼다. 네 번째도, 다섯 번째도 이겼고, 기차가 함부르크에 도착했을 때 당원 배지를 단 남자는 여섯 번 패했다. 그는 질버만을 이루 말할 수 없이 존경하게 되었다.

"꼭 다시 만나고 싶습니다. 이렇게 체스를 잘 두시는 분은 정말 오랜만이에요."

헤어질 때 남자는 이렇게 말하며 명함을 건넸다.

헤어만 투르너, 주임 기술자, 클라이스트 거리 14번지. 질버만은 명함을 읽고 전화번호도 본 다음 기분 좋게 말했다.

"언제 전화드리겠습니다."

"예, 그렇게 하세요."

평범한 체스꾼은 위대한 선수와 다시 시합하려고 지극히 공손하게 부탁했다.

둘은 악수를 하고 헤어졌다.

저 사람도 인간이야. 질버만은 기뻤다. 당원 배지를 달았지만, 분명 인간이었어. 어쩌면 모든 상황이 그렇게 나쁜 건 아닐지도 몰라. 체스에서 패배한 뒤 모욕감을 느끼지 않고 뻔뻔해지지도 않는 사람이라면, 강도 짓을 하거나 누군가를 때려죽이기는 어렵지.

질버만은 체스 승리에 힘을 얻고 역을 떠났다. 더는 자신을 도망자나 나약한 외톨이로 느끼지 않았다. 여전히 이길 수 있다는 사실을 증명하지 않았던가. 택시를 잡을까 잠시 고민하다가 호텔이 그리 멀지 않으니 걷기로 했다. 거리에 사람이 별로 없었고 자동차도 거의 보이지 않았다. 융페른슈티크에 도착한 그는 알스터 강으로 다가가서 잿빛 강물을 잠시 노려봤다. 어둡게 흘러가는 수면에 반사된 가로등 불빛을 보다가 심호흡을 했다. 차갑고 축축한 바람에 머리가 맑아졌다.

"도대체 무슨 일이 벌어진 걸까?"

질버만은 혼잣말을 했다. 어려움에 처하고, 귀찮은 일을 당하는 건 맞아. 하지만 다시 편안해질 거야. 그냥 이주해도 되고. 사실 그다지 나쁜 상황은 아니야. 살아 있으니까. 그래, 이 모든 일에도 불구하고 살아 있으니까.

3

베커는 돌격대 장교 두 명과 테이블 앞에 앉아, 거래가 끝난 후 요즘 늘 그랬듯이 느긋하고 즐거운 기분으로 음식을 먹고 샴페인도 마셨다. 그러나 질버만이 옆 테이블에 자리를 잡는 모습을 보자 평온함은 사라지고 불안해졌다. 그는 흥분한 눈길로 친구를 쏘아봤다. 우리 자리에 절대 오지 마! 그의 눈길은 이런 경고와 질문을 동시에 던졌다. 왜 따라온 거야? 왜 내 뒤를 밟지? 도대체 무슨 생각을 하는 거야, 응?

질버만은 동업자의 얼굴에 드러난 경고와 질책을 못 본 척했다. 메뉴판을 한참이나 들여다본 뒤, 자연스럽지만 살짝 떨리는 목소리로 비프스테이크와 레드와인 반병을 주문했다. 오전 내내 자고 한 시간 전인 12시 45분경에야 일어난 참이었다.

전날 저녁에는 상당히 늦어졌다. 질버만은 호텔에서 베커를 만나지 못했고, 오랫동안 소득 없이 기다린 후에 하룻밤 묵을 숙소를 찾아 나섰다. 포시즌스 호텔에서 객실을 구할 엄두는 내지 못했다. 야간 수위의 "하일 히틀러!"가 너무 엄숙하게 들렸다. 그래서 알고 있던 외국인용 펜션을 찾아가 방해받지 않고 푹 잤다. 그러나 점심 무렵에 숙박부를 작성하자, 그의 이름을 본 직원이 앞으로 유대인 펜션에서 묵는 게 나을 거라는 암시를 보냈다. 질버만은 기분이 안 좋아졌다.

질버만은 불쾌한 눈길로 베커를 노려봤다.

저기 저 남자, 내 친구는—친구이길 바라야지—내 재산을 주머니에 넣고 다닌다. 그런데 혹시 함부르크 사업 동료들이 조건을 바꾸려고 한 건 아닐까? 사실 이미 다 명확하게 이야기가 되긴 했지. 질버만은 자신을 안심시켰다. 하지만 의심의 여지가 전혀 없을 정도로 명확하진 않았어. 그래도 베커는 능력 있는 사업가고 믿을 만해. 그래, 믿을 만하지. 정말이야. 우리 둘은 이번 선박으로 7천 마르크를 벌었어. 노동도 많이 투입했고 짜증 나는 일도 많았지. 고철화 작업도 직접 했다면 더 많이 벌었을 거야. 그래도 내 몫의 돈을 받기만 하면 나는 만족하고 운이 좋다고 생각할 텐데.

질버만은 와인 잔을 입에 가져갔다. 이번이 독일에서 하는 마지막 사업이야. 3천 500마르크를 벌려고 7만 8천 마르크를 걸었지. 그는 고개를 절레절레 저었다. 이제 절대 그러지 않을 테다. 안전한 일이라고? 돈이 베커 주머니에 있는 한 안전하지 않다는 생각이 그제야 들었다. 아니, 베커는 믿을 수 있어. 그렇고말고. 질버만은 불안하고 고통스러운 표정으로 친구를 건너다봤다. 베커가 아무 핑계라도 대고 이쪽으로 오지 않는 이유가 뭘까? 도대체 돌격대 장교들과 뭐 하는 거야?

사실 베커를 믿을 이유가 있나? 질버만은 골똘히 생각에 잠겼다. 나는 지금 도저히 누군가를 믿을 상황이 아니야. 타인을 언제나 불신해서는 안 돼. 그건 안 되는 일이야. 하지만 조심하긴 해야지. 조심해야 하나, 신뢰해야 하나? 내 형제 한스는 전쟁에서 독일을 위해 싸우다가 전사했어. 한스도 국가를 신뢰해서 그랬지. 아니, 이건 말도 안 되는 소리야. 조심성과 신뢰는 서로 아무 관계도 없잖아.

베커가 자리에서 일어섰다.

이제 나에게 오겠군. 질버만은 잔뜩 긴장한 채 나이프와 포크를 접시에 내려놓았다.

그러나 베커는 인사조차 하지 않고 군인들을 따라 그의 테이블을 그대로 지나쳤다. 질버만은 잠시 할 말을 잊었다. 그러다가 고함을 질렀다. "종업원!" 그러고는 식대를 지불하고 벌떡 일어나, 외투를 다듬으며 베커 뒤를 쫓아갔다. 베커는 이미 식당에서 나갔다. 질버만은 돌격대 장교들과 여전히 함께 있는 그를 로비에 가서야 다시 볼 수 있었다. 베커는 막 계산하는 중이었다. 그는 요란하게 인사하고는 호텔을 나섰는데, 자기를 보고 멈춰 선 질버만을 못 본 척했다.

나는 이제 끝장이야. 질버만은 절망에 빠졌다. 베커가 내 돈을 빼돌릴 거야. 이제 어떻게 하지? 알 수 없어.

질버만은 잠시 고민하다가 베커의 뒤를 밟았다. 베커는 돌격대 장교들과 느긋하게 수다 떨며 택시 주차장으로 향했다. 그러다 갑자기 멈춰 서더니 고개를 돌려 질버만을 바라봤다. 질버만은 열 걸음 뒤에서 입을 반쯤 벌리고 눈을 크게 뜬 채 그를 노려보고 있었다. 베커는 언짢은 듯 얼굴을 찌푸렸다가 자기 모자에 손을 올려 아는 척했다. 마음이 놓인 질버만도 재빨리 답례했다.

이제 베커에게 물어봐야 해. 내 돈으로 뭘 했는지, 도대체 무슨 생각을 하는 건지, 제정신인지…….

질버만은 한 걸음 앞으로 나섰다가 멈춰 선 뒤, 한 발을 담 위에 올리고 구두끈을 만지작거렸다. 불현듯 베커가, 그리고 그가 자신에게 행사하는 권력이 두려웠다.

체포되면 안 돼. 매를 맞아서는 안 돼. 그건 절대 안 돼!

그가 몸을 일으켰을 때, 베커는 돌격대 장교들과 택시에 오르고 있었다.

"자, 그럼 베를린으로!"

베커는 이렇게 고함을 치고는 질버만에게 인사하듯 손을 흔들었다.

"다행이야."

질버만은 감동하여 나지막하게 한숨을 쉬었다.

"베커, 오랜 친구, 성실하고 우직한 녀석."

그러다가 조금 전 베커를 의심했던 것도, 이렇게 감동하는 자신도 부끄러워졌다. 그래서 두 가지 다 없던 일로 하자고 마음먹었다.

질버만도 택시를 손짓해 불러 역으로 향했다. 그곳에서 또는 기차에서 베커를 만나길 바랐다. 운전사에게 돈을 내고 확인해보니 남은 돈은 겨우 20마르크짜리 지폐 두 장뿐이었다. 역 계단을 오르면서 베커가 없었으면 굉장히 불안하고 걱정됐을 거라고 생각했다.

질버만은 베커의 눈에 띄지 않게 무척 조심하면서, 이등칸 차표를 샀으면서도 삼등칸에 올라탔다.

베커가 감시당한다는 느낌을 받으면 안 되지. 질버만은 상냥한 마음으로 생각했다. 하지만 자기 신변을 조심하느라 이렇게 행동한다는 사실을 인정해야 했다. 베커와 동행하는 자들 눈에 띄고 싶지 않았다.

그가 탄 칸은 한 자리만 빼고 모두 차 있었다. 질버만은 관심도 없으면서 승객들 얼굴을 바라봤다. 싸구려 시가를 피우는 맞은편 남자는 출장 중인 듯했다. 그 남자는 기차가 출발하자 창가로 다가섰다. 질버만은 그가 작별 인사를 하려 한다고 짐작했지만, 유리창을 닫으려던 거였다.

삼십 분 후 기차 칸은 매캐한 연기로 가득 찼다. 질버만은 목 점막이 너무 아파 더 견디지 못하고 일어나 식당차로 향했다. 레스토랑에서 비프스테이크를 많이 남겼으므로 어차피 배도 무척 고팠다. 베커가 있다는 사실에, 그리고 그가 지닌 돈에 용기를 얻어 풍성한 식사를 주문했다. 식사를 마치고 나서 그대로 식당차에 앉아 별 흥미도 없이 숙소 안내 잡지를 뒤적이자니, 아까 했던 걱정과 염려가 되살아났다.

베를린에 도착하기 이십 분쯤 전에 모자와 외투를 가지러 원래 자리로 돌아온 그는 의도치 않게 지극히 중요한 정치적 대화를 엿듣게 되었다. 아까 창문을 닫은, 아마도 사업차 출장 중인 그 남자가 같은 칸 여행객들에게 긴박한 정치 상황을 설명하고 있었다.

질버만은 자리에 앉아 그의 이야기를 듣지 않으려 애썼

다. 이미 어느 정도 귀에 익은 내용이었기 때문이다. 그는 옆 사람 너머 유리창으로 비에 젖은 바깥 풍경을 보며 자신이 처한 상황을 곰곰이 생각했다. 무엇보다 아내가 어찌 되었는지 몰라서 답답했고, 점점 커지는 근심과 염려 때문에 기차가 베를린에 도착하기까지 남은 이십 분이 아주 고통스러웠다.

엘프리데는 어떻게 되었을까? 그는 불안에 사로잡혔다. 아내의 안위를 확실하게 알아보지도 않고 어쩌다 함부르크로 왔는지 스스로 이해되지 않았다. 그러다가 베커를 놓치지 말아야겠다는 생각이 들었다. 그 문제가 아내 걱정을 몰아냈다. 다른 생각을 하려고 결국은 대화와 흡연으로 목이 쉰 남자 목소리에 귀를 기울였다.

"우리는 강력한 정치를 해야 합니다."

남자가 말했다. 그는 자신의 소속감을 즐기며, 마치 자신이 독일 제국 정부의 중요한 요원이라는 듯 '우리'라는 말을 강조했다. 그러고는 목소리를 더 높여 말을 이었다.

"예전에 유대인들은 독일이 유럽식이 되어야 한다고 했지요. 하지만 우리는 오늘 이렇게 말합니다. 유럽이 독일식이 되어야 한다고요."

승객들은 찬성 또는 무관심을 드러내는 표정으로 그의 말을 들었다.

"창문을 열면 안 될까요?"

어떤 목소리가 수줍게 물었다.

"아니, 안 됩니다. 내가 감기가 심하게 들었어요."

이 인간적인 고백은 그의 위엄을 상당히 깎아내렸고, 그의 강력한 항의에도 누군가 유리창 하나를 열었다. 그 일로 마음이 많이 상했는지, 남자는 맥락도 없이 유대인에 대해 인정사정없이 장황한 비난을 늘어놓았다.

질버만은 자리에서 일어나 외투를 입고 그 칸을 나왔다. 회사에서 베커를 만나야겠어. 이렇게 결심하고 기차 통로를 지나 제일 앞 칸으로 향했다. 가장 먼저 기차에서 내릴 의도도 있었지만, 친구와 다시 만나는 일을 피하려는 이유도 있었다.

그는 기차가 서자마자 뛰어내려 서둘러 플랫폼을 떠났다. 아래쪽 대합실로 내려와 아내에게 다시 전화해보려고 공중전화 부스로 갔다. 걱정했던 대로 그의 집 전화는 아무도 받지 않았다.

하지만 게르슈와는 연결이 되었다. 그녀는 어제저녁에 예상치 못한 손님이 오는 바람에 엘프리데를 찾아가지 못했다고, 하지만 오늘 낮에 가서 초인종을 계속 울리며 십 분 동안 문 앞에 서 있었지만 아무도 나오지 않더라고 말했다.

이 소식을 들은 질버만은 무척 암담한 기분으로, 같은 건물에 사는 세입자들에게 물어봤느냐고 했다.

게르슈는 아니라고, 유감스럽게도 그러지 못했다고, 하지만 다시 들러볼 수 있다고 대답했다.

"아닙니다. 제가 직접 갈 거예요. 이 불확실한 상황을 더는 못 견디겠군요. 무슨 일이 벌어졌는지 알아야겠어요."

질버만의 말에 게르슈가 대답했다.

"어떤 기분이실지 잘 알아요. 하필이면 어제 친척 아주머니가 오셨어요. 오늘 저녁 9시에 다시 전화 주세요. 지금은 갈 수 없지만, 7시쯤 다시 들를 수 있으니까요. 아, 오늘 또 들었는데 여자에게는 아무 일도 없고 남자만 체포됐다고 해요. 그러니 걱정하실 필요 없어요. 오늘 저녁까지 차분하게 기다리세요. 댁에 직접 가시면 안 좋은 일을 겪으실 수도 있어요. 같은 건물에 사는 이웃 누군가가 당신이 돌아왔다고 밀고할지도……."

"어쨌든 고맙습니다."

질버만은 게르슈의 말을 가로챘다.

"오늘 저녁 다시 전화드리지요. 안녕히 계십시오."

게르슈의 위로에도 그는 여전히 불안했다.

동생에게 또 전화하기로 했다. 동생은 집에 있었지만, 말을 제대로 하지 못할 정도로 불안해했다. 힘들긴 하지만 만나자는 그의 제안에 동생은 놀라서 고함을 질렀다.

"지금 상황에서 우리가 어떻게 시내에서 만나? 나는 어차피 집을 떠날 수도 없어. 나는 그 사람들이 귄터를 놓아줄 거라고 믿어. 초인종이 울릴 때마다 화들짝 놀라고, 그가 돌아왔다고 생각하지. 쉰여섯 살짜리 남자를 오랫동안 잡아둘 수는 없을 거야. 귄터가 돌아왔을 때 내가 여기 있어야지."

"하지만……."

그렇게 빨리 돌아오지 못할 거라고 말하려 했다. 그러나 질버만은 입을 다물었다. 동생의 희망을 뭐 하러 꺾겠는가? 대신 이렇게 물었다.

"귄터를 변호할 아리아인 변호사가 있어?"

있다고 했다.

"돈은?"

돈도 있었다.

질버만은 작별 인사 하고 전화를 끊었다.

이제 어디로 가지? 그는 고민에 빠졌다. 베커가 8만 마르크를 지닌 채 돌아다니게 하는 건 경솔한 짓이야. 그 돈을 수금하라고 베커에게 맡긴 것부터 잘못한 거지. 하지만 동업자이자 친구인데 그 정도 신뢰는 해야 하잖아. 해야 한다고? 흠, 어쨌든 벌어진 일이야. 지금은 베커에게 돈을 받아야 해. 안 그랬다가는 그가 안락한 그 금액에 익숙해져서 나중에는 돈과 떨어지지 않으려 할지도 모르니까. 그런데 사실 우리 집부터 가봐야 할 텐데. 그러다 질버만은 베커 문제부터 해결하기로 마음먹었다.

엘프리데를 위해서도 그렇게 해야 해. 그는 다짐했다. 엘프리데가 집에 없고 예상한 대로 지인 집에 머문다면 내가 집에 가봐야 소용없지. 하지만 베커 문제는 때에 따라서 아주 심각한 손해를 입을 수도 있어. 만약 아내가 집에 있다면 한 시간 후에도 있을 테지. 나는 그럴 이유가 전혀 없는데 너무 불안해하는 거야.

질버만은 한참이나 이런저런 논거를 댔다. 그러다가 새로운 생각이 떠올랐다. 핀들러였다. 번호를 찾지 못하리라 짐작하면서도 전화번호부 추가 부분을 자세히 뒤졌다. 핀들러는 교통이 편하고 적은 비용으로 안락하게 살 수 있다는 이유로 펜션에 머물다가, 육 주 전에야 집을 구해 이사했다. 질버만은 바로 엊그제 그의 전화번호를 수많은 수첩 가운데 한 권에—수첩은 뭔가 적을 때면 늘 옆에 있었고, 뭔가 찾을 때면 한 번도 없었다—빨간 펜으로 깔끔하게 적었지만 기억나지 않았고, 전화번호부에도 그의 번호는 없었다.

질버만은 핀들러의 집 대신, 그가 임대차상의 이유로

사무실을 함께 쓰는—핀들러는 오전 10시부터 12시까지 그곳의 가장 작은 사무실에서 담보가 확실한 사람 중 대출을 원하는 사람과 상담하고, 자산관리 업무도 처리했다—크라우스&존스 회사에 통화를 시도했다. 그러나 통화 중이어서 이 분 동안 기다리다가 공중전화 부스를 급하게 빠져나왔다. 베커가 또 떠올랐기 때문이다.

핀들러에게 진작 전화했어야 하는 건데. 질버만은 역을 나와 택시로 달려가면서 생각했다. 물론 전화번호를 잊어버리긴 했어. 모든 불행은 건망증에서 오는 거야.

그는 운전사에게 최대한 빨리 달리라고 했다. 택시는 십 분 후 질버만의 회사가 있는 사무실 건물 앞에 도착했다. 그는 택시에서 내려 건물로 들어가면서 베커 고철 주식회사 간판이 제자리에 걸려 있는지 확인했다. 누군가 나사를 빼서 훔쳐 간 이후로 생긴 버릇이었다. 승강기로 가서, 이미 아래로 내려오는 것을 보고서도 버튼을 급하게 눌렀다.

베커가 왔을까? 그는 생각에 잠겼다.

승강기가 멈춰 서자, 뭔가 가져갈 게 있었는지 직원 빈트케가 승강기에서 나왔다.

"안녕하세요, 빈트케 양. 베커 씨가 출근했나요?"

"아니요."

빈트케는 무척 놀란 표정으로 그를 보며 대답했다.

"베커 씨가 방금 전화했는데, 이십 분 후에 오신대요."

질버만은 고맙다고 인사하고 승강기에 들어섰다. 문을 닫으려다가 빈트케의 놀란 표정이 불현듯 떠올랐다. 왜 그랬지? 아, 내가 아직 체포되지 않아서 놀란 건가? 그는 빈트케의 뒷모습을 바라봤다.

내가 여전히 내 회사에 들어갈 수 있나? 빈트케가 남자 친구에게 전화하면 어쩌지? 그 남자는 돌격대원이잖아. 빈트케는 원래부터 나를 싫어했던 것 같아. 아, 말도 안 돼. 나랑 무슨 상관이야? 웃기는 생각이다. 내가 내 회사에 들어가지 못할 이유가 뭔가!

그는 승강기 문을 닫고 위층 버튼을 눌렀다. 그러나 2층에서 승강기를 세웠다.

이러지 않는 게 좋겠어. 차라리 헤르만 카페에서 베커를 기다리는 게 낫겠다. 무슨 일이 벌어질지는 아무도 모르니까……. 빈트케의 표정이 아무래도 마음에 걸려.

질버만은 다시 내려가서 승강기를 나서면서 "세월이 왜 이런가" 중얼거리며 한숨을 쉬었다. 건물을 지나며 자기 회사 간판을 다시 읽었다. 베커 고철 주식회사.

베커, 그렇지! 나는 여기서 아무것도 아닌 사람이 되겠지. 멋진 내 개인 사무실. 이 주 전에 드디어 꼭 필요한 책상을 들여놓았는데. 배전반도 새로 주문했고 말이야. 사무실 자재, 타자기와 그 외 물품들을 사느라 올해 3천 마르크를 투자했어. 헤펠 주식회사와 거래도 분명히 했을 테고. 다섯 달 전부터 내가 그 일을 했잖아. 진짜 사업은 이제 시작이고, 드레스드너 은행에서 대출도 받았을 텐데. 빌어먹을 세상! 엘름베르크 회사가 이제 사업을 독점하겠군! 일 년 전에 회사를 팔았어야 했는데 그러지 못하고 세월이 흐르거나 말거나 그저 편안하게 개인 사무실에 앉아 있었어. 아무 예상도 하지 못하고, 그 상태가 언제나 유지될 거라 믿었지. 그랬어!

그는 침울한 기분으로 도로를 건너, 평상시 오전에 간식을 먹고 오후에는 커피를 마시던 헤르만 카페로 들어갔다. 맥주 한 잔을 주문하고는 도로 건너편을 주의 깊게 살폈다. 고통스러운 삼십 분이 시작됐다.

창가 자리를 포기할 수 없어서 베커 집으로는 전화를 걸지 못했다. 질버만이 판단하기에 베커는 생각을 바꿔 사무실에 출근하지 않고, 뭔가 상황이 바뀌었는지 알아보려고 회사로 전화만 해볼 것 같았다.

지금 나는 내 회사 건너편에 앉아서, 들어갈 엄두를 내지 못하고 있어! 질버만은 점점 더 울화가 솟구쳤다. 저 회사는 내 소유야! 오로지 나만 주인이라고! 몇 년 동안 힘겹게 회사를 일궜는데, 이제 회사 모든 직원이 나보다 더 주인이 된다니! 내가 원할 때는 직원들을 해고할 수 없고, 그들은 기분 내키는 대로 언제든지 사장을 밀고해 강제수용소로 보낼 수 있다 이거지. 월급을 주고 고용한 직원들 앞에서 거지가 되어 구걸해야 하다니.

도제 베르너 씨는 안녕하신가요? 이제 이렇게 물어야 할 판이군. 푹 주무셨답니까? 기분은 좋으신가요? 하지만 그가 결국 짜증을 내며 내 특성 전체를 부인하는 건 아닐까? 인간으로서, 유대인과 사장으로서 모두 다? 열일곱 살짜리 히틀러 청소년단 분대장이 베르너에게 나랑 관련해서 뭔가 신호를 준 건 아닐까? 질버만은 분노해서 쓴웃음을 지었다.

소대장 약혼자를 둔 빈트케 양은 월급을 인상해달라고 계속 요구할 거야! 사실 그녀는 나랑 이야기할 필요도 없어. 아무도 그렇게 하라고 말하지 않아. 빈트케가 내게 요구한다는 것 자체가 마음이 넓다는 증거야!

하지만 경리 클리스니크는 연약한 상대를 우습게 봐. 그래서 이 녀석은 뻔뻔하게도 사흘에 한 번씩 지각을 하지. 아리아인이니 그래도 되는 거야! 그런데도 월급 인상을 요구하는데, 아마 올려줘야 할 테지!

내가 직원들 호의를 얻고 그들을 계속 기분 좋게 하려

면 또 뭘 해야 할까? 직원 모두를 동업자로 만들 수는 없잖아!

질버만은 분노하며 손가락으로 유리창을 두드리다가 투덜거렸다.

"이제 그만. 폐업해야겠어! 너무 지겨워!"

눈에 익은 개버딘 외투가 도로 건너편에 나타났다. 아까 맥줏값을 계산한 질버만은 벌떡 일어나 베커 쪽으로 달려갔다. 질버만을 본 베커는 자리에 서서 느긋하게 기다렸다.

"몇 시간이나 기다렸네!"

베커에게 도착한 질버만이 숨을 헐떡이며 말했다.

"얼마나 힘들었는지 자네는 모를 테지! 거래는 어떻게 되었나?"

둘은 악수를 했다.

"같이 올라가겠나?"

베커는 이렇게 묻고는 스스로 대답했다.

"그러지 않는 게 좋겠군."

둘은 방금 질버만이 나온 카페로 다시 들어갔다. 베커는 카페로 가는 길에 출장이 어땠는지, 얼마나 마셨는지, 얼마나 좋았는지 이야기하고, 굉장한 반유대주의자들이긴 해도 무척 훌륭한 사내들인 나치 두 명을 질버만에게 소개하지 못해 얼마나 유감스러운지 말했다. 그런 다음 카페에 들어가 자리를 잡고 앉았다.

베커는 팔짱을 끼고 뭔가 기다린다는 표정으로 질버만을 빤히 보다가 경멸이 묻어나는 목소리로 말했다.

"자, 이제 말해보게! 왜 나를 미행했나? 불안했던 모양이군. 그렇지?"

"돈은?"

질버만은 질문에 대답하지 않고 되물었다.

"일단 무슨 일인지 자네부터 말해보게!"

베커가 싸울 듯이 다그쳤다.

"자네, 유대인 박해에 대해 아무것도 듣지 못했나?"

"아, 그 우발적인 사건 말이군……."

"우리 집이 습격당했네. 나는 가까스로 도망쳤어. 우리 집에 있던 핀들러가 침입자들을 막았지."

"아, 그래?"

베커는 무관심하게 대꾸하고 말을 이었다.

"뭐 어쨌든 자네가 무사하다는 게 중요하지. 그건 그렇고, 그 늙은 모리배 핀들러에게 집을 팔았나?"

"계약금 1만 마르크에!"

베커가 고개를 절레절레 흔들었다.

"자네, 도대체 무슨 일인가? 계약금이 1만 마르크라니!"

"아니, 이제 그 이야기를 해보게. 거래는 어찌 되었나? 왜 내가 말을 걸지 못하게 했지? 그리고 돌격대 장교들과는 왜 여행을 한 건가?"

"하나씩 차례로 말하지."

베커가 출장 보고를 시작했다.

"그 쓰레기 같은 유대인들이 당연히 나를 힘들게 했다네. 알겠나? 폭동이 어쩌고 하면서 말일세. 자네도 그런 허튼 수작을 잘 알지 않나. 그래서 나 자신에게 속으로 말했지. '베커, 너는 이 인간들을 절대로 상대할 수 없어.' 그래서 베를린에 있는 친구에게 얼른 전화했네. 그랬더니 그 친구가 다른 친구와 함부르크로 왔지. 오늘 아침 그 유대인 놈들이 내 친구를 보자마자 계약서에 서명하겠다고 하더군! 나는 거래 가격을 5천 마르크 높여 불렀지! 자, 보게. 나는 사업을 이렇게 한다네. 그 5천은 내 여행 경비로 계산하겠네."

베커는 자랑스럽고 흥겹게 웃으며, 질버만의 어깨에 두툼한 손을 슬쩍 올렸다. 질버만은 짜증스러운 표정으로 그 손을 떨쳐내고 또박또박 말했다.

"자네, 그 사람들을 협박했군!"

"안 그러면 그런 유대인들이랑 어떻게 거래를 하지?"

베커가 모욕이라도 당했다는 듯이 물었다.

“그 사람들이 독일을 떠나겠다고 했네. 친척들이 체포됐다는 둥 수다를 떨고 또 떨더군. 나는 그 수다를 차분하게 다 듣고 나서 말했지. ‘당신들이 배를 샀으니 가져가야 합니다! 그리고 확실히 보장된 제국 은행 수표로 지불해야 해요’라고. 그랬더니 늙은 레비, 자네도 아는 그 알랑쇠가 이러더군. ‘예, 그런데 우리가 아직도 거래해도 되는지 모르겠습니다. 정부가 개입하면 위에서 내려오는 명령이니 어쩔 수 없어요.’ 그래서 내가 대답했지. ‘그건 내 알 바 아니오. 어쨌든 당신들은 배를 사야 합니다!’ ‘일단 알아봐야겠어요.’ 레비가 점잔을 빼더군. 그래서 돌격대 장교들을 최대한 빨리 오라고 했네. 그랬더니 모든 게 술술 풀리더라고. 내가 바보 같았어. 1만 마르크를 더 요구했어야 하는데 말이지. 그 사람들은 너무 두려워서 바로 현금지불 수표를 주더군. 다른 때 같으면 이틀 치 이자를 빼고 줄 텐데. 세상사 다 그런 게 아니겠나. 처음엔 뻔뻔하게 주둥이를 놀리다가 때리려고 덤벼들면 꽁지를 빼는 거지! 그저 낑낑거리면서!”

“자네, 그런 짓은 적절하지 않아.”

질버만이 날카롭게 지적했다.

“난 더러운 유대인 때문에 망하고 싶은 생각은 없네! 그놈들이 곤란을 겪거나 말거나 자네가 무슨 상관인가? 대사관 서기관을 살해하는 등, 왜 그런 더러운 짓을 했지? 총을 쏘면 상대방이 응사한다는 걸 계산해야지. 거기 서 있다가 멍청하게 주둥이를 놀리는 놈이 총에 맞는 건 당연하네. 맹세하는데, 포그롬*이 한꺼번에 세 번 온다고 해도 내가 유대인에게 사기당하는 일은 없을 걸세. 연민 어쩌고 하는 말은 나에게 통하지 않아!"

"자네, 지금 자네 앞에 있는 사람이 유대인이라는 사실을 완전히 잊은 모양이군. 자네는 당원들과 두 시간만 함께 있으면 아주…… 개자식처럼 행동해."

"더 들어줄 수 없군."

베커가 말했다. 화가 나면 늘 그렇듯 그의 눈이 튀어나왔다.

"자네는 이제 더는 내 하사관이 아니야. 알아들었나? 상황이 바뀌었다고. 나는 자네를 아주 오랫동안 견뎌왔네. 누구보다도 많이 견뎠다고. 하지만 내가 언제나 배려했다고 해서 이렇게 뻔뻔해지다니, 전형적인 유대인이로군. 이봐, 자네 도대체 무슨 돈으로 살지? 최근에 거래를 계속 성사시킨 사람이 누군가? 내가 이렇게 행실이 바르지 않다면, 미리 일을 처리하지 않는다면 자네가 뭘 할 수 있

* 대박해(大迫害). 군중이 당국의 묵인이나 허락하에 소수자를 공격하는 일.

지? 주둥이만 놀린다고 내게 위엄을 보일 수 있다고 생각하나? 위풍당당한 사람은 나일세! 자, 더는 할 말이 없군!"

"구스타프, 5천 마르크를 돌려보내야 하네. 그건 완전히 협박이야!"

"내가 자네 자본을 구한 건 아무것도 아닌가? 응? 유대인은 모두 한패야. 난 내내 알았어. 어떤 유대인이, 그것도 백만장자 유대인이 재산을 잃을 게 걱정되어 자네는 내 돈을 빼앗으려 하는군! 이것도 전형적이지!"

"구스타프, 이성을 좀 찾게! 다 늙어서 범죄자가 되려고 하나?"

"도덕 타령은 하지 말게. 내가 하는 일은 다른 사람도 모두 하는 거니까. 누구나 자기 장점을 마음껏 이용하는데, 자네는 나에게 이상주의를 요구하는 건가? 응? 유대인들도 타인의 불행 덕에 주머니 사정이 좋아지지 않았나? 이제는 자네를 비롯한 유대인들이 불행하고 우리 쪽이 돈을 버는 걸세. 상당히 다르지, 안 그런가? 이보게, 이게 완전히 옳다네. 유대인들은 머리가 더 교활하지만 우리는 주먹이 더 단단하고 다수니까. 내가 자네를 밀고하지 않는 걸 다행으로 생각하게! 나한테 아무 이야기도 하지 마. 자네가 예전에 나를 얼마나 철저하게 이용했는지 내가 모를 줄 아나? 나는 아주 오랫동안 대리인으로서 300마르크밖에 받지 못했네. 자네는 얼마나 벌었지? 다 아네!"

"자네는 내가 만난 사람 중에 가장 배은망덕한 인간이군! 내가 전쟁이 끝난 후에 자네를 곧장 채용하지 않았으면 자네가 어떻게 되었을지 궁금하네. 사장인 내가 자네보다 돈을 더 벌었다고 나를 비난하는 건가? 나는 내 돈으로 사업을 했네. 안 그런가? 자네 돈이 아니라고."

"그 돈은 어디서 생겼나?"

"아버지에게서 받았고, 내가 일해 번 돈이지. 내가 벌었다고 아주 확실하게 말할 수 있네!"

"나는 이제 돈을 벌기 시작했지. 살면서 평생 다른 사람들이 어떻게 사는지 보기만 했다고. 그런데 이제 나도 살기 시작했어! 그 레비에게 5만 마르크를 뜯어냈어야 하는 건데! 내가 너무 멍청했지!"

베커는 점점 더 흥분했다.

"나는 지나치게 선량해. 너무 착실하다고. 우리는 자네 같은 유대인을 도저히 따라갈 수 없네. 그래, 그런 거야."

즉흥적이지만 상당히 의도적인 이런 증오에 직면하자 질버만은 적당한 대답이 바로 떠오르지 않았다. 그러다가 천천히 입을 뗐다.

"자네는 나를 이십삼 년 전부터 알았어. 전쟁과 평화를 지나는 동안……."

"지겨운 소리는 그만두게!"

"구스타프, 상황이 이런데 자네가 없다면……. 자네가 성품이 의연하다면……."

"바보 같은 허튼소리는 집어치워. 나를 멍청이 취급하지 말라고. 자네가 무슨 생각을 하는지 이제 알았으니까! 아무 상관도 없는 유대인 부자 노인 때문에 친구들을 약탈하려 하는군! 친구들을! 자네 같은 인간은 친구를 둘 수 없네. 유대인을 빼고서는 말이지."

"자네, 술을 너무 많이 마셨나? 아니면 도박하다가 돈을 잃었나? 구스타프, 도대체 무슨 일인가? 자네가 도덕 타령을 하며 이렇게 분노하는 걸 보니 뭔가 엄청나게 추잡한 짓을 계획하는 모양이군."

"추잡한 짓이라고? 자네가 어떻게 생각하든 나는 신경 안 쓰네. 한 가지만 확실하게 말하지. 우리 우정은 끝났네. 지금부터 각자 사업을 하는 걸세. 우리 둘은 아무 상관도 없다고!"

"구스타프, 도대체 왜 이러나? 이러지 말게. 자네가 지금 일부러 화가 많이 난 척하는 거, 내가 모를 줄 아나?"

질버만은 그 말을 하지 않는 게 좋을 뻔했다. 베커의 분노가 정말로 심해졌기 때문이다. 베커는 걱정스러울 만큼 얼굴이 빨개졌지만, 다시 정신을 가다듬었다.

"정말 너무 심하군!"

그는 일부러 더 화가 난 척했다.

"자네는 나를 모욕했네……. 나를 미행했어……. 날 믿지 않았지……. 그러니 자네가 옳았다는 걸 내가 보여줘야겠군! 이제 끝이야. 완전히 끝장이라고! 베커 고철 주식회사는 자네가 갖게. 내 몫은 포기하겠네. 내 이름을 내준 회사지만, 난 아무것도 원하지 않아. 내 이름이 더는 들어가지 않게 최대한 빨리 조치하게! 그리고 8만 마르크는 둘이 나누지. 그게 가장 간단한 방법이네. 자네 몫은 몽땅 가져가게. 그럼 우리 사이는 끝난 거지."

베커는 있는 힘껏 거칠게 굴었지만 목소리가 떨렸다. 이 뻔뻔한 제안에 처음에는 아무 말도 못 하던 질버만은 상대에게서 거의 필사적으로 비열함을 짜내는 듯한 인상을 받았다. 베커는 자신의 의지나 확신보다는 이 시대에 잘 적응해야 한다는 의무감 때문에 이런 행동을 하는 것 같았다.

"구스타프."

질버만이 나지막하게 말했다.

"왜 불량배가 되려고 하나? 자네와 전혀 어울리지 않네."

"자네 자신에게나 그렇게 말하게."

평소 목소리를 되찾은 베커가 말했다.

"내가 옳지 않나? 사람은 살면서 한 번쯤 기회가 있지. 나는 지금까지 한 번도 없었네! 그러니 지금 이 기회를 최대한 이용해야지."

"자네, 미쳤군. 엄살이 심한 사기꾼이야!"

"주둥이 닥쳐. 내가 잔인하다면 이렇게 말하겠지. '유대인! 분할 제안에 동의하나? 동의하지 않는다면 내가 모두 갖겠다.' 다른 사람이 내 상황에 처했다면 보나 마나 그렇게 할 걸세. 하지만 나는 마음이 선량하다고."

"내가 믿고 맡긴 돈을 훔치겠다는 건가?"

"수표는 내 이름으로 발행됐네."

"지금 수표 이야기가 아니지 않나. 멍청한 척하지 말게. 구스타프, 나는 자네를 믿었네. 지금도 여전히 믿지. 그러니 바보 같은 농담은 그만두게."

"농담이라고? 자네가 혀를 함부로 놀린다는 건 나도 아네. 그러니 유대인이지. 하지만 내 의도는 확고하네. 자네가 꺾을 수는 없어!"

"세상에는 법이 있어!"

베커는 경멸하듯 웃음을 터뜨렸다.

"협박하나? 협박이라면 내가 자네보다 훨씬, 훨씬 더 잘할 수 있네."

"구스타프, 돈이 문제가 아닐세. 아니, 당연히 돈도 중요하지. 하지만 더 중요한 게 있어. 제발 내 말을 믿게! 자네 같은 사람이 협박꾼에다가 불량배가 되는 모습을 지켜볼 수 없네. 아무리 기회가 주어진대도 올바른 행실을 하는 사람도 있는 법이야. 뒹굴 수 있는 진창이 보인다고 바로 돼지가 되어버리지 않는 사람도 있다고."

"나는 행실이 바른 사람일세."

베커는 아무 확신도 없는 목소리로 말했다.

"그건 확실하네!"

"어쨌든 예전에는 그랬지. 자네, 어디 말 좀 해보게. 약속을 어찌 그리 간단히 깰 수 있나?"

"약속이라니? 무슨 말인지 도통 모르겠군. 잔소리하지 말게. 내 제안을 받아들이든지 말든지 결정하게."

"거부하네! 도둑에게서 재산의 절반을 돌려받다니, 그건 공범이 되는 길이지."

베커가 벌떡 일어나 으르렁거렸다.

"경고합니다. 이제 거래는 끝났소!"

"자네를 감옥에 집어넣겠어."

질버만은 너무 흥분해서 생각 없이 함부로 말했다.

"지인 모두에게 자네의 무례한 짓거리와 협박을 알리겠네. 자네 당에도 고발할 걸세. 당이 자네 돈을 압수하겠지. 유대인 재산을 훔칠 권리는 당이 독점하고 있으니까. 당은 불순한 경쟁자를 원하지 않아. 자네, 내가 어떤 사람인지 알게 될 걸세. 이 뻔뻔한 불한당 같으니!"

"나는 자네가 교활한 불량배라는 사실을 예전부터 알고 있었지."

베커는 다시 자리에 앉아, 평소대로 반말을 했다.

"자네가 누군지 아나? 흥분한 유대인이네. 돈을 잃을까 겁에 질린 유대인 녀석. 내가 자네만큼 냉정하다면 한 푼도 주지 않고 자네를 강제수용소에 보내버릴 걸세. 거기 가서 맘껏 고발하시든가."

"구스타프, 자네 어제 나에게 뭐라고 했는지 기억하나? 우정에 대해 말했다고!"

"자네가 어떤 친구인지는 이미 확인했네. 왜 언제나 내가 행실이 바르고 손해 보는 사람이어야 하나?"

"그 말은 자네 자신도 믿지 않겠지."

"그런데 자네 말은 믿으라고? 응? 이런 알랑쇠를 봤나. 세금 신고를 가짜로 한 사람이 누구지? 응? 인플레이션 때 칸트 거리에 있는 건물을 헐값에 사들인 사람은 또 누군가? 1917년에 휴가를 받은 사람은 자네뿐이라는 거, 기억하나? 자네는 전시공채 응모자였으니까. 우리는 응모하지 못했는데 말이지."

"자네라면 뻔히 할 수 있는 일을 안 했겠나? 나더러 사회적 차이에 책임을 지란 말인가? 내가 부자였다고 비난하는 건가? 그게 자네가 저지르는 도둑질을 변호해줄 수 있나? 그 작은 부당함을 겪어서 이 엄청난 사기를 저지르겠다고? 나를 자본가라고 비난하는 건가? 자네가? 끈적거리는 온갖 수단으로 자본가가 되려고 용쓰는 자네가? 구스타프, 바보 같은 소리 말게. 자네가 천박한 인간이 되었다는 사실만으로도 기가 막히니까."

"자네가 주어진 상황을 이용했듯, 나 역시 지금 상황에서 나의 장점을 이용하는 것뿐일세. 그게 다야." 베커가 느긋하게 대꾸했다.

"정당한 이기주의가 있고, 부당한 이기주의가 있는 법일세. 정도껏 하게!"

"뭐가 정당하고 뭐가 부당한지 내게 가르치려는 건가? 응? 자네가 한 일은 뭐든 괜찮고, 내가 하는 일은 모두 잘못이라고? 나는 지금 상황을 이용할 뿐이야!"

"나도 이따금 남의 지갑을 훔칠 만큼 유리한 상황을 맞은 적이 있었네. 하지만 그러지 않았어!"

"자네는 언제나 부자였잖아. 도매상인이 은수저를 훔치지 않는다고 도덕가라도 되는 양 행세하면 곤란하네."

"물론 그렇지. 하지만 내가 은수저 얘기를 하는 게 아니잖나. 구스타프, 말재간 부리지 말게. 그런 걸 견뎌낼 사람은 아무도 없어. 내가 깔끔하고 흠잡을 데 없는 거래만 하고 언제나 올바르게 행동한다는 사실을 자네는 아주 잘 아네."

"나는 안 그랬나? 나는 지금도 자네보다 행실이 바르네. 어쨌든 자네를 감옥으로 보내려고 하지는 않아!"

"보내지도 못하지. 그럴 이유가 없으니까."

"1930년에 자네는 세금을 4천 마르크 덜 냈지. 1926년에는 9천 마르크나 덜 냈고."

"첫째, 그건 틀린 말이야. 둘째, 누구나 그 정도는 하네."

"하지만 내가 받는 300마르크에서는 언제나 세금을 제했지."

질버만은 담배 한 개비에 불을 붙이고 지친 목소리로 말했다.

"자네는 무뢰한이야. 자신도 알지? 설령 내가 탈세했다고 해도, 자네가 내 신뢰를 악용할 이유는 되지 못하네. 나는 자네와 친구지만, 재무부와 친구였던 적은 없네. 가장 성실한 사람도 세금을 많이 내기보다는 적게 내려고 하네. 자네 같은 범죄자만……."

"경고합니다. 또 뻔뻔해지지 마시오. 이제 마지막으로 묻겠소. 내 제안에 동의합니까, 하지 않습니까? 당신이 받아들이지 않는다면 분할 때까지 총액을 공증인에게 공탁

하겠소. 내 지분은 51퍼센트요. 나는 회사를 그냥 해체할 거요. 회사 지분은 어차피 나뉘게 되오."

질버만은 상대의 마음을 돌려놓으려고 애쓰며 천천히 말했다.

"구스타프, 자네 그렇게 할 수 없네! 이보게……."

베커는 요란하게 몸을 일으키며 격식을 차려 대꾸했다.

"이제 공증인에게 돈을 공탁하겠소. 당신이 외국으로 나갈 의도가 알려졌으니 더욱 그렇게 해야 하오. 당신이 돈을 마음대로 할 수 있다면 회사 재산을 외국으로 빼돌릴 위험이 있소. 그러니 당신 지분은 지금 동결계좌로 입금될 거요. 그럼 질버만 씨, 안녕히 가시오!"

그가 정말로 가는 시늉을 하자 질버만이 대답했다.

"제안을 받아들이겠네. 하지만 나는 절대 이해하지 못할 걸세. 자네가……. 아니, 당신이 어떻게 이런 짓을 할 수 있는지. 내 재산을 빼앗고, 자기 자신을 더럽히다니. 빌어먹을!"

베커는 눈에 띄게 초조해 보였다. 그가 퉁명스럽게 으르렁댔다.

"바보 같은 소리 그만두시오. 나를 감상적인 인간으로 보면 안 됩니다. 돈은 악취를 풍기지 않는 법이에요."

그러더니 익살을 부렸다.

"당신 냄새를 풍겼다면 난 그 돈을 갖지 않았을 테지요."

베커는 서류 가방을 테이블에 올리고, 질버만의 방해를 전혀 받지 않고서 분할 계약서를 꺼내 작성했다. 쓰는 동안 이따금 수첩을 들여다보는 모습을 보며 질버만은 베커가 변호사와 미리 각각의 항목을 이야기했을 거라고, 이미 오래전에 이렇게 할 마음을 먹었으리라고 짐작했다.

"당신은 원래 4만 1천 마르크만 받아야 하오."

한참 뒤에 베커가 말했다.

"지분이 49퍼센트니까."

"그래요, 당신은 한 푼도 내지 않았지만 51퍼센트를 소유하고 있지요. 우리 합의에 따르면 당신은 신탁 관리인으로 일하는데 말이오."

베커는 짜증 난 얼굴로 펜을 내려놓고는 날카롭게 질문했다.

"그것 말고 또 하실 말씀 있으시오?"

"법적 효력이 있는 계약은 회사 정관이오! 그건 알고 계시겠지요. 아니면 법정에서, 그 계약은 허위였다고 말할 생각이시오?"

"그렇게 요란 떨지 마시오! 계속 이러면 내가……."

"아, 뭘 어쩌시겠다고?"

질버만이 베커 말을 가로막았다.

"재판을 하면 당신은 무참하게 질 거요. 그건 확실하지. 우리가 교환한 편지가 증거자료요. 우리의 구두 계약을 인정하는 당신의 편지를 아직 가지고 있소. 그것도……. 잠깐 기다리시오……. 그렇지, 지금 가지고 있소."

베커는 펜을 내던지며 말했다.

"그 이야기를 꺼내다니, 좋소. 나도 동의하오. 재판합시다. 당신이 이긴다 한들, 그러니까 정말 그렇게 가정한들 당신이 얻는 게 뭐요? 재판을 시작하기도 전에 당신은 강제수용소 손님이 될 텐데. 그건 확실하오. 그리고 당신 돈은? 지금 동결계좌, 몽땅 지급 동결계좌로 가지요. 그리고 세 번의 심급 재판을 거치는 동안 유대인 재산은 오래전에 몰수됐을 테고. 게다가 10억쯤 벌금을 물게 되겠지요. 좋아요, 재판합시다."

베커가 자리에서 일어났다.

"멍청하군."

질버만이 경멸이 묻어나는 목소리로 말했다.

"내가 당신을 설득하길 원하는 거요?"

베커가 다시 자리에 앉으며 말했다.

"주둥이 좀 닥치시오."

그러고는 계약서를 계속 쓰며 투덜거렸다.

"상스러운 언행은 삼가시오. 당신은…… 당신은 너무 비열하단 말이오!"

그 말에 질버만은 분노와 걱정에도 불구하고 웃음이 터졌다.

베커는 작성한 시안을 질버만에게 검토하라고 건넸다.

질버만은 서류를 대충 훑어본 후에 입을 뗐다.

"당신은 도둑질의 이론만 잘 아는 게 아니라 기술적으로도 능숙하군요. 내가 이제 서명할까요, 아니면 공증하는 게 나을까요?"

"벌써 6시 30분이군."

베커가 시계를 확인하고 말을 이었다.

"지금 공증인을 만날 수는 없소. 하지만 당신이 계약서와 영수증에 서명한다면, 그리고 편지를 내게 준다면 지금 바로 당신 지분을 주겠소. 물론 나도 영수증을 드릴 거요. 내 이름만 없앤다면 회사 외양은 그대로 유지해도 좋소. 회사는 법적 효력이 거의 없소. 어쨌든 은행 계좌와 대체 계좌에 완전히 뒤덮여 있지. 흠, 빚을 즐기시지요. 채무자 올만에게 돈을 받아낼 수는 없을 거요. 아무것도 없으니……. 거기 말고는 채무자도 없소. 당신은 회사를 이미 조직적으로 해체한 거요. 당신 계획대로 되었다면 반년 후에 나는 한 푼도 못 받고 물러나고, 당신은 파리에 느긋하게 앉아 있겠지요. 내가 그 정도로 바보는 아니오."

“나는 회사를 해체한 게 아니오. 우린 자본을 모두…….
지금 와서는 다 무의미한 이야기지요. 자, 여기 당신 편지 가져가시오.”

베커는 서류 가방을 열고 돈다발을 몇 개 꺼내 셌다.

“4만 1천 500마르크.”

드디어 세기를 끝낸 베커가 말했다.

“50퍼센트를 준 거요. 세어보시오.”

그러고는 몸을 숙여 질버만에게 친밀하게 속삭였다.

“국경을 넘을 수 있게 노력하시오.”

“조언은 그만두시지요.”

질버만이 몸을 빼며 대꾸했다.

거래가 끝난 뒤 베커는 한숨을 쉬고, 불쑥 예전 친구 말투로 돌아갔다.

“오토, 나쁘게 생각하지 말게. 내가 제대로 돈을 따면 자네 돈에 이자까지 더해서 돌려주겠네. 내가 어떻게 하는지 자네도 알지 않나. 어제 9천 마르크를 잃었다네. 어쩔 수 없이 너무 일찍 그만두는 바람에 그렇게 되었지. 하지만 이제 잃은 돈을 몽땅 돌려받을 걸세.”

질버만이 거칠게 일어나며 말했다.

“당신은 진짜 악당이 될 만한 물건은 못 돼요. 진실한 인간, 특히 친구가 되기에는 너무 완벽하게 지저분하고요.”

베커는 카페를 나서는 질버만의 뒷모습을 참담한 표정으로 바라봤다.

저 유대인이 아주 틀린 건 아니야. 그가 생각했다. 하지만 난 이제 정말 빚을 갚아야 해. 사람들에게 돈을 줄 수 없잖아! 마지막의 이 도덕적 고민이 그에게 위안을 주었다. 그는 카페를 나서면서 계속 생각에 잠겼다. 참 유감이야. 우린 오랫동안 친구였어……. 언젠가 다시 갚을 수 있겠지!

4

돈다발 때문에 질버만의 외투 주머니가 불룩하게 튀어나왔다. 그는 카페에서 나와 서류 가방을 사려고 상점으로 갔다. 상점을 나오면서 보니 벌써 7시 오 분 전이었다. 그는 제일 가까운 우체국으로 달려가 전보 창구로 가서, 아내에게 시내 전보를 보내려고 서류를 작성했다. 집에 가는 건 위험해 보였으므로 아내를 카페로 불렀다.

질버만은 우체국을 나서면서, 4만 1천 500마르크로 뭘 할지 곰곰이 생각했다. 베커의 일과 옛 친구가 안긴 엄청난 실망감을 더 곱씹지 말자고 마음먹었지만, 우울하고 고통스러운 건 어쩔 수 없었다.

전차를 타고 아내에게 알려준 카페로 갔다. 이상하게도 아내가 올 거라는 확신이 들었다. 그곳에 도착해서 모자와 외투를 의자에 걸쳐두고, 돈을 서류 가방으로 옮기려고 화장실로 갔다. 다시 가게로 들어선 그는 군인이 가득하다는 사실을 깨닫고는 자기도 모르게 서류 가방을 몸에 더 바짝 붙였다. 커피를 석 잔 마신 후에는 점점 더 불안했다.

전보가 바로 배달됐어야 하는데. 질버만이 곰곰이 생각했다. 보통 얼마나 걸리지? 물어볼걸 그랬군. 아내가 전보를 받으면 오 분 만에 올 텐데. 집에 있다면 말이지. 어쨌든 아내가 언젠가는 집에 올 거 아니겠어. 내가 분명 한 시간은 기다렸지? 하지만 시계를 보니 겨우 삼십오 분이 지나 있었다.

이제 뭘 해야 하나? 질버만은 고민에 빠졌다. 유대인 박해는 계속될 거야. 4만 1천 마르크를 들고서는 집에서 단 하룻밤도 머물 수 없어!

우린 외국으로 가야 하는데, 아무 데도 입국할 수 없군. 이 돈으로 새로운 신분증을 만들 수도 있을 테지만 어떻게 국외로 가지? 몰래? 나는 그런 강심장이 아니야. 여기 있어야 하나, 떠나야 하나. 뭘 해야 하지?

외환 보유 범죄로 십 년간 감옥에 갈 각오를 해야 할까? 하지만 다른 해결책이 없잖아? 돈이 없으면 외국에 가도 굶어 죽을 텐데. 모든 길이, 정말 모든 길이 멸망으로 이어지네. 내가 국가를 어떻게 당해내겠어?

"웨이터, 물 한 잔 주십시오."

다른 사람들은 현명했다. 타인은 언제나 더 현명하다! 내 처지를 제때 정확히 판단했더라면 돈을 구할 수 있었을 텐데. 하지만 다른 사람들, 특히 베커가 나를 계속 안심시켰지. 멍청한 나는 안심했고! 그래서 내가 지금 꼼짝 못 하는 거다. '꼴찌는 귀신에게 잡아먹힌다.' 참 훌륭한 속담이지. 하필이면 이번에는 내가 꼴찌군. 하지만 확장된 제국에는 아직 60만 명의 유대인이 살잖아. 그 사람들은 어떻게 하지? 아, 그들이야 뭔가 방법이 있겠지. 사람들은 항상 나보다 더 잘 안다. 나만 몰라. 내가 엄청 바보는 아닌데도!

어쩌면 이 모든 일이 그다지 심각하지 않을지도 모르지. 그저 심리전일 수도 있어. 아니, 이제 정말 내 처지를 확실하게 알아야 해. 상황이 점점 더, 훨씬 더 안 좋아질 거야! 베커가 한 짓을 토로해도 아무도 이상하게 생각하지 않을 테지. 그 불량배 놈. 하지만 흥분한다고 무슨 소용이 있겠어? 독일에서 나가야 한다! 그런데 갈 데가 없어! 돈을 검사하니 이곳에 두고 가야 한다. 정말 미칠 지경이군! 뭔가 행동에 옮기면 유죄고, 행동하지 않으면 호된 벌을 받는다. 학교생활과 똑같아. 수학 문제를 직접 풀면 'D'이고 남의 것을 베끼면 'B'였지만, 베끼다가 들키거나 아주 솔직하게 풀 시도조차 하지 않으면 'F'였지. 결과적으로는 똑같았어.

질버만은 쓴웃음을 지으며 담배 한 개비를 물었다.

어쨌든 외국으로 나갈 시도는 해봐야 해. 그는 이렇게 생각하고 한숨을 내쉬었다. 하지만 가시철망으로 도망치는 꼴이 되겠지! 안 봐도 뻔해.

질버만은 서류 가방을 들어, 안전을 위해 의자 등받이와 등 사이에 끼워두었다.

4만 1천 마르크는 꽤 많은 돈이지! 제3제국에서도 말이야. 이 돈을 구한 건 행운이야. 베커와 이성적으로 대화했다면 더 많이 받을 수도 있었을 텐데. 하지만 그런 비열한 행위와 직면해서 정신을 차리고 냉정하게 계산할 사람이 누가 있겠어?

그는 자신도 의식하지 못하는 사이 한참 전부터 서른 살가량 되는 아름다운 여자를 바라보고 있었다. 테이블 몇 개 건너에 앉은 여자였다. 여자는 그가 용기를 얻을 정도로, 딱 그 정도로만 살며시 미소 지었다.

"흠."

질버만은 헛기침하고 눈길을 돌렸다. 내 이상형이네. 그런 생각이 머리를 스쳤다. 무척 귀여워. 신선한 느낌이야……. 그는 자신이 오래전에 놓쳐버린 나날을 떠올렸고,

자기도 모르게 그 여자 쪽을 다시 바라봤다. 내 내부의 원칙이 느슨해지는군. 이건 좋지 않은 신호야! 매력적인 얼굴이 나에게 최면을 걸고, 멍청이들에게 사기를 당하고 있어. 벌써 치매가 시작되는 건가? 저 여자가 정말 미소 지은 걸까, 아니면 내가 그냥 상상하는 걸까? 확인해봐야겠다. 여자가 몸을 돌리는군. 그녀가 옳아. 나는 유부남일 뿐 아니라 걱정거리도 가득해.

질버만이 심각해져서 또 한숨을 쉬자 여자는 이상하다는 눈빛으로 그를 바라봤다.

여자들은 뭐든지 자기랑 관계가 있다고 생각하지! 그는 놀림과 비난을 동시에 담아 이렇게 생각했다. 여자 때문이 아니라면 남자가 한숨 쉴 일이 없다고 믿는 걸까?

질버만은 시계를 보았다.

엘프리데는 어디 있을까? 핀들러에게 다시 전화해봐야겠다.

그는 결정을 내리고 자리에서 일어나 여자 옆을 지나갔다. 여자는 미소 짓지 않았다. 질버만은 그게 지극히 옳다고 생각했다.

공중전화 부스에 도착한 그는 전화번호부에서 예전에 핀들러가 머물던 펜션 전화번호를 찾았다. 하녀가 전화를 받았는데, 그 여자는 핀들러의 새 전화번호는 고사하고 핀들러가 누구인지도 몰랐다. 질버만은 하녀에게 다른 사람들에게 물어봐달라고 부탁했지만, 새 번호를 알지도 모를 펜션 여주인은 자리에 없었고 다른 직원들은 알지 못했다.

이리저리 묻는 바람에 통화는 십 분이나 걸렸다. 질버만은 혹시 그사이에 아내가 도착했을지 모른다고 기대하며 카페로 급하게 돌아왔지만, 아내는 없었다.

초록색 옷을 입은 여자는 가고 없었다. 질버만은 그 사실을 확인했을 뿐인데 기분이 더욱 가라앉았다.

카페가 아까보다 한산한 것 같았고, 질버만은 더 기다리지 못할 지경이 되었다. 그러다 아까 나가면서 서류 가방을 의자에 그대로 둔 것을 보고는 소스라치게 놀랐다. 건망증이 너무나 걱정스러웠고, 이 걱정 때문에 초록색 옷을 입은 여자는 잊어버렸다. 그는 다른 손님들을 불안하게 쳐다보며, 최소한 100퍼센트 손실은 예방하고자 돈의 일부를 다급하게 양복 주머니로 옮겨 넣었다.

그러는 사이 8시가 되었다. 질버만은 모둠 소시지를 주문하여 맛있게 먹었다. 그러나 가게 문이 열릴 때마다 깜짝 놀라며 기대와 동시에 다시 겪을 실망도 계산하며 몸을 돌렸다. 8시 20분에 식사를 끝내고, 계산하려고 종업원을 불렀다.

이제 집에 가야겠다. 그가 결심을 굳혔다. 무슨 일인지 꼭 알아봐야겠어. 그러다가 9시에 게르슈에게 전화할 수 있다는 생각이 떠올랐지만, 잠시 고민하다가 그냥 가보기로 했다. 너무 초조한 나머지 얼마 안 되는 거리를 걷는 대신 택시를 탔다.

집 앞에 도착하니, 수위의 열여덟 살짜리 아들이 돌격대 군복을 입고 서 있었다. 택시에서 내리는 질버만을 본 그는 몸을 돌려 다급하게 건물 안으로 들어갔다.

안 좋은 신호로군. 질버만은 잠시 고민에 빠져 그대로 서 있었다. 어쨌든 서둘러 집에서 나와야겠다는 결론을 냈다.

그는 계단을 재빨리 뛰어 올라갔다. 여러 번 초인종을 울렸지만 발소리가 들리지 않아 열쇠로 문을 열었다. 복도에 흩어진 유리 조각을 보고는 충격을 받았다. 커다란 거울이 깨져 있었다.

고위층이 방문하셨군. 그는 분노하며 다이닝룸으로 달려갔다. 가구가 상하지 않았고, 우악스러운 손이라면 유혹을 느꼈을 수정 접시들이 깨지지 않은 것으로 볼 때 어제 손님들이 이곳까지는 오지 않은 듯했다.

"엘프리데!"

질버만은 고함을 지르면서 동시에 하녀를 부르는 종을

울렸다. 물론 모두 떠났겠지. 예상한 일이잖아. 그는 이렇게 생각하면서도 아내 이름을 다시 불렀다. 응접실 문을 열어봤다. 이곳에는 거친 발길이 침입했다. 바닥에 유리 조각들이 있었다. 깨진 찻잔 세트 한가운데로 책장이 넘어간 상태였다.

질버만은 재차 소리쳤다.

"엘프리데!"

그러다 아무 소용 없다는 생각이 들었다. 아내는 없어. 그들이 데려간 거야. 혹시 무슨 짓을 한 게 아닐까. 그런데 나는 함부르크로 가고, 점심을 먹고, 커피를 마시고, 수다를 떨고, 거래를 하고, 어디든 갔으면서 여기에는 없었어. 내가 꼭 있어야 하는 곳에!

그는 하녀를 찾으려고 집 뒤쪽으로 가면서 이름을 불렀다. 부엌과 하녀 방을 들여다봤지만, 하녀는 없었다. 당연히 없지! 어쩌다가 모든 것이 예전 상태 그대로고, 전화기만 고장 났다고 믿었을까?

"너무 편하게 생각했어."

질버만은 침실과 옷방으로 달려가면서 한숨을 쉬었다.

"내 낙관주의, 내 비겁함! 좀 일찍 돌아왔더라면 좋았을 텐데, 그러지 않고 베커와 앉아 있었어. 마치 나중에는 사기당할 기회도 없다는 듯이! 지금 4만 1천 마르크가 무슨 소용인가!"

그는 바닥에 놓인 물건과 쓰러진 식탁과 의자, 찢어진 그림과 뜯긴 커튼을 바라봤다. 절망적이고 무의미한 분노에 휩싸여 책장 앞에 놓인 책 더미를 걷어차자 책들이 이리저리 날리며 흩어졌다. 그는 파괴에서 살아남은 가죽 소파에 주저앉아 무표정한 얼굴로 바닥을 노려봤다.

"끝장났어, 끝장이야."

질버만은 이렇게 중얼거렸지만, 무슨 뜻으로 이런 말을 하는지 자신도 몰랐다.

양탄자에서 뭔가 반짝거렸다. 집어 보니 당원 배지였다. 침입자 가운데 한 명이 떨어뜨린 모양이었다. 그는 자그마한 하켄크로이츠*를 들여다보며 "이 살인자, 살인자……"라고 중얼거리고는 주머니에 집어넣었다.

"이게 증거야. 충분한 증거라고!"

질버만은 고함을 지르고서, 주머니에 손을 넣어 배지를 눌러 부스러뜨리려는 듯이 꽉 움켜쥐었다. 그런 다음 다시 꺼내서 살펴보고 자리에서 일어났다.

"확인해야겠어. 아주 정확하게 확인한 후에……."

그러고는 어떻게 해야 할지 알 수 없었다. 책상 서랍이

* 나치즘의 상징으로 쓰인 구부러진 십자가 문양.

열려 있고, 그곳에 보관한 돈이 사라진 것을 확인했다.

"그래, 그렇지."

질버만은 이런 말이 큰 보상이라도 된다는 듯이 혼잣말을 했지만, 절망감이 밀려왔다.

내가 여기 있었더라면, 있었더라면! 아주 끔찍한 일은 벌어지지 않았을지 몰라. 그들과 이야기하고, 돈을 건네면 되었을 텐데. 그들이 그거 말고 바라는 게 뭐가 있겠어? 아무것도 없었을 거야. 나는 단 한 번도 정치적인 적이 없었어. 평생 한 번도. 딱 한 번 금지된 신문을 산 적은 있지만 그걸 아는 사람은 없잖아.

불현듯 어떤 생각이 떠올랐다. 다이닝룸으로 급히 달려가, 탁자에 놓인 커다란 델프트 도자기를 들어봤다. 편지가 한 통 놓여 있었다. 흥분해서 급하게 봉투를 뜯다가 편지지도 조금 찢었다. 질버만은 조각이 된 높은 의자를 당겨와 앉아 편지를 읽었다.

사랑하는 오토.

그 사람들이 방금 집에서 나갔는데, 또 오겠다고 했어. 핀들러 씨가 중상을 입어서 바로 의사를 불렀어. 나는 오늘 저녁에 에른스트 오빠가 있는 폴란드 퀴스트린으로 떠날 예정이야. 뭘 해야 할지 전혀 모르겠지만, 어쨌든 여기에는 한시도 머물 수 없어. 책상에 있던 돈은 내가 가지고 가. 펠너 부인에게 집 열쇠를 주고, 퀴스트린에서 운송업자에게 이곳 짐을 가져오라고 할 작정이야. 부탁이야, 오빠 주소로 바로 편지 보내줘! 당신이 직접 오는 건 좋지 않을 것 같아. 소도시에서는 유대인이 더 심한 곤욕을 당한다고 해. 당신이 당장 에두아르트에게 가는 게 가장 좋겠어!!! 나는 나중에 따라갈게. 제발 바로 편지 보내줘. 당신이 너무 걱정되니까…….

마지막 글씨는 거의 읽을 수 없었다.

"지금 사실 나는 기뻐야 해. 그런데 왜 기쁘지 않을까?"

질버만이 나지막하게 중얼거렸다.

그래, 돈은 아내가 가져갔군. 왜 그들이 훔쳐 가지 않았지? 도둑은 원래 훔쳐야 하잖아. 질버만은 고개를 저었다.

"이해가 안 가네. 모든 게 비현실적이야. 누군가 침입하고 사람들을 쫓아냈으면 훔쳐야 하잖아. 그래야 한다고."

그는 자리에서 일어섰다.

얼마나 다행인가. 이렇게 생각하려고 애썼다.

"다 잘됐다. 괜히 쓸데없이 걱정했어. 엘프리데는 안전해. 나는 이제 에두아르트에게 가야겠다. 물론 그래야지. 곰곰이 생각해보면 좋아서 춤이라도 춰야 해. 정말 운이 좋았어."

질버만은 다시 자리에 앉아, 그들이 정말 아무것도 훔치지 않았는지 살펴봐야겠다고 마음먹었다. 훔치는 게 원래 목적이 아니었을까? 증오? 그 사람들은 나를 전혀 몰라. 그런데 어느 날 갑자기 이런다고? 명령에 따라서? 이상하군.

집을 이리저리 돌아다녔다.

그가 보기에 사라진 물건은 없었고 그저 망가지기만 했다. 정부는 자기들이 왜 이러는지 알 테지. 돈이 필요해서 그래. 침입한 사람들은 왜 그랬을까? 도대체 왜?

핀들러가 떠올랐다. 불쌍한 녀석. 주변과 거래한다는 게 늘 간단하지는 않아. 웃으면 안 된다는 걸 알면서도 미소가 지어졌다.

침실로 가서 침대에 털썩 쓰러졌다. 떠나야 해. 이렇게 생각하며 눈을 감았다.

'아, 여기 있고 싶다. 자고 싶어……. 이제 국경으로 가야 한다고? 그럴 용기가 없어. 못 하겠어. 비밀리에 국경을 넘는다니…….'

질버만은 생각만으로도 고개를 절레절레 내젓다가 나지막이 혼잣말을 했다.

"사람들이 도대체 나에게 왜 이럴까? 나는 그저 조용하게 살면서 밥벌이하는 것 말고는 원하는 게 없는데…….

국경이라니! 내가 국경을 넘는다니. 아이고, 세상에."

그는 벌떡 일어났다.

고민해도 소용없어. 이렇게 축 늘어져 있을 시간이 없다고! 정신 차려야 해!

뭐든 할 각오를 다지며 힘차게 재킷을 잡아당겨 폈다. 그런 다음 여행 가방을 싸기 시작했다. 여행에 필요한 최소한의 물품만 담는 동안 기분이 다시 낙관적으로 변했다. 십오 분 뒤 짐 챙기기를 마치고, 떠나기에 앞서 재차 집을 둘러봤다. 여기서 멋지고 편안하게 살았다는 생각이 들었다. 하지만 이제 모든 것을 그대로 두고, 예전 생활에서 도망쳐야 한다. 이유는……. 그 이유는…….

질버만은 한숨을 쉬고서 걱정에 떠밀려 다시 의자에 앉았다. 그러다가 지나가는 전차 종소리에 깜짝 놀라고 나서야 하던 일을 계속했다.

책장 옆쪽에서 잡지 더미 뒤에 숨겨둔 문서와 서류를 꺼냈다. 병역 수첩, 유대인협회와 단체 회원 카드, 집 등기부 등이 있었다.

질버만은 등기부를 우울한 눈길로 내려다봤다. 이게 예전에는 돈이었지. 7천 마르크 임대 수익을 내는 집. 멍청하게도 일 년 전에 건물 전체를 다시 칠했어. 그것도 아낄 수 있었는데.

그는 우울한 생각을 떨쳐내려고 애썼다. 간단하게 생각하자. 나는 다시 군인이 된 거다. 누군가가 나를 적군이라고 선언했어. 이제 내가 해야 할 임무는 나 자신과 서류 가방을 독일과 프랑스 전선으로 몰래 나르는 거야.

이렇듯 질버만은 새로운 상황에 역설적이고도 열정적인 의미를 부여하려고 노력했다. 하지만 아무리 상쾌한 생각을 해도 기분이 나아지지 않았다.

서류들을 차곡차곡 서류 가방에 넣고, 거기서 6천 마르크를 꺼내 여행 가방으로 옮겼다. 그러고는 최소한 자기 양복과 아내의 모피 외투와 드레스도 챙겨야 하지 않을까 고민했다. 하지만 집에서 너무 오래 지체한 것 같아 포기했다.

우린 이미 너무 많은 것을 잃었잖아. 그러니 지금 옷이 중요한 게 아니야. 그는 자신을 위로했다. 옷장 문과 서랍을 잠그고 열쇠를 가져가는 것으로 만족했다. 가장 중요한 걸 잊었군. 그는 여행 가방을 든 채, 대여섯 번 집을 돌아다니며 생각했다. 엘프리데가 보석을 가지고 갔을까? 편지에 그것도 써주면 좋았을걸. 내가 이제……. 나는 그런 걸 잘 모르는데!

앞쪽 복도에 왔다가 여행 가방을 내려놓고 침실로 급히 뛰어갔다. 협탁 서랍을 열어봤지만, 우유 계산서밖에 없었다. 이번에는 옷방으로 달려갔다. 자그마한 상비약 상자의 열쇠를 찾을 수 없어 문을 부수고는, 보통 그곳에 보관하는 보석 상자를 찾았다. 보석 상자를 찾지 못한 그는 안도의 한숨을 쉬었다. 아내가 가지고 갔구나. 당연하지, 여자라면 아무리 상황이 다급해도 보석 챙기는 건 잊지 않아. 어쨌든 아내가 그 생각을 한 게 정말 다행이야. 내가 외국에서 자리 잡기 전에 혹시 무슨 일이 생긴다 해도 아내는 보석으로 한동안 살 수 있겠지.

질버만은 집을 나왔다. 천천히, 지극히 차분하게 계단을 내려왔다.

내가 이미 아래에 도착했다면 좋을 텐데. 택시에 앉아 있다면 얼마나 좋을까. 수위 아들이 제발 문 앞에 서 있지 않기를!

수위 아들은 문 앞에 서 있었다.

질버만이 모자를 들어 올리자 상대방은 팔을 높이 쳐들었다.

"며칠 여행 떠납니다."

질버만은 뭔가 설명해야 할 것 같아서 입을 뗐다.

"어머니에게 우리 집을 좀 봐주면 고맙겠다고 말해주겠어요?"

그는 푹 잠기고 쉰 목소리로 물었다.

젊은 남자는 대답하지 않고 건방진 표정으로 그를 바라봤다. 질버만이 보기에는 뻔뻔하다고 할 정도였다.

질버만은 주머니에서 20마르크짜리 지폐를 꺼냈다.

"수고해주시는 대가로 이걸 어머니에게 전해주겠어요?"

하지만 상대는 그 돈을 뇌물이라고 생각한 듯했다. 아무 대답도 없이 몸을 돌리더니 그를 내버려두고, 위엄 있는 태도를 보이며 건물로 들어갔다.

질버만은 멍하니 그의 뒷모습을 바라봤다. 나를 정말 증오하는군. 그는 충격을 받았다. 질버만은 어깨를 으쓱하고서, 서둘러 제일 가까운 택시 승차장으로 갔다.

도대체 어디로 가야 하지? 어디로 갈지 알아야 할 게 아닌가. 목적지가 있어야 해. 프랑스로? 그렇지, 그게 옳을 거야. 하지만 어떻게 입국해? 스위스를 거쳐서? 스위스는 뭐 간단하게 들어갈 수 있기나 한가. 룩셈부르크? 안 돼. 지난주에 나보다 젊은 골드베르크도 실패했잖아. 그 사람이 성공하지 못했다면……. 어디로 가야 하지? 어디로 갈 수 있을까?

나는 체포되지 않았고, 재산 일부도 건졌어. 그런데도 어찌해야 할지 모르겠다. 사실상 이미 체포된 거야. 유대인에게는 제국 전체가 넓은 강제수용소에 불과해.

제때 비자를 마련했다면 얼마나 좋을까! 하지만 이렇

게 되리라고 누가 예상이나 했으랴. 에두아르트는 시간을 끌고……. 이랬더라면, 저랬더라면…… 좋았을걸! 내가 가지고 있는 건 뭐지? 첫 페이지에 크고 붉은 'J' 글자가 찍힌 여권이야. 돈도 있고. 얼마나 다행인가!

그는 택시를 타고 샤를로텐부르크 역으로 갔다.

일단 기차 시간표부터 봐야겠어. 그러고 나서 어떻게 할지 결정하자! 아무 데나 제일 먼저 출발하는 기차를 타야겠다. 아니, 그러면 안 돼. 어디로 가는지 알아야 한다. 프랑스 방향으로 가야겠어. 일단 라인란트로 가자. 그러면 목적지에 가까워지는 거야. 오늘 밤에는 기차에서 자야겠군.

내일 에두아르트에게 다시 전화해야겠어. 어쩌면 그동안……. 아니, 그럴 리가 없지. 하지만 불가능한 것도 아니니까. 그러면 모든 게 합법적이 될 텐데. 다른 방법은 없어. 나는 모험가가 아니야. 그저 사업가, 거래하는 사람이라고. 이 시대는 나에게 너무 많은 걸 요구해!

질버만은 아내가 온갖 불편함을 겪긴 했지만 그래도 최소한 안전하게 도망친 것이 기뻤다. 아내는 오빠가 있어. 얼마나 다행인가! 나도 누군가 있다면 좋을 텐데!

그는 여행 가방을 짐 보관소에 맡기고, 걸려 있는 기차 출발 시간표를 아주 세심하게 살폈다. 손가락으로 인쇄

단을 훑으며 열심히 찾았다. 드디어 적당한 기차를 찾았다는 생각이 들었다.

"아헨, 11시 48분. 포츠담 역에서 출발."

그가 나지막하게 말했다. 아헨은 벨기에와 가깝지. 그래, 아헨으로 가야겠어! 어쨌든 손해는 아닐 거야. 일단 벨기에로 가면 프랑스로도 가겠지. 넘어가기 가장 쉬운 국경이 어디인지는 아헨에서도 찾을 수 있어.

그는 신문 가판대에서 소설책을 한 권 사고 아헨으로 가는 일등칸 차표도 한 장 사서 여행 가방을 찾아, 시내 승강장으로 향했다. 이 분 후 전차가 와서 탑승했다.

여행 가방을 화물용 그물 선반에 넣고 서류 가방을 등 뒤에 놓은 다음, 관심을 돌리고 마음을 가라앉히려고 방금 산 책을 읽기 시작했다. 그 범죄소설은 상당히 가독성이 좋고 첫 페이지에서 이미 시신 2구가 발견됐다. 평소 질버만은 문학적인 범죄에 적극 감정을 이입하는 편이고 은행 습격이라든가 독자를 안심시키는 체포에 못지않게 살인에도 관심을 보였지만, 템스 강 다리에서 발견된 기이한 시신들은 그의 걱정을 다른 데로 돌리지 못했다. 그는 계속 서류 가방을 만지고, 여행 가방이 아직 거기 있는지 살폈다. 그러다가 책을 손에서 내려놓았다.

은수저 세트를 담을걸. 갑자기 후회가 밀려왔다. 아내

보석 상자를 찬장에서도 찾아볼걸 그랬다는 생각이 들었다. 아내가 언제 침입할지 모를 '도둑들'에게서 안전한 은닉처를 계속 찾았다는 게 기억났기 때문이다. 아내는 보석 상자를 찬장 제일 아래 접시들 뒤에 숨긴 적도 있었다. 하지만 질버만은 책상 서랍의 돈을 생각한 아내가 보석을 잊었을 리 없다며 자신을 안심시켰다.

회사는 어떻게 되는 걸까? 그는 지금까지 입은 손해를 계산하기 시작했다. 하지만 구해낸 돈을 어떻게 독일에서 가지고 나갈지 다시 고민하려고 이 불쾌한 계산도 그만뒀다. 국경에서 검문당하지 않는다고 해도 나는 어차피 체포될 거야. 지금 너무 흥분 상태니까. 4만 1천 마르크를 몸에 숨기는 것도 불가능하고.

물론 그는 불법적으로 국경을 넘을 생각이었다. 얼마 전 부름 노인이 브레슬라우 유대인 두 명이 국경을 넘다가 사살됐다고 말하지 않았던가? 아니, 뢰븐슈타인이 한 말이었지. 그 사람은 왜 그런 얘기를 할까? 무슨 일이 벌어지는지 어차피 다 아는데 말이야! 질버만은 이 상황이 지속되느니 차라리 사살당하는 게 나을 것 같았다. 하지만 일단 체포해서 강제수용소로 보내고, 재산을 몰수하고, 감옥으로 보낼지도 모르지……. 그러면 아내는 어떻게 되는 걸까?

그는 아내의 나치 오빠가 아내를 어떻게 맞아주었을지 궁금했다. 아마 동생 때문에 웃음거리가 될까 봐 불안할 것이다. 하지만 아내의 오빠고, 질버만이 칠 년 전 보증을 서서 그를 분쟁에서 구해주기도 했다. 그가 아니었다면 아내의 오빠는 경솔한 성격대로 파산했을 것이다. 뭐 어쨌든 형님은 내게 빚을 졌어. 질버만이 생각했다.

목적지에 도착해 전차에서 내렸다. 전차가 다시 움직이자 범죄소설을 두고 내렸다는 걸 깨달았다. 손해 때문에 흥분했다. 이미 소설 제목조차 잊었으니, 템스 강 다리의 이중 살인 상황을 이제 일반적 판단만으로 알 수 없어 짜증스러운 게 아니었다. 그 책에 '비밀'이라는 단어가 쓰여 있었다는 것만 기억났다. 다만 오늘 벌써 두 번이나 자신의 건망증을 확인하는 게 괴로웠다. 불안감 때문에 또 다른 손실, 어쩌면 더 중요한 손실을 볼지 모른다는 예감이 들었다.

아헨 행 기차 플랫폼으로 가면서, 아내와 작별 인사를 해야 했다고 생각했다. 이건 배가 침몰하는 것과 같아. 또는 화산 폭발이나 명령에 따라 이루어진 지진. 그래, 땅이 우리 발아래에서만 흔들리는 거야.

계단을 올라가 차단기를 통과한 그는 벤치에 앉아 기차를 기다렸다. 아내는 얼마나 불안할까. 당장 편지를 써야겠어. 아내가 기독교인이라서 정말 다행이지. 아무 일도 일어나지 않을 거야. 나는 비록 걱정거리가 있지만 그래도 아내는 무사하니까. 그러다가 여동생에게 작별 인사를 하지 못했고, 체포된 매제 귄터의 소식을 알아내지 못했다는 데 생각이 미쳤다. 나는 가족을 중시하는 사람인데. 그는 자기 자신에게 놀랐다. 하지만 인간이란 결국 잔인한 이기주의자니까.

그는 동생에게 전화할 마음이 전혀 나지 않았다. 그랬다가는 내가 너무 우울해져. 이런저런 이야기를 나눠도 동생은 나를 돕지 못하고, 나도 동생을 돕지 못해. 서로 기운만 뺄 뿐이지. 그러니 전화할 이유가 뭐가 있겠어? 지금 상황만으로도 벅찬데! 내일 아침 편지와 돈을 보내야겠다. 귄터가 이제 더는 연금을 받지 못하거나, 강제수용소 비용으로 처리될지 모르니 동생은 얼마 안 있어 돈이 궁해지겠지. 사실 나는 지금도 형편이 좋은 거야. 질버만은 이렇게 생각하며 한숨을 내쉬었다.

돈을 나누어서 엘프리데에게 1만 마르크를 남겨두는 게 나을지도 몰라. 아내가 얼마나 오래 시골에 있어야 할지 모르잖아. 하지만 아내가 누군가에게 돈을 빼앗기거나, 에른스트 형님이 뭔가 사업을 하자면서 감언이설로 꾈 수도 있지. 아내는 어차피 얼마 후에 나를 따라와야 해. 내가 일단 외국에 가면 아내의 허가증을 받을 수 있을 거야! 아내가 독일에 머무는 한, 나는 단 한시도 안심할 수 없어. 다른 사람들이 날 도와줄 거야. 당연하지! 에두아르트가 평생 걸려도 못 할 일을 나는 일주일이면 해낼 테지.

내가 아내에게 돈을 남겨주면 아내는 그걸 직접 외국으로 몰래 가지고 오려고 할 텐데, 아내는 그런 일을 나보다 더 못해. 아, 진퇴양난이군. 뭘 해도 안 돼, 뭘 해도. 설령 내가 돈을 외국으로 가져가는 데 성공한다 해도 아내가 인질로 잡힐지도 모르지. 내가 돈을 들고 자수할 때까지 말이야. 어쩌면 나는 아내까지 위험으로 이끄는 건지도 몰라. 내가 아헨이나 도르트문트에서 며칠 기다리거나 나중에 베를린으로 돌아와서 비자를 얻는 게 가장 좋을 거야. 하지만 그것 역시 가망이 없어.

질버만은 절망에 빠져, 기차가 들어오는데도 벤치에 그대로 앉아 있었다.

어떻게 하지? 어떤 방법이 남아 있을까? 어리석은 일밖에 할 수 없어. 그러나 플랫폼에 머물 수도 없는 노릇이고, 무엇보다 기차에서는 최소한 잠이라도 잘 수 있다는 희망에 기차에 올랐다.

타인의 의심이나 그에 따른 성가신 일들을 가장 잘 피할 수 있으리라 짐작해, 그는 일등칸에 탔다.

승객이 적당히 있는 칸을 몇 곳 들여다본 후에 비어 있는 흡연 칸에 자리를 잡았다. 자리에 앉아 눈을 감았다. 자야지. 잠을 자야지…….

침대칸 표를 살 용기는 내지 못했다. 침대에 누워 깊은 잠을 자면 타인의 손에 완전히 넘어간다고 생각했기 때문이다. 몇 분이 지나자 객실 문이 열리더니, 기관사가 어떤 남자 두 명에게 비굴할 만큼 공손히 자리를 안내했다.

"하일 히틀러!"

요란한 목소리가 울렸다.

"하일 히틀러."

질버만은 선잠에서 깨어나 힘겹게 마음을 다스리며 대꾸했다. 그러고는 깜짝 놀라, 얼굴을 보이지 않으려고 다급하게 창문 쪽으로 고개를 돌렸다. 그러나 걱정과는 달리 두 남자는 비밀경찰이 아니라 진짜 승객이었다.

"보셨어요? 일등칸에 유대인이 가득하더군요. 이스라엘 인구 절반이 여행 중인가 봅니다."

그중 한 명의 말에 상대방이 놀라서 물었다.

"그래요? 정말이오? 나는 전혀 눈치채지 못했는데."

질버만은 마음이 무척 불편했다.

"어쩌면 제가 그냥 착각한 건지도 모릅니다."

처음 대화를 시작한 남자가 말을 이었다.

"어쨌든 오늘 아침 뮌헨에서 오는 기차에서 스무 마리까지는 세어봤습니다."

"그 사람들이 여기서 뭘 하는 거지?"

상대방은 그다지 관심이 없는 모양이었다.

"원고 가지고 왔소? 한 번 더 훑어봐야겠군."

다른 남자가 외투 주머니를 분주하게 뒤지더니 원고를 꺼냈다. 그가—두 사람 태도로 판단할 때—상사인 상대에게 원고를 건네자 상대는 흡족한 표정으로 읽기 시작했다.

"다 준비됐소?"

원고를 넘기던 남자가 물었다.

"역에서 누가 우리를 마중할 건지? 언론사에는 충분히 알렸고? 내 사진은 적당한 것으로 준비했소? 쾰른 잡지에 얼마 전에 내 사진이 실렸는데 꼭 늙은이처럼 보이더군. 사람들이 나를 일찌감치 노인으로 만들지 않게 제발 신경 좀 쓰시오."

다른 남자는 지갑에서 급히 사진 몇 장을 꺼내 상사에게 건넸다. 상사가 사진을 훑어봤다.

"이 사진은 절대 안 되겠군. 내가 수염을 길렀지 않소. 세상에……. 그래, 이게 좋겠군! 이걸로 하시오."

"예, 알겠습니다."

다른 남자가 대답했다.

“저도 그 사진을 선택하려고 했답니다. 돌격대 군복 때문에라도 말이지요.”

상사는 원고를 계속 읽어나갔다.

“다시 써야겠소.”

잠시 후 그가 입을 뗐다. 그사이에 기차가 움직이기 시작했다.

“유럽을 위한 새로운 제국의 굉장한 임무라고 하시오. 미션이라고 하지 말고. 그런 외래어는 박멸해야 하오. 그리고 문화라는 단어 대신……. 음, 기다려요. 내가 어떤 표현을 하나 찾아낸 게 있는데……. 뭐였더라?”

“고귀한 정신?”

다른 남자가 얼른 대답했다.

“무슨 소리! 다시 생각해보시오!”

“민족 진흥?”

“아니!”

“사회정신?”

“그건 내가 찾아낸 개념이 아니오! 나는 아주 새로운 표현을 하나 찾아냈단 말이오! 어서 생각해보시오!”

질버만은 자리에서 일어나 그 칸을 나왔다. 서류 가방도 잊지 않고 챙겼다.

마른 남자는 나도 아는 사람 같아. 그 남자 사진을 언젠가 본 기억이 났지만 이름은 떠오르지 않았다. 언짢은 기분에 바깥으로 나온 것을 후회했다. 들어볼걸 그랬네. 그 남자는 문화 대신 어떤 단어를 찾아냈을까. 질버만은 객실로 돌아왔다.

문제의 단어는 이미 찾았거나, 이른바 작가인 남자가 찾기를 포기한 모양이었다. 어쩌면 문화라는 개념을 완전히 생략함으로써 위기를 모면했는지도 모른다. 어쨌든 두 사람은 입을 다물고 있었다.

십 분쯤 뒤 기관사가 다시 나타나 문을 열고 공손한 목소리로 말했다.

"다 준비됐습니다!"

두 남자는 자리에서 일어나 짐을 챙기고, 질버만에게 상냥하게 인사하고서 객실을 나갔다. 그들은 침대가 준비되는 동안 이곳에서 기다린 듯했다.

질버만은 혼자 있게 되어 무척 만족스러웠다. 커튼을 치고, 발을 올리려고 쿠션에 신문지를 펼치고서 몸을 뉘었다. 잠이 들면서 "일등칸에 유대인이 가득하더군요"라는 말이 떠올랐다. 제발 별일 없어야 할 텐데……. 그는 깊이 못 자고 자주 깼고, 깜짝 놀라 당황한 얼굴로 불을 그대로 켜둔 객실을 둘러보다가 다시 잠이 들었다.

기차가 멈췄다가 다시 출발했다. 객실 문이 옆으로 밀리더니 어떤 남자가 안을 들여다봤다. 기차가 움직이는 바람에 잠에서 깬 질버만이 언뜻 보기에, 그는 차림새가 평범했고 왠지 모르게 약간 당황한 표정이었다. 또 평상시에는 일등칸을 탈 것 같지 않은 인상이었다. 새로 온 남자는 똑바로 일어나 앉은 질버만에게 예의 바르게 모자를 벗고 인사한 후 맞은편 창가에 자리를 잡았다.

"죄송합니다."

남자가 거의 굴종적일 만큼 공손하게 말했다.

"제가 잠을 깨웠죠? 계속 주무십시오. 저도 쉬겠습니다."

남자는 재킷을 벗어 고리에 조심스럽게 걸고, 인사하고 다시 썼던 모자도 그물 선반에 얹었다.

질버만은 하품을 한 뒤, 주머니에서 담배를 꺼내며 말했다.

"피로가 많이 풀렸습니다. 담배 피우시겠어요?"

상대방은 고맙다고 인사하며 담뱃갑을 잡았다. 질버만은 자기도 모르게 그의 손을 내려다봤다. 붉고 거칠었으며, 손톱 여러 개가 갈라졌다가 보기 흉하게 다시 붙어 자라 있었다. 질버만은 그제야 남자가 여행 가방도 지니지 않았다는 것을 깨달았다.

좆기는 사기꾼일지도 몰라. 질버만은 얼핏 생각했다.

그런 다음 상대의 상기된 뺨과 불안한 표정, 갈색 눈동자를 보고 있자니, 도주 중인 유대인 수공업자라는 예감이 들었다. 신중한 소시민처럼 보이는 이 사람이 사기꾼일 확률은 낮아 보였지만, 질버만은 그래도 확실하게 알아보자고 마음먹었다.

"힘든 시기지요."

그가 상당히 느릿하게 말하자 상대방은 미심쩍다는 표정으로 그를 살피다가 동의했다.

"그렇습니다."

그러고는 중요한 안전을 위해, 그리고 자신의 동의를 어느 정도 상쇄하려고 재빨리 덧붙였다.

"생각하기 나름이지만요."

"출장 중이신가요?"

질버만이 예의 바르게 관심을 보이며 물었다.

상대방은 복사뼈 아래를 긁느라 몸을 아주 깊숙하게 숙였으므로 얼굴이 보이지 않았다.

"예!"

그가 퉁명스럽게 대답하고는 몸을 일으킨 뒤 질버만의 눈길을 피하며 말했다.

"자, 그럼. 안녕히 주무십시오."

"안녕히 주무세요."

질버만의 말에 남자가 물었다.

"전등을 끌까요?"

"아니, 그냥 두어도 상관없어요."

"저도 괜찮습니다."

몇 분 동안 둘은 아무 말도 하지 않았다. 그러다가 맞은편 남자가 질버만이 잠들었을지 몰라 걱정스럽다는 듯이 아주 나지막이 물었다.

"기차가 아헨에 언제 도착할까요?"

"아마 12시 무렵일 겁니다."

질버만 역시 자기도 모르게 소곤소곤 대답했다.

"고맙습니다."

다시 몇 분이 흘렀다. 질버만은 연기를 내보내게 통로문을 열어도 괜찮은지 물었다.

상대방이 마치 명령이라도 받은 듯 다급하게 벌떡 일어났다.

"그럼요."

그가 문을 10센티미터쯤 옆으로 밀었다. 이제 좀 용기를 얻었는지, 다시 자리에 앉은 그가 질버만에게 물었다.

"외국으로 가십니까?"

"아닙니다. 당신은요?"

"저도 아니에요."

상대방이 다급하게 대답하고는, 아까 질버만과 나눈 질문과 대답을 벌써 잊은 듯이, 그리고 출장은 국내에서만 다닌다는 듯이 얼른 덧붙였다.

"출장 중입니다."

"예, 그랬지요."

질버만은 자신에게 향한 상대방의 눈길을 잡아두려고 했다.

"뭘 거래하시는지 여쭤봐도 될까요?"

내가 그를 불안하게 하는구나. 질버만이 생각했다. 하지만 알아내야 해! 난민이 아니라면 범죄자야. 범죄자와 같은 객실에서 자고 싶지는 않아. 가방에 내 재산 전부가 들어 있잖아.

"가구를 취급합니다."

상대가 재빨리 대답했다. 질버만이 보기에 대답이 너무 빨라서 의심스러웠다.

"사장 대신 다니시나요?"

질버만의 물음에 남자는 창밖을 내다보며 건성으로 대답했다.

"예, 예."

"당신이 사장인 줄 알았는데……."

남자는 흥분한 얼굴로 물었다.

"뭐라고요?"

"흠, 일등칸을 타신 걸 보니 사장인 줄 알았다고요. 대리인이 일등칸을 타는 경우는 드물지요. 사업이 잘되나 봅니다."

난 지금 무시무시한 검찰관 같군. 질버만은 생각에 잠겼다. 완전히 반대 상황이 되기도 쉬웠을 텐데! 하지만 지금은 그가 강자였고, 냉혹하게 정보를 얻어내기로 했다.

"평소에는 이등칸을 탑니다."

상대방이 해명하듯 입을 뗐다.

"하지만 이등칸에는 자리가 없다고 하더군요. 그래서 일등칸을 탔습니다."

거짓말을 하네. 생각이 좀 있는 사람이라면 이런 바보 같은 거짓말은 하지 않을 텐데. 이등칸에는 자리가 많이 남아서 원하면 얼마든지 탈 수 있잖아. 그런데 이 남자는 왜 내 말에 대답하는 걸까? 왜 거짓말을 하지? 왜 말실수를 해서 거짓말이 들통나게 할까? 사기꾼은 아니야. 사기꾼이라기엔 너무 서툴러. 진실만 말하는 게 습관인 사람들은 거짓말을 해야 할 때 무심코 실언을 하지. 유대인 수공업자군. 그래, 내가 본 첫인상이 맞아!

질버만은 상대방을 똑바로 바라보며 나지막이 물었다.

"유대인인가요?"

"왜 그렇게 생각하시죠?"

상대가 당황한 얼굴로 되물었다. 벌떡 일어나 이 심문에서 도망치고 싶은 표정이었다. 하지만 그러기에는 용기가 부족한 것 같았다.

"유대인이군요! 목적지가 있습니까? 어디로 가야 할지 아세요?"

상대방은 잠시 침묵하다가 재차 물었다.

"왜 제가 유대인이라고 생각하십니까? 제 외모가 그런가요?"

"꼭 그런 건 아닙니다."

질버만은 이제 확신이 들었고, 자신의 심리적 능력이 슬며시 자랑스럽기까지 했다. 자기 짐작이 옳다고 확신하자 느긋하게 다시 잠잘 자세를 취했다.

상대방은 그의 태도가 적대적이 아니라서 용기를 얻은 듯했다.

"제 가게가 습격을 당했습니다."

남자가 나지막한 목소리로 이야기를 시작했다. 그러다 벌떡 일어나 문 쪽으로 급히 가더니, 통로가 텅 비었는데도 문을 닫았다.

"저는 목수입니다."

다시 이야기를 시작한 남자는 곧 멈추고 또 물었다.

"그런데 왜 제가 유대인이라고 생각하셨나요? 꼭 말씀해주십시오. 당신은 유대인이 아니지요?"

피치 못할 이 질문에서 희망과 불안이 함께 묻어났다.

"당신이 너무 긴장한 인상을 주어서요."

질버만의 대답에 상대방이 또 물었다.

"당신은요? 아리아인인가요?"

남자는 질버만이 처음 질문에 대답하지 않자, 고난을 함께하는 동지를 만났다고 짐작하는 모양이었다.

"나도 유대인이에요."

"다행입니다."

남자가 안도하는 목소리로 대답했다.

"어디로 가시려고요?"

질버만의 질문에 상대방은 갑자기 의심이 든 것 같았다.

"아무 데도 안 갑니다."

남자는 대답을 회피했다.

"그저 여기저기 다니지요. 일등칸을 타라는 조언을 받았습니다. 여기가 더 안전하다고요. 하지만 좋은 충고가 아니었군요. 여기서 저는 사람들 눈에 더 잘 띄니까요. 내일 마그데부르크로 돌아가야겠습니다. 그때는 모든 게 잠잠해지겠지요."

"외국으로 갈 생각은 없나요?"

질버만이 묻자 남자는 서둘러 대답했다.

"없습니다, 없어요. 저는 독일에 머물 겁니다. 온갖 일을 겪었어도 저는 독일인이에요!"

"안녕히 주무세요."

질버만이 말했다.

한순간 상대에게서 유익한 정보를 얻을 수 있다는 희망을 품었지만, 자신이 신뢰를 보이지 않는 한 상대도 그를 신뢰하지 않으리라는 사실을 깨달았다. 그는 아직 신뢰를 보여줄 생각이 없었다. 질버만은 잠을 자려고 했지만, 몇 분 지나지 않아 상대방이 다시 나지막하게 말을 걸었다.

"돈을 지켜내셨나요?"

질버만은 뭔가 알아들을 수 없는 말을 웅얼거렸다.

"돈이 있다면 좀 더 쉬울 텐데요……."

남자 말에 질버만은 몸을 똑바로 일으키고 담배 한 개비를 물었다.

"뭐가 쉽다는 건가요?"

"음……. 그러니까……."

남자가 망설이며 입을 열었다.

"무슨 말인지 알아듣지 못하겠군요."

질버만은 잘 알아들으면서도 이렇게 대꾸했다. 새로운 희망이 보였다.

"저는 지닌 돈이 100마르크뿐입니다. 이 돈으로는 외국에 나갈 수 없어요. 그럴 마음이 있더라도 말입니다."

"외국으로 가고 싶으신가요?"

"당신은 어떤가요?"

"아마 그럴지도. 방법은 아시나요?"

"우린 전혀 모르는 사이입니다. 제 말은, 설령 제가 방법을 안다고 해도……. 무슨 뜻인지 아시겠어요?"

질버만은 담뱃재를 털었다.

"무엇보다도 일단 어떤 방법인지 알아야겠어요. 다른 것들은 해결할 수 있을 거고."

질버만은 거래하듯 말했다.

상대는 결정을 내리지 못하고 곰곰이 생각하며 질버만을 바라봤다. 그는 질버만을 의심하긴 했지만, 자신이 카드 패를 먼저 열어 보여야 상대방도 열 것을 알고 있었다.

"어떤 주소 하나를 얻었습니다. 그곳에 뭔가 할 수 있는 사람이 산다고 하더군요. 하지만 제가 들은 소문에 의하면 그는 상당히 많은 돈을 요구한답니다. 게다가 나치기도 하고요."

"어쨌든 그 사람을 통해 외국으로 나갈 가능성이 있다는 거지요? 그가 내 경우도 해결해줄지는 당연히 모르지만, 관심이 가기는 하네요."

"들리는 말로, 그 남자는 국경에서 사람들의 귀중품을 모두 빼앗는다고 합니다. 뭐든지 무조건 그 남자 손아귀에 들어가긴 하지만, 어쨌든 외국으로 보내준다고 해요!"

"그 남자가 누군가요?"

"저도 자세히는 모릅니다. 그리고 말씀드렸듯이, 안다고 해도 제가 당신을 몰라서……."

질버만은 고개를 끄덕이며 동의했다.

"그래요, 모르지요. 물론 당신에게 내가 누구인지, 그리고 나도 유대인이라는 걸 쉽게 증명할 수 있어요. 하지만 잘 모르겠군요……."

"뭘 모르신다는 말씀인가요?"

"그게 의미가 있는지 모르겠다고요."

"아."

남자는 다급한 반응을 보였다. 이미 많은 것을 내보인 그는 이제 자기 쪽에서도 신뢰할 만한 증거를 요구해야 한다는 사실을 깨달은 듯했다.

"어떤 식으로든 분명 서로 도울 수 있을 겁니다. 당신은 돈이 있고, 저는 방법을 하나 알지만 돈이 없으면 그 방법을 쓸 수 없어요. 우리가 서로의 약점을 보완할 수 있을 겁니다."

"하지만 당신 말처럼, 국경에서 모두 빼앗긴다면 나는

그 남자에게 별로 관심이 가지 않습니다."

"지닌 돈이 그렇게 많은가요?"

"아니요, 그건 절대 아닙니다."

"저는 당신에게 모든 것을 말했는데, 당신은 하나도 털어놓지 않는군요! 저를 전혀 믿지 못하시나요?"

"믿기는 하지만, 당신이 조금 전에 말했다시피 우리는 서로 모릅니다. 그리고 설령 더 잘 알게 된다고 해도 서로 도움이 될지는 의문이고요."

"저는 릴리엔펠트입니다. 로베르트 릴리엔펠트."

"질버만입니다."

"자, 질버만 씨."

이제 좀 더 용감해진 릴리엔펠트가 말했다.

"저는 당신을 믿습니다. 당신이 필요해서 그럴 뿐이라고 해도 말이지요. 제 말을 잘 들어보세요. 우리가 도르트문트에서 내려, 함께 그 남자에게 가는 겁니다. 당신은 저를 통해 그 사람을 소개받는 대신, 제가 내야 할 돈까지 지불하시고요."

"같이 갈 수는 있어요. 당신에게 돈을 줄 마음도 있고요. 하지만 돈은 당신이 그 남자에게 직접 줘야 해요."

"알겠습니다."

"나중에 아주 금방 보낼 수 있는 돈이 조금 있다면, 어떻게 보내는지도 아시나요?"

"돈을 가지고 가면 안 됩니다."

릴리엔펠트가 힘주어 말했다.

"10마르크 이상은 안 돼요. 혹시 체포되면 둘 다 외화 밀반출로 걸릴 수 있습니다. 그리고 말씀드렸다시피, 국경에서 몸수색을 당할 각오도 해야 합니다. 돈만 빼앗기면 그나마 운 좋은 거고요."

"혹시 다른 방법은……?"

"모릅니다! 돈이 있다는 걸 그 남자에게 알리지 마세요. 어떤 경우에도 돈을 가지고 가면 안 됩니다. 귀중품도 안 돼요!"

"하지만……."

"목숨만 구해도 다행인 줄 알아야 합니다!"

"외국에 가도 목숨만으로는 살 수 없어요. 돈이 있어야 하지요! 혹시 외국에서는 유대인이 공짜로 밥을 먹을 수 있을 거라 상상하는 건가요?"

"일자리를 구할 겁니다."

릴리엔펠트는 희망에 차서 대답했다.

"내가 알기로, 이주자는 특별 허가를 받아야 일을 할 수 있어요. 그 허가증을 받을 때쯤이면 당신은 오래전에 굶어 죽었을 겁니다."

"두고 봐야지요!"

"아니요, 나는 절대 그렇게 하지 않을 겁니다."

질버만이 단호하게 말하자 릴리엔펠트가 벌떡 일어서더니 흥분해서 물었다.

"그럼 저는 그 남자에게 어떻게 돈을 지불하죠? 200마르크가 부족합니다. 200마르크에 제 목숨이 달렸어요! 삼등칸을 탔더라면 최소한……."

"흥분하지 마세요."

질버만은 짜증이 나서 그의 말을 가로막았다.

"200마르크를 드릴 테니까요! 대신 그 남자 주소를 주십시오. 혹시 내가 나중에 다시 고민해볼 수도 있으니까."

릴리엔펠트는 수첩 한 페이지를 찢어서, 크고 서툰 글씨로 남자 이름과 주소를 적었다. 그러고는 소개의 대가로 돈을 받기도 전에 그 쪽지를 질버만에게 건넸다. 그는 이제 정말로 질버만을 믿는 것 같았다.

"헤르만 딘켈베르크, 비스마르크 거리 23번지."

질버만은 나지막하게 읽고 나서 질문을 던졌다.

"이거면 충분한가요? 아니면 누군가에게 소개받았다고 해야 하나요?"

"그럴 필요는 없습니다. 외국으로 가고 싶다는 말만 하세요. 돈이 얼마나 있냐고 물으면 200마르크라고 하시고요. 그 남자에게 돈을 건네면 곧바로 국경을 넘게 해줄 겁니다!"

질버만은 쪽지를 지갑에 넣고, 상대방에게 300마르크를 건네며 말했다.

"돈을 아마 조금이라도 가지고 있어야 할 겁니다. 갚고 싶으면 나중에 돌려주세요."

"아니, 아닙니다."

목수는 거절했다.

"저는 정확하게 200마르크만 필요해요! 나머지 돈으로 제가 뭘 할 수 있겠습니까? 내일 오후에는 독일을 떠납니다. 나중에는 이 돈을 놓아버리지 못하고 가져가려고 하겠지요. 그러면 돈이 내 목을 치는 겁니다. 무척 관대하고 친절한 행동을 하시네요. 고맙습니다. 하지만 그 돈은 그냥 두십시오!"

그는 남는 100마르크 지폐를 돌려줬다.

"이런 일은 평생 처음이군요."

질버만이 고개를 저으며 말했다.

"저도 처음입니다! 이제 우리 둘 다 잠을 좀 자두는 게 좋겠어요. 내일 무척 오래 걸어야 합니다. 당신을 만나서 정말 기쁩니다. 불행 중 다행이에요."

"이렇게 오래 걸리는 불행도 없겠지요."

질버만이 비관적으로 대답했다.

"절망하면 안 됩니다."

릴리엔펠트가 이렇게 대꾸하고는 조심스럽게 자기 지갑을 쓰다듬었다.

"제가 지금 어떻게 되었는지 보셨잖아요."

"부럽습니다! 당신은 자유롭게 다닐 수 있지요. 나는 돈을 끌고 다녀야 한답니다. 이런 상황에서 돈은 무거운 족쇄가 되지요."

"독일에 그냥 두세요."

"그럼 외국에서 어떻게 사나요?"

"일을 하셔야지요!"

"이봐요, 친구. 나는 평생 일을 했어요. 나는 사업가고, 사업가에게는 자본이 필요합니다. 요즘은 물론 수공업자가 훨씬 낫지요."

"외국에 가시면 처음부터 다시 시작하셔야지요."

"말은 쉽지만 나는 이제 젊은이가 아닙니다. 아내와 아들도 부양해야 하고요!"

"예, 예. 힘든 거 압니다."

릴리엔펠트가 말했다. 그러고는 약간 만족스러워 보이는 표정으로 심호흡을 했다.

질버만은 금방 잠이 올 것 같지 않은 예감이 들었다. 창문 커튼을 옆으로 밀치고, 흐릿하게 동트는 아침을 내다봤다. 텅 빈 들녘과 자그마한 숲, 이따금 눈에 들어오는 집, 가을 평야의 단조로운 풍경을 한동안 구경했다. 기지개를 켜고서, 이미 환해졌으므로 전등을 껐다.

"몇 시인가요?"

질버만은 역시 깨어 있던 맞은편 남자에게 물었다. 남자는 질버만의 모든 움직임을 커다란 갈색 눈으로 졸린 듯 좇고 있었다.

"6시 30분입니다."

릴리엔펠트가 대답했다.

"아주 많이 피곤한데 잠이 들지 않는군요. 뭔가 대재난이 벌어질 듯한 예감이 들어요."

"아직 커피를 드시지 않아서 그런 겁니다."

릴리엔펠트는 이렇게 대꾸하고는 자려고 몸을 돌렸다.

질버만은 다시 창밖을 내다보며 생각에 잠겼다. 예전에 이 노선을 달린 적이 있어. 신혼여행 때였지. 신경을 다른 데로 돌리려고 당시 기억을 떠올렸다. 하사관으로 막 승진하고, 여드레 동안 결혼휴가를 얻은 때였다. 그중 닷새는 결혼 준비로 시간을 보냈다. 엿새째 저녁이 되어서야 둘은 여행을 떠났다. 질버만은 자잘한 것까지 상세히 기억했다. 여행할 때 아내가 어떤 옷을 입었는지, 어떤 모습이었는지도 떠올랐다. 아내는 무척 흥분한 상태였다. 질버만은 그 여행 때만큼 아내가 많이 웃고 우는 모습을 나중에는 한 번도 본 적이 없었다. 지금 생각해보니 그땐 서로 심하게 매달리면서 무척 경직되어 있었다. 당시는 천진난만하게 신혼여행하기에 좋은 상황이 아니었다. 전쟁 중이었으니까.

엘프리데는 얼마나 멋진 계획들을 세웠던가! 아내는 남편을 전선으로 돌려보내지 않고 함께 스위스로 도주하려고 했다. 그게 불가능하다는 거야 그녀 자신도 알았을 테지만, 그래도 가능하다는 말을 듣고 싶고 위로받고 싶었을 것이다. 그가 전쟁이 오래 지속되지 않을 거라고 말하자 엘프리데는 흐느끼면서 아니라고, 오래 걸릴 거라고 대답했다. 질버만은 아내 주장에 반대하며 독일의 적들이 지금 어떤 이유로 멸망하기 직전인지, 방공호에서 얼마나 안전하게 살 수 있는지 설명했다.

엘프리데는 결국 그의 말을 믿었고 그때부터 무척 아름다운 시간을 보냈지만, 이별의 불안이 행복한 모든 순간을 갉아먹었다. 마지막으로 둘은 약속이나 한 듯 두 사람만의 시간인 남은 이틀 동안 무엇을 할지 이야기했다. 하지만 여행보다는 결혼 자체가 중요했으므로 아무것도 하지 않았다.

우리는 너무나 행복하면서도 불행했지. 질버만이 생각했다. 그래서 행복과 불행을 제대로 구분할 수 없었어. 부풀어 오른 감정들이 섞여버렸으니까.

마지막 날은 끔찍이 고통스러웠다. 두 사람은 그저 작별할 시간을 기다리기만 했다. 지금 와서 생각해보니 그다지 나쁘지 않았다. 둘은 젊었고 미래를 믿었으며, 온갖 상황에도 그 순간을 살 수 있었다.

나는 그때 얼마나 행복했던가. 질버만은 당시의 자신이 살짝 부러웠다.

그는 객실을 나와 통로를 거닐다 돌아와 자리에 앉아, 잠든 목수를 바라봤다. 그의 눈길을 받은 목수는 불편하게 몸을 움직이다가 깼다. 그는 눈 뜨기도 전에 돈과 여권이 들어 있을 법한 가슴 주머니를 더듬었다.

"도르트문트에 곧 도착합니까?"

그가 나지막하게 묻자 질버만이 대답했다.

"아직 많이 남았어요. 더 주무세요."

그러나 릴리엔펠트는 몸을 일으켰다.

"모르겠어요. 무척 불안합니다. 이상한 느낌이 들어요. 독한 술을 마실 수 있다면 좋겠는데. 이런 박해는 견디기 힘들어요. 평소 이때쯤이면 저는 이미 가게를 쓸고 블라인드를 올렸답니다. 장사가 너무 안 돼서 점원은 해고할 수밖에 없었고, 도제는 8시나 되어야 왔거든요. 아주 서툰 녀석이었어요!"

그는 질버만을 빤히 보다가 말을 이었다.

"제가 너무 말이 많지요?"

"아이고, 별말씀을."

질버만이 대답했다.

"하셔도 됩니다. 당신 이야기를 들으니 기분 좋은걸요."

"그 젊은이에게 백 번도 넘게 말했어요. 대패질할 때 판자 위에 손을 놓지 말라고요. 그런데 어땠을 것 같습니까? 한번은 대패가 미끄러졌어요. 그 녀석은 한 달이나 일하지 못하고 그저 빈둥거리기만 했답니다. 백 번이나 똑같은 말을 해도 듣지 않는 겁니다. 그것만 빼면 착한 아이였어요! 훈련장을 새로 찾을 수 있을지 궁금하네요. 그 아이에게 증명서를 보내줘야 합니다. 제가 간다고 하자 그 아이가 자기도 따라가겠다고 하더군요. 그 애도…… 유대인이거든요. 정말 불안해요. 아시겠어요? 오랜만에 전쟁 꿈을 꾸었답니다. 제가 가시철망에 매달려 후들후들 떨고 있었어요. 얼마나 끔찍한 기분인지 모르실 겁니다!"

"조금 전에 난방이 꺼졌어요."

질버만이 해명했다.

"나도 지난 며칠 동안 계속 전쟁을 생각했답니다. 전혀 이상한 일이 아니에요."

"이등칸으로 옮기는 게 나을까요? 혹시 그곳이 더 안전할까요?"

릴리엔펠트가 물었다.

"거기서 승무원이 검사하는데, 당신이 일등칸 차표를 가지고 있다면 그거야말로 수상한 일입니다!"

"하지만 많은 사람 틈에 있으면 늘 편안하지요. 어쨌든 저는 그렇습니다. 기차에 혹시 비밀경찰이 탔을까요?"

"모르겠어요."

"내렸다가 다음 기차 삼등칸을 타는 게 어떨까요?"

"뭐가 보장된 게 있나요? 그곳이라고 더 안전하지도 않습니다. 어쩌면 그곳에서 다른 사람과 이야기를 나누다가……."

"나도 일등칸 차표를 샀습니다."

릴리엔펠트가 단호하게 질버만의 말을 막았다.

"일등칸을 탄 건 평생 처음이에요. 그냥 죽을 때까지 삼등칸을 탈 수 있다면 좋을 텐데!"

그는 감탄하는 눈길로 객실을 둘러봤다.

"무척 멋지게 꾸몄군요. 하지만 너무 비쌉니다! 당신에게는 새로울 것도 없겠지만요. 안 그렇습니까?"

"나는 평소 이등칸을 탑니다."

이렇게 대답한 질버만은, 릴리엔펠트가 삼등칸을 타는데 자기는 왜 그동안 이등칸을 탔는지 스스로도 이해가 되지 않았다.

"사업 동료들 때문이기도 하고요……."

그는 핑계 대듯 덧붙이면서 이런 해명이 자신이 생각해도 이상해서 이마를 찌푸렸다.

"아, 당신들이야 편하겠지요."

릴리엔펠트가 부러운 듯 말했다.

"어떤 상황이든 헤쳐나갈 테니까요. 혹시 백만장자이신가요?"

질버만은 미소를 지으며 대답했다.

"아니, 정말이지 아닙니다."

"백만장자이신 줄 알았답니다. 당신은 정말 그렇게 보여요. 아주 차분하십니다. 부자는 대부분 차분하고, 얼굴에 주름이 없는 것 같아요. 안 그렇습니까?"

"그거야 다양한 걱정만큼이나 저마다 다르지요. 한 가지 걱정이 없으면 다른 걱정이 있어요. 지금 내가 당신보다 상황이 낫다고 생각하나요?"

"지금은 아닐지 몰라도 다른 때는 낫고말고요! 그래도 상관없습니다. 저는 아무도 부럽지 않아요! 기껏해야 남아메리카에 사는 우리 형이 부럽습니다. 형은 독일을 떠나는 데 성공했고, 지금 돈을 아주 잘 벌어요. 하지만 형도 힘들었지요. 우린 모두 힘들어요. 당신도 아마 그럴 거고요. 당신이 부자라서 무척 기쁩니다. 아니면 제가 어디서 200마르크를 얻겠어요?"

"집까지 계산하면 나는 20만 마르크*를 도둑맞았어요!"

질버만은 상대방에게라기보다는 자기 자신에게 말했다.

"20만 마르크."

릴리엔펠트는 생각에 잠기며 한숨을 쉬었다.

"저는 주소 하나 따위로 당신에게 200마르크를 요구해서는 안 된다고 생각했습니다. 그런데 20만 마르크라니! 그런 큰돈을 잃으면 기분이 어떨까요? 상상이 가기는 합니다. 저도 5, 6천 마르크를 잃었지요. 제 가게가 그 정도 가치는 있으니까요. 그건 그렇고, 정말 끔찍하시겠군요. 차라리 그렇게 많은 재산이 애초부터 없었더라면 더 나았을 것 같습니다. 그런데도 저에게 100마르크를 더 주려고 하시다니요! 당신이 무척 고귀한 분이라는 증거입니다. 하기야 어쩌면 지금 그 정도 돈은 중요하지 않다고 생각하실지도 모르지만요."

"아마 그럴 수도요."

* 1937년 기준의 20만 마르크는 오늘날 대략 82만 유로(11억 원)의 가치를 지닌다.

질버만은 힘겹게 미소 지었다.

"하지만 좋은 뜻으로 하신 거겠지요."

릴리엔펠트는 그렇게 생각하기로 마음먹었다.

"정말이지 절망이 심하셨겠어요. 제가 20만 마르크를 잃었다면…… 아마 저 자신에게 뭔가 일을 저질렀을 것 같습니다!"

질버만이 고개를 저었다.

"액수가 중요한 게 아니지요. 당신도 가게를……."

"그래요, 멋진 내 가게를."

릴리엔펠트가 우울한 표정으로 말을 가로챘다.

"진열창이 두 개 있었답니다. 물론 작은 진열창이었지만, 그래도 전시품이 무척 잘 팔려나갔어요! 교회 의자도 제작했지요. 저는 유대인인데 말입니다! 아, 유대인 회당에서 300마르크 받을 게 있는데!"

그는 잠시 생각에 잠긴 듯했다.

"다 사라졌어요. 모든 게 한꺼번에! 유리창이 깨졌고, 건물 주인은 임대 계약을 해지했습니다. 거기다가 체포 위협까지 당했고요. 목공구라도 챙겼어야 했는데! 다 사라졌어요. 모두 다……."

그는 팔꿈치를 무릎에 대고 머리를 양손에 묻었다.

"회당 갈 때 입는 양복조차 챙기지 못했습니다!"

그가 숨 막히는 목소리로 말했다.

"그것 봐요. 내가 당신보다 상황이 더 나쁜 건 아니에요."

질버만은 대화 주제를 이어갔다.

"20만 마르크를 잃든, 가게를 잃든 차이는 그다지 크지 않아요. 나는 어쨌든 돈의 일부는 지켰답니다."

릴리엔펠트가 고개를 들었다.

"하지만 그 돈이 당신을 안전한 곳에 데려다주는 걸 방해하잖아요!"

그는 상대방이 자기보다 불쌍하다는 생각을 그만두려 하지 않았다.

"안전이라, 돈이 없으면 안전도 없어요!"

"당신 돈은 지금 당신을 지켜주지 못합니다. 오히려 반대지요. 위험하게 하니까요."

"뭐든 양면이 있는 법이지요."

질버만도 동의했다. 그러고는 웃음을 터뜨렸다.

"참 우습네요. 우리는 서로 불쌍하다고 하며 상대방이 자기보다 상황이 나쁘다고 믿으려 하니 말입니다. 그게 마치 위로라도 되는 듯이."

"저는 당신이 불쌍하다고 생각하지 않습니다."

릴리엔펠트가 반박했다.

"전혀 아니에요. 아닙니다! 당신은 언제나 잘 지냈을 테지만 저는 아니에요. 이미 많은 일을 겪었습니다. 하지만 그 덕분에 지금 상황을 견디기도 더 쉽답니다!"

"바로 그거예요. 당신이 더 쉬워요!"

질버만이 웃음을 터뜨리며 말했다.

"웃으실 필요 없습니다. 그렇잖아요. 저는 20만 마르크를 잃어버리지 않았고, 국경 너머로 가져가야 할 돈도 없습니다. 정말 다행이에요!"

"당신은 참 멋진 사람이에요. 정말입니다!"

질버만이 미소 지으며 말했다.

"당신은 언제나 편하게 살았겠지요. 안 그렇습니까?"

"간단하게 대답할 수 있는 질문이 아니군요. 어떤 면에서는 당신이 옳지만, 나도 전쟁에 나가 싸웠답니다."

"전쟁이 좋은 건 아니지요."

릴리엔펠트도 인정했다.

"하지만 매우 나쁜 것도 아닙니다. 언제나 여럿이니까요! 그런데 지금은 혼자예요. 명령 내리는 사람도 지켜야 할 질서도 없습니다. 달려야 하는데 길을 알려주는 사람이 없어요. 박해를 당하는데 프로이센 때보다 상황이 훨씬 나쁩니다. 전쟁이 좋지는 않았지요! 하지만 그때는 군인이었습니다. 지금은 더러운 유대인이고, 다른 쪽은 아리아인이에요! 그 사람들은 평화롭게 살고 우리는 쫓깁니다. 우리만요. 이건 끔찍합니다! 다른 목수들은 평소와 똑같이 살면서 자기 일을 합니다. 그런데 저는, 저는 떠나야 해요! 이게 문제입니다! 전쟁도 안 좋지만 그건 우리에게만, 저에게만 안 좋은 게 아니었어요. 그때는 공동체가 있었지요. 모두 함께 어려웠습니다."

"새로운 공동체에 포함되지 않은 걸 다행이라고 여기세요! 그보다 더 나쁘고, 더 멍청하고, 더 잔인한 공동체는 상상조차 할 수 없으니까요. 선량한 소수는 사악한 다수보다 여전히 나은 법이지요."

"그건 당신 생각이고요! 저는 가게에 앉아서 다른 사람들이 깃발을 들고 노래 부르며 지나가는 모습을 지켜봤습니다. 흐느껴 울고 싶을 때도 가끔 있었어요. 정말입니다. 모두 오래전부터 알던 지인이었어요. 전우 모임, 카드놀이 클럽, 동업조합 등이었죠. 저쪽은 모두 예전 친구인데, 당신은 홀로 앉아 있다고 생각해보세요. 당신과 뭔가 함께하는 사람은 아무도 없어요. 당신이 그들 중 한 명을 만나면, 그가 모른 척하는 모습을 안 보려고 당신이 먼저 고개를 돌린다고 말이지요. 저는 어디로도 갈 용기를 내지 못했습니다. 누군가를 만나면 또 속을 끓일 거라고 늘 생각했지요. 저 아이와는 함께 학교에 다녔고, 또 다른 사람과는 직업교육을 받았거나 단골 술집에서 같이 술을 마셨는데, 지금은? 지금은 당신이 형체도 없는 공기가 된 겁니다. 나쁜 공기요!"

"그거야 다른 사람들 잘못이지요!"

"누구 잘못이든 상관없습니다! 고통은 제 몫이었으니까요. 그들은 제 진열창에 수없이 자주 '유대 놈' 또는 '유대인'이라고 낙서했고, 저는 그걸 지워야 했습니다. 온 동네 사람이 그러는 저를 지켜봤지요. 대부분은 빌리 슈뢰더의 낙서였습니다. 그의 아버지와 저는 언젠가 재판한 적이 있어요. 돈을 내지 않으려 했거든요. 제가 바보인가요? 그런 일들이 잊히지 않습니다. 제가 어떻게 해야 할까요? 말씀해보세요. 그 느낌은 잊을 수 없습니다. 일단 한번 느낀 감정이에요. 제가 경건한 유대인이라면 아무 상관도 없다고 말하겠지요. 하지만 저는 경건한 유대인이 아니거든요. 저도 참전했어요. 그러니 아무도 저더러 뭐라고 얘기할 게 없습니다.

이런 일을 당하면 무척 예민해지지요. 모든 것에서 잔인한 냄새를 맡습니다. 그저 다른 사람들처럼 평화롭게 살면서 자기 일을 하고, 저녁에는 맥주를 마시고, 멋진 카드놀이를 하는 것 말고는 바라는 게 없는데 말입니다. 그런데 누군가가 제게 시련이니, 선택된 민족이니 하는 말을 한다고 해보세요. 아무 의미도 없어요. 저는 수공업자고, 그게 만족스럽습니다! 그런데 강도나 살인자 취급을 받아요! 이제 사람들이 제게 침 뱉을 일만 남았네요."

릴리엔펠트는 우울한 표정으로 멍하니 앞을 봤다.

"이게 모두 한쪽이 더 이성적이어서 생기는 일이지요."

그가 확신에 찬 목소리로 안도하듯 말했다. 마치 질버만이 그의 어깨를 두드리며 "똑똑해요, 릴리엔펠트. 똑똑합니다"라고 칭찬하기를 바라는 것처럼 보였다.

상대의 고백에 깊이 감동한 질버만은 이 순진한 결론에 미소 지을 수밖에 없었다.

"커피 마시고 싶군요!"

릴리엔펠트가 말했다. 이제 말을 다 마쳤고, 또 우울한 기분에 빠질까 봐 두려운 듯도 했다.

"다음 역에 내려, 커피와 독한 술을 마셔야겠습니다. 그게 습관이거든요. 그런데 식당차는 언제 문을 여나요?"

"식당차는 도르트문트에 가서야 연결하는 게 아닌지 모르겠군요. 기차를 한번 살펴볼까요?"

두 사람은 자리에서 일어나 연결 통로로 나섰다. 옆 칸 앞쪽에 어떤 남자가 서 있었다. 그가 두 사람에게 자리를 만들어주느라 공손하게 객실로 물러나자 둘은 그를 지나갔다.

"저 남자가 우리 이야기를 듣지 않았어야 할 텐데요."

남자가 들을 수 있는 범위를 지나자 릴리엔펠트가 입을 뗐다.

"당신 목소리가 너무 컸어요. 아주 조심해야 합니다. 이 기차에 첩자가 아주 많다는 얘기를 들었거든요."

두 사람은 이등칸을 지나갔다. 일등칸과 연결된 그곳 통로는 텅 비어 있었다. 침대차 두 칸도 지났는데, 그곳에서는 승무원 한 명만 만났다. 드디어 삼등칸에 도착했다. 통로는 담배 피우고, 수다 떨고, 창밖을 보는 사람으로 가득했다.

릴리엔펠트는 발아래에서 이리저리 흔들리는 차량 연결 부분에 그대로 멈춰 선 채 질버만의 팔을 꽉 잡고 소곤거렸다.

"더는 가지 않겠어요. 여긴 기독교인이 너무 많습니다!"

"왜 그렇게 두려워하지요?"

질버만이 물었다.

"왜냐고요? 어제 제 가게가 습격을 당했습니다. 제가 겪은 일을 한 번이라도 겪으신다면 아마 달라지실 겁니다!"

"아, 무슨 소리. 그저 조용히 제 갈 길을 가면 되지요. 당신이 유대인이라는 사실을 알아볼 사람은 아무도 없어요."

"당신은 바로 알아챘잖아요!"

"그거야 당신이 너무 불안해 보였으니까요."

"어쨌든 저는 돌아가겠습니다."

릴리엔펠트가 말을 이었다.

"커피 한 잔 때문에 용기를 증명할 필요는 없어요! 용기가 아주 좋기는 하지만, 평안은 더 좋으니까요."

"무슨 일이 벌어진다는 건가요?"

"저도 모르지요. 혹시라도 지인을 만나면 이야기는 끝나는 겁니다. 아마 아무도 만나지 않겠지만, 만약 만나면 어쩌죠?"

둘은 돌아섰다.

"이해가 안 가네요."

오는 길에 질버만이 말했다.

"아까는 사람들이랑 섞이고 싶어서 삼등칸에 타길 원했잖아요."

"정신병자라고 부르셔도 좋습니다."

릴리엔펠트가 설명했다.

"남들이 금방 알아볼 수 있는 표지가 저한테 있다는 생각이 들어요. 게다가 유대인은 아마 식당차에 갈 수 없을 겁니다."

"우리에게는 삶 자체가 금지되어 있어요. 그 규정에 맞춰 살고 싶습니까?"

질버만이 대꾸했다.

릴리엔펠트는 객실로 돌아온 후에야 입을 열었다.

"저는 용기를 전혀 내지 못할 때가 가끔 있어요."

방금 했던 자신의 해명이 약간 창피한 모양이었다.

"가게 바깥으로 나가지 못한 날도 있답니다. 누군가가 저를 툭 치거나 모욕할까 봐 두려워서 말이지요. 가게 사정이 좋지 않았는데도 계약을 따러 갈 생각도 못 했어요. 아무것도 할 수 없다는, 전혀 할 수 없다는 느낌을 받을 때도 있었답니다!"

"아이고, 이런."

질버만이 용기를 주듯 말했다.

"조금 전 보여준 당신의 낙관주의가 훨씬 더 마음에 듭니다. 용기를 잃지 마세요! 전쟁 때는 이보다 더 어려운 상황도 겪었을 게 아닙니까. 그때도 운이 좋아 모든 것을 극복했잖아요. 어쩌면 일주일 후에는 외국에서 일자리를 얻고, 이곳의 모든 것은 잊을지도 모르지요. 이봐요, 포기하지 말아요! 언제나 목표를 바라보세요. 그러면 이룰 겁니다! 염세적인 감정을 느낄 때가 아니에요! 우울해하는 건 나중에 하시지요!"

"당신 말이 옳습니다."

기분이 훨씬 맑아진 릴리엔펠트가 대답했다.

"원하신다면 다시 가볼까요!"

상투어의 힘이란 얼마나 막강한가. 질버만은 놀랐다. 그는 상대방을 설득하긴 했지만 자신은 그럴 기분이 아니었다.

“아니, 아닙니다. 그냥 둡시다. 당신 말이 아주 그른 것도 아니지요. 어쩌면 종업원이 곧 올지도 모르고요. 아니면 다음 역에서 함께 커피를 마십시다.”

“제가 과연 해낼 수 있을까요?”

릴리엔펠트가 다시 무척 우울한 표정으로 물었다.

“뭘 말인가요?”

“국경을 넘어갈 수 있을까요? 잡히지 않으려나요? 국경을 넘어도 그쪽 경찰 손아귀에 들어가 쫓겨날 수도 있겠지요. 그러면 자살할 겁니다.”

“이런!”

질버만은 일부러 목소리를 높였다.

“그렇게 마음이 흔들리면 안 됩니다! 그런 정신 나간 생각은 애초부터 하지 말아야 해요. 첫 번째 시도에 실패하면 두 번째는 될 겁니다. 당신이 이해 가지 않네요!”

“당신은 두렵지 않나요?”

릴리엔펠트가 자신을 변호했다.

“당연히 두렵지요. 하지만 나는 포기하지 않을 겁니다!”

질버만은 단단한 목소리로 대답했다.

5

질버만은 우체국에서 초조하게 왔다 갔다 하며 걸었다. 신청한 전화 통화를 기다리는 중이었다. 의심받지 않으려고 느긋하고 기분 좋은 표정을 지었다.

한 시간 전 아헨에 도착해 여행 가방을 짐 보관소에 맡겼고, 소중한 서류 가방은 겨드랑이에 끼고 있었다. 릴리 엔펠트와는 용기를 불어넣어주며 도르트문트에서 헤어졌다. 시간이 남아서 아내에게는 길고 상세하게, 여동생에게는 꼭 필요한 소식만 전하는 편지를 썼다. 아내에게는 안심시키는 전보도 보냈다.

내가 할 일은 어느 정도 정리했어. 질버만은 왔다 갔다 걸으면서 생각했다. 해결된 건 하나도 없지만, 그래도 편지로나마 모두 이야기했더니 마음이 놓였다.

벌써 십 분이나 전화 통화를 기다리고 있자니 점점 불

안했다. 아들이 혹시 호텔에 없는 게 아닐까? 아니면 장거리전화에 새로운 규정이 생겼고, 외국으로 신청한 전화라서 직원이 경찰에 신고한 게 아닐까? 누군가가 전화 목적을 물어보면 뭐라고 하지? 어쩌면 내 몸을 수색하고 돈을 발견할지도 몰라. 그것만으로도 국경도시에서는 미심쩍어. 4만 마르크가 왜 필요합니까? 이렇게 질문할 거야. 그러고는 돈을 몰수하고 나를 강제수용소로 보내겠지!

너무 불안한 나머지 짜증이 난 그는 이게 모두 릴리엔펠트 때문이라고 생각했다. 평온해지려고 노래를 흥얼거렸다.

직원이 손짓했다. 무척 친절한 행동이었다. 질버만이 바로 맞은편에 있긴 하지만, 무척 중요한 일이라는 듯 고함을 지를 수도 있었을 것이다. "파리로 신청하신 전화요!" 그랬다면 많은 이의 눈길이 질버만을 향했을 터였다.

질버만은 전화 부스로 들어가 담배 한 개비를 물고 불을 붙이려다가, 그러면 통화하는 동안 연기를 빼려고 문을 열어두어야 한다는 데 생각이 미쳤다. 그는 불이 붙은 성냥개비에 손가락을 데고서 집어 던졌다.

"여보세요, 아버지?"

에두아르트가 전화를 받았다.

"그래, 잘 있었니? 방금 성냥불에 손가락을 데었다."

"두 분 어떻게 지내세요? 정말 걱정 많이 했어요!"

"난 지금 아헨에 있단다."

질버만은 의미심장하게 말했다.

"네 엄마는 퀴스트린으로 가서 외삼촌 집에 묵는 중이야. 허가증은 구했니?"

"아니요! 그렇게 금방 얻진 못해요. 조만간 얻을 수 있을 것 같지도 않아요. 최선을 다했지만……. 어쨌든 두 분이…… 무사하셔서 다행이에요. 아버지…… 목소리를 들을 수 있어서."

"아마 자주 듣지는 못할 거다."

질버만은 통증으로 얼굴을 찌푸리며 화상 입은 검지를 전화 부스의 차가운 금속에 문질렀다.

"아버지, 벨기에로 가실 수는 없나요? 아니면 네덜란드는요? 그곳에서 기다리실 수도 있을 텐데요."

"가망이 없다. 유일한 희망은 네가 뭔가 하는 거야. 하지만 네가 프랑스를 마음대로 움직일 수는 없을 테니까. 나도 이해한다. 너도 최선을 다했겠지."

"계속 시도하고 있어요. 어쩌면 될지도 모르지요. 아버지가 아헨에 계시다니 기쁘네요."

"그게 기뻐할 일은 아니란다."

질버만은 곰곰이 생각에 잠긴 채 화상 입은 손가락을

내려다봤다. 끔찍하게 아파서, 온갖 문젯거리에도 신경이 꽤 많이 쓰였다.

“예, 예. 통화 더 할 겁니다……. 자, 에두아르트. 그럼 좀 더 알아보렴. 응? 잘 지내라……. 견본 몇 개를 보내마.”

“무슨 견본 말인가요?”

“아, 그냥 견본.”

질버만이 목소리를 높였다.

“아버지, 걱정하지 마세요. 어떻게든 될 거예요.”

“그러길 바라야지. 지금 내 손가락이 아주 아픈데, 그 소리를 들으니 기쁘구나.”

“무척 낙관적이신 것 같아요. 통증을……”

“바보 같은 소리. 걱정과 통증은 동시에 느낄 수 있어. 어쨌든 너는 거의 절망적이라고 생각하는 거지?”

“뭐가요?”

“뭐긴, 당연히 허가증 이야기지. 멍청하게 굴지 마라!”

“완전히 절망적이라고는 할 수 없지만…….”

“그래, 알았다. 희망을 걸어서는 안 되겠구나! 내 목숨이 거기에 달렸는데! 자, 그럼 잘 있어라!”

“아버지, 금방 또 통화하지요. 내가…….”

“그만 끊자.”

질버만은 전화 부스를 나왔다. 손가락 통증이 약간 가

라앉았다. 몇 미터 떨어진 곳에 서 있는 어떤 남자가 갑자기 눈에 들어왔다. 아, 이제 시간이 되었군. 내가 체포되는구나! 거의 무관심하다고 할 만큼 차분히 생각했다.

"출구가 어딘가요?"

남자가 물었다.

"오른쪽입니다."

질버만은 출구가 어디인지 모르면서 전혀 망설이지 않고 대답했다. 곰곰이 생각에 잠긴 채 눈을 동그랗게 뜨고 자신을 바라보는 이 남자를 얼른 떼어내야겠다고 생각했기 때문이다.

질버만은 긴 의자에 앉아 생각에 잠겼다. 용기가 모두 사라졌다. 당연히 잘못되겠지. 어떻게 성공할 거라 믿었을까? 도무지 이해가 안 가네. 그는 몸을 뒤로 젖히고, 무관심한 멍한 눈길로 주변 사람들을 보았다. 자, 나는 4만 마르크를 가지고 여기 아헨에 있어. 정확히 말하면 4만 1천 마르크지. 문자 그대로 돈을 양손에 가득 움켜쥐었는데도 대책이 없어. 목적지가 전혀 없다고.

전화 통화에서 뭔가 기대했다니, 스스로 생각해도 의아했다. 내가 에두아르트에게 최소한 잔소리라도 좀 했으면 나았을 텐데, 하필 그때 손가락에 화상을 입다니. 왜 나는 그 애가 허가증을 얻어낼 수 있을 거라 생각했을까? 나도 다른 사람들처럼 체포당하는 게 나았을지 몰라. 감옥은 자유로운 바깥보다 조용하지 않을까. 최소한 잠은 푹 잘 수 있잖아. 지금 나는 잔뜩 긴장한 채 무너지고, 이리저리 달리면서도 한 걸음도 앞으로 나아가지 못해.

그는 자리에서 일어나 우체국을 나와, 신문 가판대에서 네 종류의 신문을 샀다. 그러고는 자그마한 선술집으로 가서 맥주 한 잔을 주문하고 화장실로 향했다. 방금 산 신문을 펼치고 서류 가방에서 4천 마르크를 꺼내 각각의 신문에 1천 마르크씩 넣은 다음, 신문을 반듯하게 접어 주머니에 넣고는 다시 술집으로 돌아왔다. 종업원을 불러 맥줏값을 계산하고 문구점에서 접착용 테이프를 사서, 에두아르트의 집주인 주소로 신문들을 발송할 준비를 했다. 그러고는 우체국으로 돌아가 창구에 발송물을 내밀었다.

조금 전 아들과 통화하며 세운 계획을 이렇듯 아주 세심하고 현명하게 실천한 후에 서둘러 우체국을 나와 역으로 갔다. 도르트문트로 가서, 릴리엔펠트가 언급한 인간 밀수꾼 딘켈베르크를 통해 행운을 찾아보자고 마음먹었다. 이번에는 이등칸 차표를 끊었다. 그곳이 그래도 가장 안전하고 사람들 눈에 잘 안 띌 거라고 믿었기 때문이다. 남의 눈에 띌지 모른다는 생각에 머리가 돌 지경이었다. 또 내면의 불안이 겉으로도 드러날 거라 짐작했으므로, 자세와 행동거지가 어떻게 하면 최대한 아무렇지 않게 보일까 끊임없이 생각했다.

차표를 사고 몇 분 지나지 않아 기차가 출발했다. 그와 같은 객실에 장교 몇 명이 타고 있었다. 질버만은 그들에게 관심을 두지 않고 그들 대화에도 귀를 기울이지 않다가 금세 잠이 들었다. 기차가 설 때마다 깜짝 놀라 잠에서 깨어 역 이름을 살펴보고는 다시 잠이 들었다.

"어디로 가십니까?"

옆에 앉은 대위가 물었다.

"도르트문트로 갑니다."

질버만의 대답에 그가 말했다.

"그럼 편안하게 좀 더 주무십시오. 도착하면 우리가 깨워드릴 테니까요."

"정말 고맙습니다."

질버만은 다시 잠들면서도 정말 고맙다고 생각했다.

대위가 깨우자 질버만은 당황해서 소리쳤다.

"내 서류 가방! 내 서류 가방 어디 있지?"

군인들이 웃음을 터뜨렸다.

"바로 옆에 있네요. 재산을 몽땅 가지고 다니시는 모양입니다. 그렇지요?"

풍채가 좋고 인상도 좋은 대위가 말했다.

"아니, 아닙니다."

질버만이 얼른 대답했다.

"서류뿐이에요. 그런데 중요한 서류들이지요."

"잠자는 밀사."

중위 한 명이 농담했다.

"하하하."

질버만은 일부러 크게 웃었다.

"독일 장교 사이에서라면 밀사라도 안심하고 잘 수 있겠지요. 하지만 나는 그냥 사업가랍니다. 고맙습니다, 여러분. 하일 히틀러."

객실을 나와 플랫폼으로 내려왔는데 누군가 부르는 목소리가 들렸다.

"여보세요, 잠깐만요……. 밀사님!"

질버만은 깜짝 놀라 몸을 돌렸다.

"여행 가방을 두고 내리셨습니다."

중위가 웃으며 창문으로 가방을 건네줬다.

질버만은 고맙다고 인사하며 가방을 받았다.

"내가 이렇게 정신이 없어요."

변명하는 그에게 중위가 대답했다.

"그런데도 밀사잖아요."

싹싹한 녀석이야. 질버만은 멀어져 가는 기차를 바라보

며 생각했다. 저런 이들이 아직도 있지. 자연스럽고, 평범하고, 무해한 사람들. 나는 그 사실을 잊고 있었어. 저 남자는 내가 유대인인 줄은 몰랐겠지. 분명히 그랬을 거야.

질버만은 가방을 들었다. 이제 정말 정신 차려야 해. 그는 여행 가방과 서류 가방 손잡이를 꽉 움켜쥐었다. 왜 이리도 시들시들하고 힘이 없을까. 미치겠군.

그는 삼등칸 대기실로 들어섰다. 몇몇 사람이 이상하게 보거나 말거나 구내식당으로 가서 맥주 한 잔을 주문했다. 잔을 들어 단숨에 마시다가 외투에 조금 흘렸다. 손수건으로 입을 먼저 닦고, 외투에 묻은 맥주도 닦았다. 그러고서 또 한 잔을 주문해 다 마시고는 손바닥으로 활기차게 테이블을 내리치며 큰 소리로 확신에 차서 말했다.

"다 잘될 거야!"

"뭐라고요?"

종업원이 물었다.

"젊은이, 한 잔 더 주시오!"

질버만이 활기차게 주문했다.

의욕에 넘치는 주위를 둘러보며, 아래턱을 살짝 내밀고 생각에 잠겼다. 딘켈베르크에게 곧장 갈 걸 그랬군. 그 남자를 이용할 수 있을 거야. 분명해. 맥주가 앞에 놓였다. 그는 잔을 들어 한 모금 마시고는 살짝 구역질을 느끼며 잔을 내려놓고 물었다.

"얼마죠?"

"1마르크 20페니히입니다."

질버만은 돈을 내고 나왔다. 낙관은 날아가버렸다. 입에서 시큼한 맛이 느껴지고 토할 것 같았다. 점심을 먹지 않았다는 생각이 그제야 떠올라, 빈속에 맥주를 마신 자신의 멍청함을 질책했다. 역 대합실에 도착한 그는 여행 가방을 맡기려고 거의 저절로 짐 보관소로 향했다.

역을 나오면서, 지금 호텔로 가서 열 시간 동안 깨지 않고 푹 잘 수 있다면 얼마나 좋을까 생각했다. 사람들이 방해만 하지 않는다면 분명 며칠이라도 누워 있을 거야.

그는 호텔 앞에 서서 들어갈까 말까 고민했다. 아니, 안 돼! 목표 바로 앞에서 약해져서는 안 된다. 이건 단순한 도주가 아니라, 절망과의 경쟁이니까.

잠시 후 질버만은 딘켈베르크가 산다는 비스마르크 거리에 있는 집 앞에 서 있었다. 드디어 초인종을 울렸다.

그 자그마한 릴리엔펠트와 함께 왔더라면 더 나았을 거라는 생각이 들었다.

문이 열렸다.

"여기 딘켈베르크 씨가 사나요?"

문을 열어준 노파가 고개를 저었다.

"여기 살았지요! 어제 사람들이 그를 체포해갔어요."

노파는 질버만을 공범이라고 의심하는지 미심쩍은 표정으로 살폈다.

질버만은 이 상황이 너무나 불편했다.

"아니, 세상에! 체포됐다고요. 그럴 줄 누가 상상이나 했을까요?"

이런 경우에는 어떻게 행동해야 하지? 그는 필사적으로 고민했다. 나도 의심받을지도 몰라.

"난 이럴 거라고 예상했지요."

노파가 말했다.

"그 남자가 하는 짓을 보면 잘될 리가 없어요! 매일 다른 여자를 방에 데려와서는 술을 엄청나게 마셨지요. 경찰 네 명이 왔답니다. 네 명이! 나는 그 사람이 어디서 돈이 생기는지 늘 수상하게 생각했어요. 일도 안 하는데 말이지요. 그렇게 젊은 사람이. 아마 훔쳤겠지요!"

"아, 그러니까 그 사람이 무슨 이유로 체포됐는지 모르시는군요?"

젊은이라고? 나는 쉰 살은 된 사람이라고 상상했는데 이상하군.

노파가 의심 가득한 눈길로 골똘히 생각에 잠긴 그를 바라봤다.

“그걸 내가 어떻게 알아요? 경찰한테 물어봐요!”

그러고는 문을 세차게 닫았다.

당황한 질버만은 그래도 모자를 벗어 인사하고서 급하게 그 자리에서 물러나, 모퉁이 서너 개를 지나고서야 멈춰 섰다. 내가 이러려고 도르트문트로 왔던가. 나쁜 마법에 걸린 것 같군. 희망을 품자마자……. 그 작은 릴리엔펠트는 어떻게 되었을까? 불쌍한 사람, 엄청나게 절망했겠지. 이제 나보다 나을 것도 없는 처지겠구나.

질버만은 어지럼증을 느꼈다. 귀에서 나지막하게 바람소리가 났다. 너무 빨리 걸었나 보군. 어디 가서 좀 쉬어야겠다.

그는 레스토랑에 들어가 자리를 잡고 음식을 주문하고는 기이한 희망에 사로잡혀 파리에 전화 통화를 신청했다. 그사이에 무언가 새로운 일이 생겼을 거라고 자신을 설득했다.

수프가 나오자 문자 그대로 돌진했지만, 몇 숟가락 뜨자 더는 삼키지 못하겠다는 기분이 들었다. 담뱃불을 붙이고 담배가 재떨이에서 연기를 풍기게 놓아두고는 억지로 접시를 비우려 애썼다.

종업원이 전화가 연결됐다고 알려주자, 질버만은 벌떡 일어나 양손을 비비고 할 일이 많다는 듯이 이마를 찌푸리며 서둘러 전화기로 갔다.

필요하다면 매일 세 번씩 전화해야겠어. 그는 이런 결심을 했다. 에두아르트도 나처럼 초조해야 해. 그러면 노력하겠지. 평화롭게 사는 사람이 전쟁을 상상하지 못한다는 거야 잘 알려진 사실이지. 그러니 애를 재촉해야겠다!

"여보세요? 상황이 좀 바뀌었니?"

"몇 시간 만에 뭔가 결정적인 일이 생길 리 없잖아요! 조금 전 영향력이 막강하다는 남자와 이야기했는데, 그 사람이 서류를 추천하겠대요. 외무부에도 또 다녀왔는데 기다려야 한대요. 아버지, 신청 서류가 수천 건이라는 걸 기억하셔야 해요. 다른 사람들도 기다린다고요. 어쩔 수가 없어요."

질버만은 아무 말도 하지 않고 수화기를 내려놓고서 나지막이 말했다.

"물론 그렇겠지. 핑계야, 모두 핑계라고."

그는 피로와 무관심이 드러나는 표정으로 어깨를 으쓱했다.

식사를 마친 뒤 방 구하기에 나섰다. 호텔보다는 민박집에 숨는 게 나을 거라고 생각했다. 개인 집에서는 경찰 신고 서류 작성을 최대한 미루는 게 가능할 것 같았다.

벽에 '가구 딸린 방 임대'라는 종이가 붙은 어떤 집 앞에 멈춰 섰다. 질버만이 들어가자 수위 부인은 4층을 가리켰다. 그는 조금 힘겹게 계단을 올라갔다. '주지히'라는 팻말이 현관문에 있었다. 질버만이 초인종을 울리자, 끈이 달린 모닝 가운에 펠트 실내화를 신은 노인이 문을 열었다.

노인은 질버만을 한참이나 보더니 입에 문 파이프를 꺼내 들고 물었다.

"어, 무슨 일이오?"

"가구 딸린 방을 임대하시나요?"

질버만의 질문에 노인이 위엄 있게 대답했다.

"그 일은 내가 아니라 아내가 합니다."

노인은 파이프를 다시 물고는 질버만을 남겨둔 채 몸을 돌렸지만, 문밖에 서 있을지 들어올지는 방문객의 판단에 맡기겠다는 듯이 문은 닫지 않았다. 질버만은 전자를 택했다. 그는 노인이 느린 걸음으로 넓은 복도를 지나 어떤 방으로 들어가는 모습을 지켜봤다. 질버만은 문밖에 선 채 기다렸다. 하지만 몇 분이 지나도 아무도 나오지 않아 한 번 더 초인종을 울렸다.

노인이 들어간 방문이 열리더니, 그가 발을 질질 끌면서 다시 다가왔다.

"부인은 안 계십니까? 아니면 그 방이 이미 나갔나요?"

질버만이 짜증스럽게 묻자 노인은 헛기침을 하고는 울림이 멋진 중저음으로 말했다.

"솔직하게 말하자면 나는 모른다오."

"부인을 불러주실 수 없습니까?"

질버만은 목소리를 조금 높였다.

"우리는 서로 말을 하지 않아요."

노인이 비밀을 알려주듯이 대답했다.

"여하튼……. 초인종을 한 번 더 울리면 아내가 직접 나올지도 모르지요. 아, 물론 집에 있다면 말이오."

그는 다시 몸을 돌려, 느긋하게 방으로 향했다.

"주지히 씨!"

질버만은 노인의 정신 상태를 의심하며 그의 이름을 불렀다.

노인이 뒤돌아봤다.

"여하튼……."

질버만은 노인이 제정신이 아니라고 확신하고서 고개를 저었다.

"이제 가야겠습니다. 나중에 한 번 더 오든가 하지요."

"아내는 아마 곧 돌아올 거요."

주지히가 마음을 조금 열었는지 설명을 시작했다.

"누굴 마중 갔는지도 모르지요. 여하튼……. 그런데 언제 다시 오실 거요?"

"혹시 방을 보여주실 수 없습니까?"

"나는 그런 일을 하지 않는다오."

노인이 망설이다 말을 이었다.

"여하튼……. 따라오시겠소?"

질버만은 노인을 따라갔다. 두 사람은 찬장과 배선대가 없어 텅 비어 보이는 넓은 식당을 지났다. 그런 다음 뒤쪽 복도에 다다랐고, 드디어 어떤 방문 앞에 섰다.

"크지 않은 방이라오. 여하튼……."

주지히가 질버만에게 마음의 준비를 시키고는 문을 열었다.

"하녀 방이군요."

질버만이 약간 짜증스럽게 반응했다.

노인은 당연히 잘 아는 그 방을 생각에 잠겨 바라보다가 드디어 위엄 있게 말했다.

"으음, 뭐 여하튼……."

"이 방을 빌리겠습니다."

질버만의 말에 노인이 고개를 끄덕였다.

"원래는 아내와 말해야 하오. 지금 바로 묵으려면 한 달에 40마르크요. 선불이 좋소. 그게 일반적이니까."

질버만은 방이 지나치게 비싸다고 생각했지만 반박하

지 않고 지갑을 꺼냈다.

"100마르크짜리 바꿔주실 수 있나요?"

노인은 지폐를 받아 한참 들여다보다가 대답했다.

"지금은 안 되고요. 여하튼……."

그는 모닝 가운 주머니에 돈을 넣고 방을 나갔다.

질버만은 방의 절반을 채우는 딱딱하고 좁은 침대에 누웠다.

참 기이한 노인이야. 여하튼……. 웃음이 터졌다. 60마르크를 돌려받을 수 있을까? 자신에게는 이미 가치를 잃은 돈이 중요한 게 아니라, 노인이 이상해 보여서 든 생각이었다. 질버만은 몇 분 지나지 않아 잠이 들었다.

어떤 노인 꿈을 꾸었다. 기차 객실 맞은편에 앉은 노인이 질버만을 계속 쏘아봐서, 노인이 자기에 대해 뭔가 아주 안 좋은 일을 아는 건 아닌지 걱정했다. 그러다 노인이 점점 커지더니 베커로 변했고, 위협적인 몸짓으로 그에게 다가왔다.

문을 노크하는 소리가 들렸다. 잠과 악몽에 취한 질버만은 그대로 누워 있다가 나지막하게 물었다.

"누구십니까?"

"주지히 아내입니다."

질버만은 침대에서 일어나 문을 열었다. 아주 소박한

옷을 입은 노파가 방해해서 미안하다고 여러 번 사과한 뒤 방에 들어섰다.

"거스름돈 60마르크를 드리려고요. 그리고 신고 서류를 작성해주세요. 이곳이 마음에 들기를 바랍니다. 주변 환경이 무척 조용하고, 세 든 손님도 모두 점잖으세요."

"조금 더 큰 방이 없어서 유감입니다. 여긴 제가 쓰기에 사실 너무 좁군요."

"엊그제 오셨으면 발코니가 있는 아름다운 앞쪽 방을 드릴 수 있었는데요. 지금 그 방은 어떤 당원분이 빌렸어요."

질버만은 입을 다물었다.

"베를린분인가요?"

노파가 물었다.

"예, 그렇습니다."

"발음을 들으니 알겠네요. 그건 그렇고, 남편더러 역에 가서 가방을 가지고 오라고 할게요. 지금 보니……."

"아니, 괜찮습니다. 제가 직접 가지요."

노파는 방을 둘러보며 말했다.

"깨끗한 수건을 가져다드리지요. 아침 식사는 몇 시에 하시겠어요? 다른 분들은 7시 반에 드신답니다."

"저도 그때 먹겠습니다. 아침 식사는 얼마인가요?"

질버만은 평범한 임차인처럼 보이려고 물었다.

"집세에 포함되어 있어요. 남편이 말하지 않았나요?"

"기억나지 않네요. 아마 제가 못 들은 모양입니다. 예, 그럼 저도 7시 반에 먹겠습니다."

노파가 방에서 나가자 질버만은 침대에 몸을 던졌다. 40마르크를 낸 대가로 최소한 한 번은 단잠을 자고 싶군. 당원이 여기 있다니, 당연히 그렇겠지!

그는 일어나서 신고 서류를 들고 각각의 항목을 읽은 다음, 찢어버리려다가 그만두고 작은 탁자에 다시 올려놓았다. 그러고는 침대에 누워 눈을 감고 자려고 했지만 이제 더는 불가능했다. 머리가 아팠고, 고민에서 벗어날 수 없었다.

앞서 본, 양탄자 없는 식당에서 의자들을 바닥에 끄는 소리가 들렸다. 라디오가 켜지고 댄스음악이 질버만 귀에까지 밀려왔다. 이리저리 뒹굴며 숫자를 셌지만 200에 다다르자 포기했다. 그러다 드디어 잠이 들었으나 삼십 분 만에 다시 깼다. 어머니 꿈을 꾸었다.

참 이상하군. 그는 놀랐다. 요즘 어머니 생각을 많이 하긴 했지. 내가 벌써 기억을 되풀이할 만큼 나이 들었나?

질버만은 작은 거울로 다가가 얼굴을 살펴보며, 면도하지 않은 뺨을 천천히 쓸었다.

무시무시해 보이네. 한숨을 쉬고서 침대에 걸터앉았다.

어머니가 돌아가신 지 얼마나 됐지? 아버지는 1932년에 돌아가셨어……. 어머니는 1926년이군. 이십육 년이라니! 그러면 십이 년이 되었네. 어머니는 기이한 분이셨지. 그는 생각에 잠겼다. 감정을 잘 내보이지 않으셨어. 제대로 웃지도, 울지도 못한 것 같아.

그사이 라디오를 끈 모양이었다. 식당에서 더는 소음이 들려오지 않았다. 그는 다시 침대에 누워 눈을 감았다.

어머니가 예전에는 어땠더라? 질버만은 기억해내려고 애썼다. 그렇게 다른 생각을 하여 지금 고민에서 벗어나고, 또 예전 삶과 연결되고 싶어서 기억을 더듬었다. 기억들은 기묘하게도 투명했고, 점점 더 과거로 거슬러 올라갔다.

침대에 누워, 아이가 떨어지지 않게 설치한 높은 황동 막대기들을 세는 다섯 살가량의 자기 모습이 보였다. 계속 여덟이나 아홉까지만 세었다가 다시 처음으로 돌아갔으므로 여러 번 똑같이 반복했다. 그러다가 몸을 일으켜 격자를 움켜쥐고, 어두컴컴한 공간에 흩날리는 듯 보이는 벽지의 꽃무늬를 바라봤다. 무척 더워 잠을 이룰 수 없었다. 아이 방 창문 앞에서 곤충이 윙윙거리다 날아 들어와, 한참 빙빙 돌다가 사라졌다. 그는 곤충 소리를 흉내 내느라 잠깐 윙윙 소리를 냈다. 쿠션에 몸을 누이고 잠옷 소매를 걷어 올리고는 그대로 누워 있었다. 그러다가 이야기를, 끝없는 이야기를 지어내서 자신에게 들려줬다. 들려주면서 그 이야기를 꿈으로도 꾸었다.

케이크와 구스베리, 형의 개 닥스훈트 필리프, 오전에 잘못한 일도 없이 아버지에게 뺨을 맞은 이야기들이었다. 그 일은 나중에 아버지가 후회할 터였다. 언제나 우는, 아직 너무 어려서 같이 놀기 싫은 유디트 이야기와 요리사 젠타 이야기기도 했다. 젠타는 그를 위해 늘 달콤한 콩포트를 요리해줬지만, 그는 그다지 즐겨 먹지 않았다. 그러면 젠타가 어린아이 취급을 했기 때문이다. 그러다 설핏 잠이 들었다.

반쯤 잠든 상태에서 그는 누군가 이불을 덮어주고, 몸을 숙이고 자기를 바라보는 것을 느꼈다. 몸을 움직이지 않고 눈만 떴다가, 켜둔 촛불 때문에 눈이 부셔 조금 깜박였다. 눈을 아주 살짝 뜨고 있었으므로 상대방은 그걸 못 볼 거라고 믿었다. 그래서 웃음이 나왔지만 꿈을 꾸느라 웃는 척했다. 그는 그 정도로 똑똑했다.

너, 자야 해. 엄마가 이렇게 말하고 미소 지었다.

자기가 깬 사실을 더는 숨길 수 없어서 몸을 일으켜 엄마를 안으려 했다. 하지만 엄마는 부드럽게 그를 쿠션에 다시 눕히고 이마에 살짝 입을 맞추었다. 입맞춤은 그가 제대로 느끼기도 전에 날아갔다. 문간에서 엄마는 재차 몸을 돌리고 말했다. "자렴."

엄마가 말하던 모습, 엄마 목소리는 얼마나 부드러웠는지! 이제 정말 자야 했다. 그 정도로 피곤했으니까.

그러다 갑자기 울음을 터뜨렸다.

아버지는 그를 무릎에 올리고 때렸는데, 한 번 때릴 때마다 "명심해. 착하게 굴어!"라고 소리쳤다. 아주 심하게 때린 건 아니지만, 빳빳한 바지에 찰싹거리며 같은 간격으로 이어지는 매질은 꽤 아파서 시간이 한참 지나서야 통증이 사라졌다.

그는 통증보다는 덩치와 나이가 이렇게 차이 나는 사람의 학대에 맞서 자신을 방어할 수 없다는 사실 때문에 울었다. 그는 겨우 일곱 살이었고, 마음 내키는 대로 행동하는 타인의 손아귀에 들어가 있었다. 부당하게 나뉜 힘과 권력의 관계가 늘 지속될 거라는, 내리누르는 듯한 그 확신이 짐스러웠다. 모든 어른이 오래전에, 아주 오래전에 자기들도 어린 소년이고 소녀였다며 그를 안심시켰지만 그는 자기가 절대로 자라지 않을 거라고 생각했다. 어른들의 현재 모습만 봐서는 믿기 어려운 말이었으니까. 말이 통하지 않는, 수염 난 독재자 아버지 밑에서 어린 소년으로 평생 살아가야 한다는 공포가 그를 짓눌렀다.

늘 그렇듯 그는 이번에도 유디트 때문에 맞았다. 유디트는 자기 일을 직접 해내지 못하고 언제나 아버지의 보호를 받았고, 늘 아버지를 내세웠다. 유디트가 편애를 받는다는 사실은 의심할 여지가 없었다. 자신은 사랑받지 못하고, 언제나 그의 편을 들던 요리사 젠타마저 믿을 수 없다는 깊은 절망감 때문에 눈물이 났다. 젠타는 팬케이크를 잘 굽는 것은 물론이고 늘 엄청난 양의 과일 잼을 만들어 그에게 맛보게 해주었다. 그는 틀림없이 자신을 좋아하는 젠타를 영원히 자기편으로 만들기 위해 그녀와 결혼해서 멀리 떠날까 고민했다. 모든 가족이 그가 집을 떠난 데 유감스러워하고 걱정할 것이었다. 그의 가출이 가져올 슬픔의 달콤쌉싸름함을 생각만 해도 어느 정도 기쁘고 위로가 되었다. 또한 당장 죽을 생각도 했고, 그럴 때면 모두의 눈에서 흐르는 눈물을 상상하며 즐거워했다.

반년 전 그가 홍역을 치를 때 아버지는 평소 거친 태도와 다르게 전력을 다해 아주 섬세하게 그를 돌봤고, 아들 오토를 드디어 명백하게 가장 중요한 사람으로 대했으므로 질병도 괜찮은 해결책 같았다. 그랬다, 그가 아프면 아버지가 그의 침대에 몇 시간이고 앉아서 책도 읽어주며 계속 돌봐줄 터였다. 아버지는 그에게 싹싹하게 말을 걸고, 엄마도 그와 함께 있을 것이다. 그러다 약을 먹을 때면 언제나처럼 아버지가 먼저 먹어볼 거고, 그가 먹을 때는 엄마가 그를 일으켜 세울 것이다. 그러면 그는 고통스럽지만 용감하게 미소 짓겠지. 모두 그를 사랑하고, 그의 가치를 명백하게 알게 될 것이다.

울음은 이미 멎었다. 그저 이따금 흐느낌만 살짝 새어 나왔다. 아프다면 이럴 텐데, 이제 어떻게 해야 하지?

다시 울기 시작했지만, 이번에는 심하지 않았다. 불행이 줄어들었다. 그는 불행을 늘리고 그 안에 제대로 가라앉아보려 했지만 실패했다. 마음대로 되지 않았다. 걱정은 눈물과 함께 흐르지 않고 딱딱해졌는데, 사실 이게 더 안 좋았다.

지금 유디트에게 가서 세차게 밀치면 유디트는 아버지에게 달려갈 테고, 그러면 그는 또 맞고 유디트를 다시 밀칠 것이다. 그것 말고 뭘 할 수 있을까? 가출해서 다시는 돌아오지 말아야 하나? 그가 맞았으니 유디트는 기뻐할 터였다. 그건 확실했다.

그는 옆방으로 갔다. 유디트가 무릎을 꿇고 앉아 그의 나무 상자를 가지고 놀고 있었다.

"저리 가. 가라고!"

그가 발을 구르며 말하자, 동생은 울먹이며 아빠에게 이르겠다고 했지만 그대로 있었다.

"가서 일러. 이 울보야, 아빠한테 가."

오빠가 자기에게 아무 짓도 하지 않자 유디트는 그대로 앉아서 계속 나무 상자를 가지고 놀았다!

"그건 내 나무 상자야!"

그는 이렇게 말하고는 가까이 다가갔다.

"아……."

유디트는 그저 태연하게 대꾸했다.

"너, 내 나무 상자를 가지고 놀면 안 돼."

그는 유디트에게 눈을 떼지 않고, 동생이 얼마나 까부는지 한번 볼 작정으로 바닥에 앉았다.

유디트는 오빠가 아버지에게 맞은 일로 엄청난 권력과 자신감을 얻어 혀를 살짝 내밀었다.

그는 너무 화가 나서 말문이 막혔다.

자기가 만든 바벨탑을 무너뜨리고 나무 상자를 가지고 놀고서 이제는 혀까지 내밀다니! 그런데도 그는 아무것도 할 수 없었다. 아버지가 유디트 편이었다. 뭘 어떻게 해야 할까? 이제부터 동생은 계속 혀를 내밀 텐데.

그는 분노와 불쾌감으로 몸을 떨었다. 울고 싶었고, 이렇게 심각한 모욕에 직면해 울음이 나올 것 같기도 했다. 하지만 바로 그게, 오빠가 우는 게 유디트가 바라는 바가 아닌가! 동생은 겨우 다섯 살이고, 그는 오빠였다. 동생을 무시하는 것 말고 달리 뭘 할 수 있을까?

"이 멍청이."

그는 자기가 우월한 듯 말하며, 동생이 쌓은 바보 같은 탑을 발로 툭 쳤다.

유디트가 울음을 터뜨렸다.

"아빠한테 이를 거야."

말은 이렇게 했지만 그대로 앉아 있었다. 두 번째 협박의 효력을 믿지 못했는지도 모른다. 그래서 울었는데, 동생이 울자 그는 마음이 아팠다.

그래서 조금 더 울게 두었다가 같이 바벨탑을 쌓자고 했다. 무뚝뚝하고 으르렁대는 목소리로 제안했지만, 동생은 마음이 풀렸다.

십 분 동안 함께 다리와 집과 도시 전체를 쌓고, 변덕스러운 신들처럼 모두 망가뜨린 후에 유디트는 퉁명스럽게 말했다.

"그래도 아빠한테 말할 거야! 나한테 멍청이라고 했잖아. 그런 말을 하면 안 되는데!"

"넌 바벨탑을 무너뜨렸어."

그가 울화통을 터뜨렸다.

"내 나무 상자를 가지고 놀았어. 아빠한테 일러바쳤고, 어제는 찬장에서 건포도를 훔쳤지!"

"오빠도 훔쳤잖아!"

"나는 먹어도 돼. 젠타가 그러라고 했으니까."

"나한테도 그랬어."

"아니, 넌 아니야."

"맞아."

둘은 입을 다물었다. 각자 상대를 결정적으로 무너뜨릴 근거를 찾는 중이었다.

"나 이제 아빠한테 갈 거야."

잠시 후 유디트가 이렇게 말했지만, 왠지 모르게 약간 자신 없게 들렸다.

"갈 테면 가!"

"갈 거라고."

유디트는 재차 말했지만, 자신도 믿지 않는 것 같았다. 어쩌면 그의 반박 때문에 고민에 빠졌는지도 모른다.

"이 멍청이."

그는 승리를 증명하려고 또 한 번 힘주어 말했다.

그런 다음 둘은 계속 함께 놀았다. 문이 열리더니 엄마가 들어왔다.

"너희, 너무 시끄럽구나."

엄마는 야단치지 않고 그냥 조용히 말했다.

"조금 낮게 이야기하렴. 내가 쉬고 싶어서 그래."

엄마가 지나갈 때 둘은 죄책감을 느껴 몸을 숙였다. 엄마가 방을 거의 나갈 무렵, 유디트는 혼잣말하듯 나지막하게 말했다.

"나는 멍청이가 아니야!"

유디트는 고개를 젖히고, 누가 그런 말을 했는지 물어봐주기를 기대하듯이 엄마를 바라봤다.

"싸우지들 마라."

엄마는 그저 그 말만 했다.

그는 유디트의 이 교활한 배신을 그냥 받아들일 수 없었다.

"얘는 건포도를 훔쳤어요! 얘는……."

하지만 엄마는 이미 방을 나간 뒤였다. 엄마와는 어떻게 해볼 도리가 없었다.

유디트가 자그마한 분홍색 혀를 또 내밀었다.

그는 동생과 나무 상자를 남겨두고, 젠타와 제대로 이야기하려고 부엌으로 갔다.

유디트도 나무 상자를 가지고 놀지 않았다. 오빠가 가버리니 재미없었다. 그래서 부엌 앞에 서서 오빠를 기다렸다.

오빠가 나오자 유디트는 혀를 또 내밀었다. 하지만 드디어 젠타와 결혼해서 떠나기로 한 그는 동생에게 눈길도

주지 않고 그냥 지나가버렸다. 유디트가 아무리 혀를 내밀어도 상관하지 않았다.

질버만은 한 시간가량 자다가 복도에서 들리는 발소리에 잠이 깼다. 발소리는 그의 문 앞에서 잠시 멈춰 서 있었다.

그는 불안한 마음으로 귀를 기울였다.

발소리가 다시 멀어져 갔다.

질버만은 침대에서 벌떡 일어나 중얼거렸다.

"아무 소용 없어. 떠나야 해. 외국으로 가야 한다. 이제 더는 견딜 수 없어. 불안해서 미칠 것 같아. 아헨으로 돌아가야지. 거기서 국경을 넘어야겠다."

그는 거울 앞으로 가서 세수하고 머리도 빗은 뒤 방을 나왔다. 문간에서 재차 생각했다. 말도 안 돼. 여기 계속 있는 게 옳아. 언제 다시 침대에 누울지 어떻게 안담.

식당에는 주지히 부부 외에도 신문 읽는 남자 두 명이 있었다. 질버만이 가볍게 노크하고 들어서자 이들은 "하일 히틀러"를 이구동성으로 외쳤다.

질버만은 그 인사에는 대꾸하지 않고 가볍게 고개만 끄덕인 후 여주인에게 말했다.

"역에 가서 가방을 가져오겠습니다."

"그건 남편이 할 수 있어요. 기꺼이 하는데요."

"으음……."

노인이 소리를 내자, 노파는 그를 엄하게 쏘아봤다.

"여하튼……."

노인은 이렇게 덧붙이고는 질버만을 향해 활기차게 고개를 끄덕였다.

"아닙니다, 괜찮습니다. 어차피 시내에서 할 일이 있어서요."

질버만은 식당을 나왔다.

참 이상한 사람들이야. 그는 계단을 내려오면서 생각했지만, 주지히 가족은 금방 잊어버리고 자기 문제에 골몰했다. 오 분쯤 지나 역에 다다르자 깜짝 놀랐다. 오는 동안 길은 생각도 하지 않았기 때문이다.

현실 경험이 많은 릴리엔펠트를 놓친 게 정말 유감이야. 질버만은 속이 상했다. 두 사람이 모이면 더 강하잖아. 상대를 강하게 만들지. 나는 릴리엔펠트를 잘 설득했고, 그도 나를 잘 설득했어. 사실 자신을 설득한 거지만 어쨌든 둘 다 강해져. 아주 엄청나게 강해진다고.

그는 아헨 행 삼등칸 차표를 달라고 했다.

지금 내 안에서 이야기하는 사람은 릴리엔펠트인가? 그는 삼등칸 차표를 달라고 하는 자기 목소리를 듣고 깜짝 놀랐다. 그러나 그 결정이 옳다는 생각이 들었다. 이등칸에서 사람들 눈에 띄지 않으려면 제대로 면도를 해야 했을 테니까.

여행 가방을 찾아오고 기차 출발 시간을 알아본 후 삼등칸 대기실에 들어섰다. 아무것도 주문하지 않았지만, 나무 테이블 앞에 앉았다. 몇 분 동안 아무 생각도 하지 않고 그냥 있었다.

"여하튼……. 여하튼……."

나지막하게 주지히 흉내를 냈다.

이 말이 자신의 기분을 가장 잘 나타내는 것 같았다. 낮은 목소리로 서너 번 더 발음해봤다.

나는 이제 모험해도 될 정도로 성숙하잖아. 국경을 무사히 통과할 거야. 뭐든 할 수 있어.

하지만 그의 내부에는 뭔가 일이 벌어질 거라는, 자신은 이 모든 상황을 절대 극복하지 못하고 주저앉고 말 거라는 굳은 확신이 뿌리를 깊게 내리고 있었다.

"아, 무슨 소리. 다른 사람들도 해냈잖아. 다들 했다고!"

그는 큰 소리로 으르렁거렸다.

테이블에 팔꿈치를 괴고 양손에 얼굴을 묻었다. 나는 아무것도 할 수 없어. 그는 절망에 휩싸였다. 그저 생각만 할 수 있을 뿐이야.

우울한 마음으로 테이블을 내려다봤다.

너무 지저분하고 심하게 갈라졌군. 윤을 한 번 더 내는 게 좋을 텐데. 삼등칸은 그럴 가치가 없나 보네.

그는 대기실에서 기다리는 다른 사람들을 바라봤다. 카운터 옆에 노동자 몇 명이 서서 맥주를 마시며 시끄럽게 떠들고 있었다. 그는 그들을 언짢은 표정으로 지켜봤다.

저 사람들에게 각각 100마르크를 준다면 나는 친구를 얻을 수 있을까? 아마 며칠은 그렇겠지. 100마르크를 쓰는 데는 오랜 시간이 걸리지 않으니까.

그는 자리에서 일어나, 걷는다기보다는 비틀대며 플랫폼으로 향했다.

여행하자, 계속 여행해. 너무나도 피곤하지만. 갔다가 왔다가, 왔다가 갔다가. 이미 오랫동안 반복한 이 일을 계속하자.

여행 가방에 걸터앉아 기차를 기다렸다.

나는 지금 누굴까, 무엇일까? 질버만, 사업가 오토 질버만인가? 맞기는 한데, 어쩌다가 이런 상황에 처하게 되었을까?

그는 심호흡을 하고서 나지막하게 말했다.

"나는 손해를 보며 살고 있어."

어색하게 움직이는 통에 깔고 앉은 가방이 흔들렸다. 힘겹게 다시 균형을 잡고 일어섰다. 기차가 가까이 오는 소리가 들렸다. 그는 가방을 집어 들었다.

사실 앞으로 뛰어들기만 하면 되잖아. 달리는 기차로 그냥 쓰러지면 돼. 그러면 모든 게 지나가고, 중요한 건 아무것도 없게 되는데.

기차가 다가왔다.

질버만은 플랫폼 턱으로 더 가까이 다가섰다.

쓰러지자, 간단하게 그냥 쓰러져…….

"물러서세요!"

옆에서 누군가 소리쳤다.

질버만은 소스라치게 놀라며 세 걸음 뒤로 물러섰다. 기차가 그의 앞에 멈춰 섰다.

내가 완전히 정신이 나간 건가? 그는 자신의 연약함에 놀라고 불안했다. 자살한다고? 내가, 오토 질버만이 나치 때문에? 이 얼마나 웃기는 소리인가. 3만 6천 마르크가 내 수중에 있어. 이성적인 사람이 주머니에 3만 6천 마르크가 있는데 자살할까? 어려운 문제와 국경이, 정신만 제대로 차리면 이 분이면 통과하는 같잖은 국경이 무서워서? 말도 안 되는 소리다. 절대 그럴 수 없어! 지갑에 삶이 가득한데 어떻게 자살한단 말인가?

안 된다, 내면의 연약함에 두 번 다시 져서는 안 돼! 나는 이십사 시간 안에 탈출할지도 몰라. 만약 아니라면 성공할 때까지 독일 전역을 여행하고 또 여행하면 된다. 주머니에 돈이 있는 한, 1천 마르크라도 있는 한 살아갈 힘이 있고 쌓아놓은 에너지를 쓸 수 있어.

질버만은 도르트문트에서 아헨으로 향하는 담배 연기 가득한 삼등칸에서 어떤 경우에도, 그 어떤 일을 당해도 계속 살 거라고 맹세했다.

이 맹세를 속으로 몇 번이나 되뇌자 마음이 훨씬 차분해졌다. 우발적인 모든 일을 해결할 수 있다는 느낌이 들었다. 여행 가방을 분주하게 뒤져 면도기를 찾은 다음, 화장실로 가서 그동안 상당히 많이 자란 수염을 면도했다. 자리로 돌아오자, 같이 여행하는 사람들이 그의 변화를 알아챘다.

"몸단장했습니까?"

맞은편에 앉은 노동자가 비웃듯이 물었다. 그의 목소리에서 자기는 그런 행동을 별로라고 본다는, 대단치 않게 생각한다는 분위기가 묻어났다.

"인간이 되었지요."

질버만은 농담으로 받았다.

사람들이 웃음을 터뜨렸다. 질버만은 함께 여행하는 승객들을 둘러봤다. 젊은 노동자 한 명, 질버만이 보기에 위엄 있어 보이려고 상당히 노력하며 근엄한 표정으로 승객들을 둘러보는 뚱뚱한 남자 한 명이 있었다. 눈에 잘 띄지 않는 스물두 살가량의 여성 한 명은 뜨개질을 하는 중이었다.

질버만의 시선이 다시 젊은 노동자를 향했다. 얼굴이 푹 꺼지고 어깨도 축 늘어졌네! 분명 광부일 거야. 광부들은 너무 빨리 늙어. 사실 살면서 누리는 게 별로 없지. 힘든 일을 많이 겪지만 자신은 잘 의식하지 못할 테지. 노동과 더 높은 임금과 생존을 위해 쉴 새 없이 싸우느라 시간이 어떻게 흐르는지도 느끼지 못해. 이 사람들은 청춘이 없어. 열네 살이 되면 이미 싸움이 시작되는데 늘 존재 자체가, 그저 살아남는 게 중요하지.

나도 마찬가지야. 죽음이 바짝 쫓아온 게 보여. 하지만 죽음보다 항상 더 빨리 달리기만 하면 돼. 서 있으면 가라앉고 부패한다고. 달리고, 달리고, 또 달려야 해. 사실 나는 언제나 달렸어. 그런데 왜 하필 지금, 다른 어느 때보다 더 잘 뛰어야 하는 지금 이렇게 힘겨울까. 더 큰 위험에 처하면 더 큰 힘을 내야 하잖아. 탈출하려는 첫 시도가 실패했다고 그 실패에 마비되지 말고.

질버만은 이런 생각을 하다가 고개를 저었다. 말을 하자! 그저 생각하고 고민만 하지 말고 말을 하자고 마음먹었다.

"날씨가 다시 좋아졌네요."

그가 여행객들을 두루 둘러보며 말을 꺼냈다.

여긴 꽤 아늑하고 편하군. 그는 자신을 그렇게 설득했다. 다른 사람들과 있으면 언제나 아늑하지. 거의 언제나……. 어쨌든 공동체라는 온기, 의도하지 않고 우연히 만난 기차 공동체에 불과해도 그 공동체의 온기가 사람을 안심시키니까.

"비가 또 온다고 하던데요."

맞은편에 앉은 노동자가 지겹다는 목소리로 말했다. 그는 고개를 끄덕여 질버만이 담배를 건넨 데 감사 표시를 했다.

"아니, 오히려 그 반대지요."

뚱뚱한 남자가 질버만을 자신과 동등한 신분이라고 생각했는지 그를 바라보며 말했다.

"날씨를 나처럼 잘 알아채는 사람도 드물 텐데, 내 견해로는……."

질버만은 '내 견해로는'이라는 말에 무척 강한 자부심이 숨어 있다고 느꼈다.

"내일은 날씨가 아주 좋을 겁니다. 아니라면 내가 아주 드물게 실수하는 거고요."

그의 말투로 미루어 실수할 리는 없을 것 같았다.

"아니, 괜찮습니다."

그는 질버만이 내민 담배를 거절했다.

"나는 시가를 피웁니다. 그게 몸에 더 잘 받아요."

"예, 날씨가 좋기를 바랍니다."

질버만이 무표정하게 대답했다.

"여행 중이신가요?"

뚱뚱한 남자가 관심을 보이자, 질버만은 정신이 산만한 채 대꾸했다.

"사업가입니다."

"나는 젊었을 때 여행을 많이 했지요. 그러다가 누나의 사업을 물려받았습니다."

뚱뚱한 남자 말에 질버만은 정중하게 반응했다.

"아, 예."

남자는 신문을 펴서 읽었다.

"할 일이 많은가요?"

질버만이 나이 든 노동자에게 물었다.

"그저 그래요."

노동자가 시큰둥하게 대답했다. 그도 가방에서 신문을 꺼냈다.

나는 수다를 떨고 싶은데. 쉴 새 없이 떠들고 싶은데. 질버만은 이렇게 생각했지만 걸어둔 외투에 몸을 기대고 눈을 감았다. 덜컹거리는 바퀴 소리에 귀 기울이며 생각에 잠겼다.

베를린에서 함부르크,

함부르크에서 베를린,

베를린에서 도르트문트,

도르트문트에서 아헨,

아헨에서 도르트문트,

이런 식으로 계속할 수 있을 거야. 나는 이제 여행자다. 끝없이 계속 움직이는 여행자.

나는 이미 이주했어.

독일 철도로 이주한 거지.

난 지금 독일에 있는 게 아니야.

독일 전역을 돌아다니는 여러 기차에 있지. 이건 아주 큰 차이라고. 그의 여행 음악과 같은 바퀴 소리가 다시 들려왔다.

나는 안전해. 지금 움직이고 있잖아.

그래, 거의 안락하다고까지 할 수 있겠군.

바퀴들이 덜컹거리고 문을 여닫는 소리가 들리네. 즐거울 정도야. 생각이 너무 많다는 게 문제일 뿐.

질버만은 미소를 지었다. 예전에는 국영 철도가 정처 없는 여행을 기획했는데, 지금은 제국 정부가 그 일을 하는군. 많은 사람이 사는 게 지루해서 자신을 질식시킬 지경이라 필사적으로 모험 같은 일에 몸을 던지고, 너무 편안하게 앉아 있는 의자를 기분 전환으로 위험하게 이리저리 흔들어대던 시기도 있었지. 주식을 하면서 이런저런 감정을 경험하기도 하고. 하지만 지금 그런다면 몰락하고도 남아. 아이일 때 기차를 따라 달리는 꿈을 꾸었어. 얼마나 기차 타길 원했던가. 타고 계속 움직이고 싶었지.

난 지금 기차로 움직이고 있어. 움직이고 있다고.

기차들이 서로 스쳐 지나간다. 멀리서 기적 소리와 새된 소리가 울리고, 옆 칸에서 낯선 목소리들이 웃음을 터뜨린다. 그러나 기차 바퀴들은 궤도 위에서 늘 같은 노래를 부른다. 전신주 모양은 모두 똑같다. 모두 똑같아. 도주 중…… 도주 중…….

여행 중인가? 아니! 언제나 같은 자리에 붙어 있다. 극장으로 도망친 사람과 마찬가지다. 영화 장면은 그를 스쳐 지나가지만, 그는 꼼짝 않고 같은 자리에 앉아 있다. 걱정은 출구에서 다시 그를 기다린다.

여행은 우리가 아이였을 때 즐기던 기차놀이에서 오히려 더 많이 했지. 의자 세 개를 뒤로 나란히 세워두고 눈을 감고는, 엄청난 속도로 전국을 날아다닌다고 우겼잖아. 그때 우리는 마음으로 여행을 했어. 어디든 갔지만 아무

곳에도 가지 않았지. 그냥 아이 방이었다. 이제 여행은 하지 않아. 그저 기차를 타고 움직일 뿐.

질버만은 놀라서 움찔했다.

내가 또 우울해졌군. 그는 짜증이 났다. 쓸데없는 판타지에 빠졌어. 현실에 매달려야 하는데 말이지. 지금은 현실만으로도 너무나 비현실적이잖아.

“아헨에 곧 도착하나요?”

그가 묻자 이번에는 젊은 여자가 대답했다.

“아직 좀 더 걸려요.”

여자는 생각에 잠긴 듯 진지한 갈색 눈동자로 그를 바라봤다.

질버만은 고맙다고 인사하고서, 혹시 그녀도 아헨으로 가는지 물었다.

여자가 고개를 끄덕였다.

“거기서 결혼할 사람을 만나요.”

질버만이 믿을 만한 인상을 주었는지, 여자는 순순히 이야기를 시작했다.

“저는 도르트문트에 사는데, 프란츠의 주인이 사흘 전부터 아헨에 가 있어요. 프란츠는 운전사예요.”

“아, 그렇군요.”

“우리는 자주 만나지 못해요. 프란츠는 베를린의 어떤

기관장에게서 일을 얻었고, 저는 도르트문트에 사니까요."

"그러면 당신이 베를린으로 이사하는 게 낫지 않나요?"

연민을 느낀 질버만이 물었다.

"가고는 싶지만 그럴 형편이 아니라서요. 결혼도 한동안 기다려야 할 것 같아요."

"왜요?"

뚱뚱한 남자가 호기심 어린 표정으로 질문하고서 신문을 무릎에 내려놓았다.

"남자 친구가 두 사람이 생활할 수 있을 만큼 많이 벌지 못해요. 또 살림살이도 필요하잖아요. 1천 마르크는 있어야 해요. 그 돈을 어디서 구하겠어요?"

"결혼자금 대출 제도가 있잖아요?"

질버만이 다시 대화에 끼어들었다.

여자는 세차게 고개를 저었다.

"아니요, 우린 대출로 시작하고 싶지 않아요."

"아무것도 없는 것보다는 그게 나을 텐데요."

뚱뚱한 남자가 어쩌면 이렇게 비이성적일 수 있는지 놀랍다는 듯이 고개를 저으며 말했다.

"그렇게 간단하지 않아요. 그리고 대출을 받을 수 있는지도 모르겠고요."

여자의 대답에 질버만이 관심을 보이며 몸을 앞으로 숙

였지만, 뚱뚱한 남자가 그보다 더 빨리 질문했다.

"왜 받지 못할 수도 있다는 겁니까?"

남자가 그녀를 빤히 바라봤다.

"프란츠는 당원이 아니거든요."

"그건 아무 상관 없어요. 아니어도 됩니다. 시도해봐요."

뚱뚱한 남자가 확신에 차서 말했지만 젊은 여자는 고개를 저었다.

"소용없어요."

"그러면 앞으로도 당신은 도르트문트에 살고, 남자친구는 베를린에 사나요?"

질버만이 물었다.

"저도 베를린에 가고 싶지만, 외지 사람은 거기서 일을 할 수 없어요."

여자가 우울한 목소리로 말했다.

"당신 직업은 뭔가요?"

질버만이 다시 물었다.

"속기사예요."

질버만은 여자를 자세히 관찰했다. 열렬한 국가사회주의 추종자는 아닌 듯했다. 그는 아직 구체적이지는 않지만, 어떤 아이디어 하나를 떠올렸다.

"둘이 결혼할 수 있다면 무척 기쁘겠군요?"

여자는 씁쓸하게 대답했다.

“아, 그건 당분간 엄두도 못 내지요.”

“집이 당장 꼭 있어야 하나요?”

재산은 아주 적으면서 욕구는 높은 데 놀란 뚱뚱한 남자가 물었다.

“그럼요.”

여자가 확고하게 말했다.

“집과 타자기가 필요해요. 그러면 제가 타자를 쳐서 추가 수입을 올릴 수 있으니까요.”

“그렇지요.”

질버만도 여자 말에 동의했다.

“1천 마르크 정도는 있어야겠군요.”

“예, 그러면 될 거예요. 250마르크는 이미 저금했어요. 750마르크만 더 있으면 된답니다.”

“그 돈을 얼마나 오래 모았나요?”

뚱뚱한 남자가 기분 좋은 표정으로 묻자, 여자는 다시 우울해하며 대답했다.

“아이고. 어쨌든 우리가 그 돈을 다 모으려면 이 년은 걸릴 거예요.”

“그사이 아마 전쟁이 발발할 텐데요. 사람들 모두 정신이 없을 겁니다.”

뚱뚱한 남자가 미소를 지으며 말하고는 얼른 덧붙였다.

"흠, 그러면 어떻게 하지요? 두 사람은 후회할 겁니다! 쓸데없이 힘든 인생을 살고 있어요! 당장 가서 결혼자금 대출을 받을 생각은 하지 않고……."

그는 고개를 젓더니 다시 신문에 눈길을 돌리고 걱정스럽게 말했다.

"당신 같은 사람들은 어떻게 도와줄 도리가 없어요."

"하지만 프란츠는 강제수용소에 간 적이 있어요."

여자가 나지막이 말했다.

모두 깜짝 놀라 그녀를 바라봤다.

뚱뚱한 남자는 헛기침을 하고 신문 뒤로 완전히 숨었다. 나이 든 노동자는 뭔가 알아듣지 못할 말을 웅얼거리고는 담배 한 개비를 입에 물었다. 젊은 노동자는 여자가 고개를 돌릴 때까지 그녀를 빤히 바라봤다.

"그래서 그 사람이 그걸 이해하던가요?"

질버만이 점점 더 큰 희망을 품으며 물었다.

여자는 미심쩍은 눈길로 그를 바라보다가 대답했다.

"어쨌든 프란츠는 정치에 질렸어요."

"그게 맞지요. 우리 같은 사람들은 항상……."

나이 든 노동자가 말을 꺼내더니 그만두자는 손짓을 하고 입을 다물었다.

여자는 창밖을 내다보다가 몇 분 후에 가방에서 작은 꾸러미를 꺼내 뜨개질거리를 집어넣었다. 그러고는 종이 포장을 조심스럽게 벗겨서 접으며 그 안에 든 버터 빵을 먹기 시작했다.

"약혼자도 도르트문트 사람인가요?"

질버만은 여자가 빵 먹는 모습에 허기를 느끼며 물었다.

"아니요, 아헨 출신이에요."

"집에 다시 돌아올 수 있다면 그 사람이 무척 기뻐하겠군요?"

"예."

여자는 단답형으로 대답했다. 이미 말을 너무 많이 했다고 생각한 모양이었다.

질버만은 혹시 초콜릿 자동판매기가 있는지 보려고 통로로 나갔다. 찾지 못하고 통로를 오가다가, 수줍음을 많이 타는 듯한 열네 살가량의 까만 머리 소년과 두 번 마주쳤다. 그가 지나가려 하자 소년은 두 번 모두 겁에 질린 표정으로 벽에 몸을 바짝 붙였다. 질버만은 객실로 돌아와 아까 하던 이야기를 다시 이어갔다.

"일자리는 괜찮은가요?"

그는 여자와 이야기하려고 말을 꺼냈다.

여자는 고개를 저었다.

"일은 많은데 급여가 낮아요."

나이 든 노동자도 뭔가 할 말이 있다는 듯이 고개를 들었다가 바닥에 침만 뱉었다.

뚱뚱한 남자는 이마를 찡그리며 질버만을 건너다봤다.

"불평이야 늘 있었으니까!"

질버만이 동의해주기를 바라는 눈길이었다.

"누가 불평한다는 말인가요?"

여자가 시비조로 물었다.

참 과감한 사람이군. 질버만은 그런 모습을 목격해서 기뻤다.

"혀를 함부로 놀리다가는 화를 입을지 모르니 조심해요."

뚱뚱한 남자가 의미심장하게 말했다.

"아이고, 왜들 이러세요?"

질버만이 둘의 흥분을 가라앉히려 끼어들며 여자에게 미소 지었다.

"그렇게 무서운 표정 짓지 마세요. 어울리지 않습니다."

그러고는 뚱뚱한 남자에게 시선을 돌리고 용감하게 말했다.

"너무 자세히 들으려다 보면 오해하기 쉽고, 타인의 분노를 일으키는 법이지요."

뚱뚱한 남자는 얼굴이 새빨개졌다. 그는 질버만의 사회

적 지위가 자기보다 높은 모양이라고 짐작했다. 상대방이 자기에게 뭔가 말할 수 있는 위치인지 확실하지는 않지만, 안전상 그렇게 생각하자고 마음먹었다.

"'일은 많은데 급여가 낮아요' 같은 상투어를 더는 견딜 수 없어서요."

이렇게 설명하는 그의 목소리는 한결 부드러워졌다.

"그건 상투어가 아닙니다. 사실이지요."

나이 든 노동자가 끼어들었다.

"예전이 더 좋았다고 말하려는 겁니까?"

뚱뚱한 남자가 뻣뻣하게 물었다.

"그런 말은 하지 않았어요. 그리고 나는 당원입니다!"

노동자는 상대방을 경멸하는 눈빛을 슬쩍 던졌다.

"나도 당원입니다."

뚱뚱한 남자가 급하게 대답하자 노동자는 비꼬듯이 물었다.

"도대체 언제부터?"

"그거야 다른 사람이 알 필요가 없지요!"

"그런데도 본인은 다른 사람들 이야기에 참견하는군요."

젊은 여자가 말했다.

"불평불만을 늘어놓으면 끼어들어야지요."

뚱뚱한 남자 말에 노동자가 큰소리를 냈다.

"너무 나대지 말아요. 세상일은 자기 혼자 하는 척하네."
뚱뚱한 남자가 그를 매섭게 노려보며 물었다.
"당신이 당원이라고요?"
"당신보다 더 오래전부터!"
둘은 입을 다물었다. 여자는 질버만에게 감사의 눈길을 보냈다. 당원 두 명이 다시 싸움을 이어갔다. 뚱뚱한 남자가 먼저 입을 뗐다.
"정치에 관심을 두지 말라는 말을 어떻게 할 수 있습니까? 그건 지독한 패배주의예요!"
"그런 말 한 적 없는데요. 하기야, 당신이 무슨 말을 들었는지 어찌 알겠어요? 저분 말씀이 맞아요. 너무 자세히 들으려다 보면 오해하기 쉽지요. 도대체 왜 그런……."
"아까 당신이……."
"일단 당신이 당원이라는 것부터 증명해보시지요. 누구나 당원이라고 우길 수 있으니까. 그리고 염탐꾼 노릇도 누구나 할 수 있고. 하지만 그럴 권리가 있는지는 다른 문제입니다!"
"나는 염탐하는 게 아니에요. 그저 모든 독일인이 해야 할 의무를 수행하는 것뿐입니다."
"남의 말 듣는 게 의무 수행이라고요? 무슨 그런 웃기는 직업이 다 있습니까? 사업하시는 게 아니었나요?"

"당신에게 해명해야 할 의무는 없습니다."

"나는 당신에게 그럴 의무가 있다는 건가요?"

"그래요. 자, 이제 당원증을 보여주시오!"

뚱뚱한 남자의 마지막 말은 날카로운 명령이었다. 노동자는 마지못해 주머니에서 당원증을 꺼내 상대에게 내밀었다.

뚱뚱한 남자는 당원증을 자세히 들여다보고 자리에서 일어섰다.

"좋소. 앞으로는 행동 조심하시오! 당신에게도 적용되는 조언이오!"

그는 여자에게도 말한 뒤 서류 가방을 들고 객실을 나갔다.

모두 놀라 잠시 입을 다물었다.

하마터면, 하마터면. 질버만은 생각에 잠겼다. 심장이 쿵쿵 두방망이질했다. 위험이 가장 적다고 믿기만 하면 언제나…….

"창문을 열어야겠어요. 여기 공기가……."

나이 든 노동자가 딱딱한 표정으로 한동안 앞만 노려보다가 말했다.

젊은 여자는 아무 말도 하지 않았다. 아주 창백한 얼굴을 한 채 버터 빵을 싼 종이를 불안한 손길로 계속 만지작

거리기만 했다.

"저렇게 지나치게 열심인 사람들이 있어요."

일부러 차분하게 말하는 질버만의 이야기를 노동자가 받았다.

"누구든 오라고 해요. 나는 십 년 전부터 당원입니다. 누구든 오라고 해요!"

"아이고, 그래서 저런 멍청이한테 당했군요!"

지금까지 입을 다물고 있던 젊은 남자가 끼어들었다.

질버만은 다시 통로로 나왔다. 몇 분 동안 창밖을 내다보다가 손을 씻으려고 화장실로 갔다. 문을 제대로 닫지 않았는데, 갑자기 뚱뚱한 남자 목소리가 들렸다.

"네 신분증 좀 보자."

질버만은 주변을 둘러봤다. 그 목소리는 물론 그를 향한 게 아니었다. 뚱뚱한 남자가 누군가와 화장실 앞에 있는 모양이었다.

"왜 보여달라는 거예요? 난 아무 짓도 안 했어요."

겁에 질린 소년의 목소리가 들렸다.

"경찰이다. 이 표시 안 보여? 얼른 신분증 꺼내라."

"지금 없어요."

"물론 없겠지! 너, 어디 가는 거지?"

"저기……. 아헨으로 가요."

"이름이 뭐냐? 자, 어서 대답해! 거짓말은 하지 마라. 경고했다!"

"레오 콘이에요."

"그렇겠지! 기차에서 뭘 하는 거냐? 응? 어서 말해! 꼬마 유대인 놈, 삼십 분은 말해야 불 테냐?"

"아버지가 체포돼서……."

"당연히 체포돼야지. 배낭에 뭐가 들었지? 돈? 국경을 넘을 돈이겠지. 안 그래?"

"아니에요. 직접 보셔도 돼요. 옷 한 벌과 속옷뿐이에요."

"물론 직접 봐야지! 거짓말했다면 큰일 날 줄 알아라. 자, 어디 보자."

"하지만……."

질버만은 아이가 딸꾹질하는 소리를 들었다.

"자, 꼬마야. 어서, 어서!"

뚱뚱한 남자 목소리가 들렸다.

"이제 강제수용소로 가나요?"

아이가 물었다.

"두고 봐야지. 자, 콘. 앞으로 가!"

"저는 아무 짓도 하지 않았어요……."

"속임수를 쓰려는 거냐? 여전히 그럴 수 있단 말이지! 자, 잡아먹지 않을 테니……. 꼬마 놈, 빨리…… 가!"

질버만은 발소리가 멀어진 후에 문을 열었다. 아까 봤던 검은 머리 소년을 뚱뚱한 남자가 복도 모퉁이로 미는 모습이 눈에 막 들어왔다.

6

전조등이 어둠 속에 하얀빛의 구역을 만들었다. 큰길까지 닿는 숲이 그림자처럼 어렴풋하게 보였다. 우뚝 솟은 나무들이 어둠과 섞이다가 그 속으로 사라졌다.

프란츠는 거의 최고 속력으로 차를 몰았다. 불안하고 흥분한 상태였다. 한 시간 안에 반드시 돌아가야 해. 차를 몰래 타는 건 이번이 처음이자 마지막이다. 게르트루트조차 태워본 적 없는데. 하지만 1천 마르크라니, 1천 마르크!

자동차 한 대가 맞은편에서 왔다. 그는 서둘러 전조등을 껐다.

내가 지금 부유한 유대인 한 명 때문에 모든 것을 건 모험을 하는 거야. 그는 짜증이 났다. 하지만 1천 마르크라니. 안 했다면 게르트루트는 나를 겁쟁이라고 했겠지. 내가 지금까지 얼마나 많은 일을 겪었는데! 성공만 한다면 우린 멋지게 빠져나갈 수 있어. 게르트루트는 대부분의 남자보다 용기 있어. 뒤에 앉은 저 가련한 유대인 남자는 어떨까? 부자긴 하지만 더는 장밋빛 인생이 아니야. 하지만 내가 연민을 느낄 시간이나 있나. 1천 마르크를 받고 게르트루트와 결혼하는 거야! 매주 부자 유대인 한 명씩 국경을 넘겨주고 1천 마르크를 받고 싶을 지경이군!

그런데 내가 잡히면? 그러면 다 끝장이야. 또 한 번 잡히면 놓아주지 않겠지. 돈도 받지 않고 그동안 너무 모험을 자주 했어. 그러니 한 번쯤 나를 위해 용기를 내는 것도 좋지 않을까?

프란츠는 차를 세우고 뒷좌석에 앉은 질버만에게 몸을 돌렸다.

"여기서 내리시는 게 제일 좋습니다. 나는 이 지역을 어느 정도 알아요. 예전에 동료들이 국경을 넘게 도와준 적이 있으니까요. 그때는 돈을 받지 않았지만요."

"물론 그랬겠지요."

질버만이 차에서 내리면서 대답했다.

"그래요, 난 유대인을 그다지 좋아하지 않습니다. 예전 사장이 유대인이었는데, 즐겁지는 않더군요! 남을 도우며 돈을 받는 건 이번이 평생 처음입니다. 정말이에요. 게르트루트가 아니었다면, 그 사람이 설득하지 않았다면 우리가 지금 여기 있지도 않을 텐데……."

"예, 알았어요. 도와주게 되었다고 나를 미워하지는 말아요."

"미워하는 게 아닙니다. 하지만 게르트루트가 나를 잘못된 길로……."

"프란츠."

질버만이 그를 안심시켰다.

"돈이 생겼으니 기뻐하세요. 신부에게 안부 전하시고, 행운을 빈다고 전해주세요."

"행운은 당신 자신에게 빌어야 할 것 같은데요."

프란츠는 퉁명스럽게 대꾸한 뒤 돈을 세어보지도 않고 주머니에 넣었다.

"이게 간단한 일이 아니니까요! 계속 직진하십시오. 가다 보면 진입로가 나올 테지만 그대로 직진하세요. 숲길을 따라 국경이 이어지는데 어쨌든 계속 그대로 가요! 그러면 큰길이 나올 텐데, 그리로 가지 말고 들판을 가로질러 직진하세요! 서두르면 삼십 분 뒤에는 벨기에 땅에 들어갈 수 있습니다.

여행 가방은 집에 두고 왔어야 하는데 가지고 왔으니 어쩔 수 없군요. 벨기에 지방경찰들을 조심하십시오. 그리고 최대한 빨리 제일 가까운 대도시로 가시고요. 독일 쪽에서 당신을 부르면 그대로 멈춰 서야 합니다. 안 그랬다가는 총을 쏠 테니. 그건 당신 가방을 걸어도 될 만큼 확실해요. 정말이지 이런 일은 처음 봅니다! 여행 가방을 국경까지 들고 오다니. 가구 실은 차까지 끌고 오지 않은 게 신기하군요!"

질버만은 투덜거리는 운전사 말을 차분하게 듣다가 물었다.

"내가 해낼 수 있다고 생각하나요?"

"너무 어려운 걸 물으시네요. 이미 말했잖아요. 어떤 사람은 성공하고 어떤 사람은 실패한다고요. 하지만 벌써 겁을 내면 절대 해낼 수 없습니다. 벨기에 쪽 국경 수비를 강화했다는 소문을 들었어요. 잡히면 다시 이곳으로 쫓겨납니다. 그건 확실해요! 행운을 빕니다. 그리고 만약에 잡히면 여기까지 걸어서 왔다고 말해야 해요. 하지만 분명 나를 고자질하겠지요! 안 그렇습니까? 당신들은 다 똑같으니까."

"국경 넘어본 적 있어요?"

질버만의 질문에 프란츠는 웃음을 터뜨리며 되물었다.

"넘어본 적 있냐고요?"

"나를 국경 너머로 건네주면 1천 마르크를 더 드리지요. 나는 길을 잃을 게 뻔하니까. 이렇게 해본 적이 없어서……."

"그래요? 내 신부에게 어떤 약속을 하셨어요?"

질버만은 울적하게 고개를 끄덕이며 프란츠에게 악수를 청했다.

"그래요, 당신 말이 맞습니다. 나 혼자서 해결해야죠! 잘 가요."

"내 이럴 줄 알았어."

프란츠는 화가 나서 대꾸했다.

"국경 수비대 손아귀에 바로 들어가겠군요. 내가 도대체 왜 이 일을 한다고 했을까? 골치 아프게!"

그가 차에서 내리자, 희망에 부푼 질버만이 물었다.

"어쩌려고요?"

"시작한 일을 그대로 내버려둘 수는 없잖아요. 따라오십시오."

프란츠가 퉁명스럽게 내뱉었다.

"정말로 그렇게 해줄 생각……?"

"아니! 그럴 생각 없어요! 하지만 달리 무슨 방법이 있겠습니까?"

"차는 여기 세워둬도 되나요?"

"열쇠를 뺐어요. 벌어먹을 1천 마르크 때문에. 돈을 이렇게 벌어야 한다니. 아이고, 아이고."

"1천 마르크를 더 드리지요. 아니, 그보다 더 많이……."

질버만이 기쁘게 말하자 프란츠가 투덜대며 앞장섰다.

"가방 들고 따라오세요."

그는 길을 잘 아는 것 같았다. 무척 서둘렀고, 걷는다기보다는 뛰었다. 질버만은 나무뿌리에 걸려 비틀거리고 돌멩이와 나무둥치에 부딪쳤다. 힘이 들어 숨을 헐떡였다. 가방이 납처럼 무거워졌다.

십 분 동안 쉬지 않고 전진한 후—프란츠는 질버만이 따라오는지 가끔 돌아보기만 했다—질버만은 지쳐서 말했다.

"이제 더는 못 가요. 좀 쉬어야겠어요."

프란츠가 발걸음을 멈추고 목소리를 낮추어 가만가만 투덜댔다.

"내 이럴 줄 알았지. 주인이 그사이에 차를 쓸 일이 생겼다면 내가 돌아갔을 때 무슨 일이 벌어질지 아십니까? 주인은 밤에도 차를 쓰고, 또 망나니라고요. 자기 몰래 드라이브를 하면 경찰에 넘긴다, 이 말입니다. 지금 주저앉다니, 참 생긴 대로 행동하는군요! 가방 이리 주십시오."

그가 다시 앞장서 걷기 시작했다.

"지금 몇 시쯤 됐나요?"

질버만이 잠시 후 소곤거렸다.

"2시쯤. 체포되기 딱 좋을 만큼 이른 시간이죠."

이제 가방은 프란츠가 들기에도 무거웠다. 그는 가방을 바닥에 내려놓고 혼잣말처럼 중얼거렸다.

"도대체 내가 어쩌다 짐꾼 노릇을 하게 됐는지 모르겠네. 하, 이럴 수가! 부르주아를 위해 감옥에 갈 위험을 감수하다니, 누가 이럴 거라고 생각이나 했을까."

"당신은 행실이 바른 사람이에요."

질버만은 만족스러운 표정으로 모자를 벗고 이마의 땀을 닦으며 나지막하게 말했다.

"유물사관에 따르면, 행실이 바른 사람이란 없습니다. 당신이 그런 걸 이해할 리 없겠지요."

프란츠가 대꾸하자 질버만은 순순히 인정했다.

"잘 몰라요."

"그것 봐요."

프란츠는 약간 유순해졌다.

"하지만 한 사람이 다른 사람에게 언제나 악마 짓을 한다는 건 알 게 아닙니까? 그리고 노동자들에게……. 그만둡시다. 그 생각을 오래 하면 당신을 여기 내버려두고 갈 것 같으니까."

질버만이 웃음을 터뜨렸다.

"쉿!"

프란츠가 화를 냈다. 둘은 숲속 빈터에 다다랐다.

"아직 멀었나요?"

질버만이 물었다.

"십 분쯤 더 걸립니다. 이제 조용히 하세요!"

프란츠는 어둠에 귀를 기울였다. 그러고는 걸음을 옮길 때마다 소음이 울리지 않게 조심하며 조용히 앞으로 나아갔다.

질버만도 그의 뒤를 살그머니 따랐다. 타인이 옆에 있다는 사실에 용기를 얻어 위험을 거의 잊을 정도였다.

드디어 숲길에 도착했다.

"여관을 운영하는 내 지인 람베르텐에게 모셔다드리고 싶지만 나는 이제 최대한 빨리 자동차가 있는 곳으로 돌아가야 합니다. 계속 가다 보면 내가 언급한 들판이 나올 겁니다. 거길 가로질러 가세요. 그런데 되도록 소리를 내지 말아야 합니다. 그런 다음 자그마한 숲을 지나면 마을이 나옵니다. 네 번째 집이 람베르텐의 여관이에요. 그 집으로 들어가세요. 물론 가방은 숲에 두어야 합니다. 설마 가방까지 들고 마을로 들어갈 만큼 멍청한 건 아니죠? 자, 프란츠가 안부 전하더라고 인사하시면 람베르텐이 도와줄 겁니다. 당연히 돈을 요구할 테지만 당신을 다른 곳으로 데려다줄 거예요. 그 사람 사위에게 차가 한 대 있어요.

프랑스어는 할 줄 아시죠?"

"예, 그럼요."

"당신 같은 사람들이야 당연히 할 줄 알겠지요! 자, 그럼 안녕히 가세요."

"잠깐만요. 돈을 드려야지요."

"돈을 벌려고 주인 자동차를 걸긴 하지만, 내 목숨까지 걸진 않습니다!"

"하지만……."

프란츠는 이미 몸을 돌렸다. 잠시 질버만의 눈에 들어오던 뼈만 남은 마른 남자는 금방 어둠 속으로 사라졌다. 질버만은 가방을 들고 중얼거렸다.

"난 그래도 운이 좋은 거야."

살짝 내리기 시작한 가랑비가 얼굴을 적셨다. 질버만은 무거운 가방을 들고서도 최대한 빨리 앞으로 나아갔다. 타인의 존재가 주던 안전감이 아직 그의 마음에 남아 있었다.

다 잘될 거야. 이 정신 나간 가방만 집에 두고 왔더라면 좋았을걸. 가방을 숲속에 둘까도 생각했지만, 그걸 열고 돈을 꺼내는 일은 너무 위험해 보였다. 지금까지 가지고 왔으니 앞으로도 끌고 다닐 수 있겠지. 그는 힘에 부쳐 가방을 또 내려놓으며 생각했다. 그러지 않으면 지금까지

고생한 게 모두 헛수고가 되잖아.

너무 피곤해서 잠시 주저앉아야 했다.

프란츠가 곤경을 겪게 될까? 그 사람 성이 뭔지도 모르겠군. 그에게 감사 인사를 할 기회는 절대 오지 않겠지. 난 정말 운이 좋았어. 사실 이게 다 그 뚱뚱한 염탐꾼 덕분이야.

벨기에. 나는 지금 벨기에에 있어. 그런데 전혀 느끼지 못하겠군. 기뻐서 미칠 지경이어야 하는데 두려워. 오 분 전, 아직 독일에 있을 때와 똑같은 두려움이야. 일단…….

그때 뭔가 소리가 들린 것 같아 질버만은 잔뜩 긴장한 채 귀를 기울였다. 저기 어디선가 나뭇가지가 바스락 소리를 내지 않았나? 그는 가방에서 벌떡 몸을 일으키고 휘둥그레진 눈으로 주변을 둘러봤다.

"안 돼."

그는 나지막하게 중얼거렸다.

"안 돼, 안 돼, 안 된다고! 이제 끝장이야. 더는 못 하겠어! 그냥 여기 있어야겠다! 있다가 그들이 오면……."

그러나 아무 소리도 들리지 않았다. 잘못 들은 모양이었다. 비가 안심시키듯 똑똑 방울져 흘렀다. 질버만은 가방을 들고 다시 걸었다. 가방을 드느라 검지의 화상 수포가 터지는 바람에 계속 통증이 느껴졌다. 가방을 다른 손으로 잡았다.

잡혀서 독일로 돌아간다면! 안 돼, 절대 안 된다!

소리를 최대한 내지 않으려고 상당히 천천히 걸었고, 한 걸음 뗄 때마다 넘어지지 않으려고 바닥을 발로 디뎌 봤다.

어쨌든 나는 지금 벨기에 땅에 있어. 그는 다시 생각했다. 해냈잖아!

숲의 나무들이 듬성해지고, 뭔가 뿌연 것이 새어 들어왔다. 큰길이군. 이렇게 생각한 그는 작은 나뭇가지들이 부러지며 내는 소음에 신경 쓰지 않고 다시 빨리 걷기 시작했다. 숲에서 나와 주변을 두리번거렸다. 장엄한 기분까지 들었다.

그림자로 살던 시간은 다 지나갔어. 나는 이제 다시 사람이 될 거야!

조심스럽게 주변을 살펴 의심스러운 것이 보이지 않자, 그는 길을 건넜다. 탁 트인 들판이 그의 앞에 펼쳐졌다.

계속 직진하라고 했지. 프란츠가 한 말이 떠올랐다. 작은 도랑을 건너뛰자 발밑에서 부드럽고 축축한 농토가 느껴졌다. 이 빌어먹을 가방을 가지고 오지 말아야 했는데. 욕설이 또 튀어나왔다.

숲에서 불현듯 소리가 들렸다. 나뭇가지들이 부러지고

손전등 하나가, 그리고 다른 하나가 번쩍거렸다. 그가 방금 지나온 곳에서 20미터쯤 떨어진 어둠 속에서 두 형체가 나타나더니 그가 있는 곳으로 다가왔다.

질버만은 수상한 소리가 들리자마자 진흙 바닥에 몸을 던지고서, 둔탁한 소리를 내며 바닥에 떨어진 가방을 자기 쪽으로 잡아당겼다. 흥분한 탓에 심장이 따끔거렸다. 입을 크게 벌리고 숨을 헉헉 내쉬었다. 얼굴은 차오르는 숨이 허락하는 한에서 최대한 바닥에 바짝 붙였다.

흐릿하게 윤곽만 보이던 남자들은 이제 도로 한복판에서서 손전등 불빛을 이쪽저쪽으로 비추는 중이었다. 질버만이 어느 쪽으로 갔는지 의견이 분분한 듯했다. 둘은 뭐라고 소곤거리더니 헤어졌다. 한 명은 그 자리에 서 있었지만 다른 한 명은 도랑으로 가서 사방을 비춰보더니, 질버만이 있는 곳과 반대 방향으로 걸어갔다.

그러는 사이 한 자리에 서 있던 남자가 담배를 한 개비 물고, 질버만이 있는 쪽으로 천천히 다가왔다. 질버만을 향해 확고한 걸음으로 다가오는 남자는 잘못된 방향으로 이미 50미터쯤 꿋꿋하게 걸어간 동료뿐 아니라, 이곳에 숨을 수 있다고 믿는 사람도 비웃는 것 같았다.

아니야. 질버만은 속으로 탄식했다. 안 돼! 저 남자는 나를 못 봤어. 못 봤다고!

질버만은 겨우 열 걸음쯤 떨어진 그 남자가 헉헉거리는 자신의 숨소리를 분명 들을 수 있을 거라고 생각했다. 질버만은 손으로 입을 막았다.

"흠."

차분한 목소리로 프랑스어가 들려왔다.

"거기 그냥 있을 겁니까?"

손전등이 질버만의 얼굴을 비췄다.

"찾았어!"

경찰이 동료에게 소리 지르자, 그가 급한 걸음으로 다가왔다.

질버만은 힘겹게 몸을 일으키고 입을 열었다.

"나는……."

"당신은 국경을 넘었습니다."

경찰이 그의 말을 가로채며 손전등으로 그의 얼굴을 계속 비췄다.

"돌아가야 합니다!"

"나는 난민이에요. 유대인입니다!"

질버만이 쉰 목소리로 말하자 경찰이 차분히 대답했다.

"자, 자. 그래도 안 됩니다. 국경을 넘을 권리가 없어요. 비자를 가지고 와야 합니다. 그러니 어서 따라와요!"

그사이에 도착한 다른 경찰이 독일어로 말했다.

"당신, 독일로 돌아가야 합니다."

"나는 난민이에요. 유대인이라고요. 체포될 위기였습니다. 나를 강제수용소에 가둘 거예요."

"우린 당신이 여길 통과하게 둘 수 없습니다. 따라와요!"

남자가 질버만의 팔을 잡고 숲으로 데리고 가려 했다.

질버만을 발견한 경찰은 둘이 이야기하게 두고, 질버만의 가방을 집어 들었다.

질버만은 큰길에서 멈춰 섰다.

"가지 않을 겁니다! 여기 남겠어요! 당신들은 이럴 권리가 없어요. 이러면 안 됩니다! 지금 나는 자유국가에 있는 겁니다!"

"당신은 불법으로 국경을 넘었습니다."

"그럴 수밖에 없었어요. 쫓기는 상황이었으니까요."

"모든 사람이 벨기에로 올 수는 없습니다!"

"나는 서류가 있어요. 돈도 있습니다. 잠깐만요. 보여드릴……."

"빨리 갑시다!"

경찰이 그를 앞으로 밀쳤지만, 질버만은 버둥거리며 저항하고 애원했다.

"이해 좀 해주세요. 나는 돌아갈 수 없어요. 단 하루만 벨기에에 머물 예정입니다. 아들이 파리에 살아요. 나도 파리로 갈 겁니다!"

"그런 설명은 독일 주재 벨기에 영사에게 하십시오! 우린 명령을 받았……."

"돌아갈 수 없어요! 나를 파출소에 데려다주십시오! 불법으로 국경을 넘은 건 내 잘못이 아닙니다. 나는 쫓기고 있었다고요."

"벨기에 잘못도 아니지요. 안됐긴 하지만……."

그들은 큰길을 건넜다. 질버만은 또 멈춰 섰다.

"이건 말도 안 돼! 정말 안 돼!"

그는 자기 가방을 든 경찰에게로 몸을 돌렸다.

"돌아갈 수 없어요. 절대 안 돼요."

"아니, 이봐요. 됩니다. 된다고요."

경찰이 느긋하게 말했다.

질버만은 불쑥 그들에게서 몸을 떼며 고함을 질렀다.

"마음대로 하세요! 어쨌든 난 여기 있을 테니까……. 여기 머물 겁니다. 머물 거라고요!"

"자발적으로 돌아가지 않으면 헤르베스탈에서 기차에 태울 겁니다. 그다음 역은 독일 땅에 있어요. 그곳에서 독일 경찰이……."

"그럴 수 없어요!"

"아니, 있습니다!"

짧은 순간, 세 사람 모두 입을 다물었다. 그러다 두 경찰이 질버만의 양쪽에서 팔을 세게 잡고 앞으로 밀었다.

"길은 알죠? 또 오면 절대 안 됩니다!"

그를 발견한 경찰의 말을 다른 경찰이 이었다.

"그랬다가는 우리가 당신을 독일 행 기차에 태워야 할 겁니다!"

세 사람은 숲 가장자리에 도착했다. 질버만은 경찰들이 이제 놓아주려 한다고 생각했지만 착각이었다. 그들은 계속 질버만과 동행했다. 질버만은 다시 멈춰 서서, 필사적으로 힘을 짜내어 말했다.

"나는 안 갑니다. 여기 딱 하루만 머물 거예요. 바로 떠날 거라고 약속합니다. 나는 돈도, 서류도, 뭐든지 있어요. 가난한 사람이 아니라고요. 체포당할 처지입니다. 좀 봐주세요. 여기 머물 수 없다면 자살할 수밖에 없습니다. 벨기에는 내 마지막 희망이에요. 제발 부탁합니다. 나는 지금까지 법을 어긴 적이 한 번도 없어요!"

"돌아가야 합니다. 이렇게 말을 계속해도 아무 소용 없어요. 돌아가요!"

"들어보세요."

질버만은 자기를 처음 발견한 경찰에게 몸을 돌리며 다시 말했다.

"5천 마르크를 드리지요! 큰돈입니다……."
"제정신이 아니군! 어서 가시오!"
경찰이 차분하게 대꾸했다.
"잘 들어봐요. 당신들에게도 이건 기회입니다. 나에게는 삶을 의미하고요. 1만 마르크를 드리지요. 한 명당 5천 마르크!"
둘 중 누군가가 그의 어깨를 쳤다.
"입 다무시오."
거칠긴 했지만, 질버만 생각에 아주 확신에 찬 목소리는 아니었다.
"1만 5천."
그는 금액을 높였다.
"이에 관한 말은 누구에게도 하지 않겠다고 약속합니다. 나를 위해서 말이지요. 이성적으로 생각해보세요. 그리고 인간적으로도! 두 분이 곧장 자기 몫을 가지면 됩니다. 생각해보세요. 각자 7천 500마르크……."
"여긴 벨기에입니다."
경찰이 말했다. 질버만은 그 말이 이곳은 도덕이 높다는 말인지, 마르크 시세가 낮다는 뜻인지 알 수 없었다.
"1인당 1만 마르크……."
질버만은 금액을 재차 높였다.

"그 돈이면 은퇴하고 집을 살 수 있어요. 물론 원하신다면 말입니다."

모험에서 거래에 관한 화제로 대화가 옮겨오자, 질버만 목소리는 훨씬 차분하고 안정적으로 변했다.

경찰 두 명은 입을 다물고 있었다. 제발 둘이 서로를 불신하는 일은 없어야 할 텐데. 질버만은 불안했다. 둘은 서로 얼굴을 볼 수 없어. 바로 이게 위험해.

"금방 해결할 수 있어요."

그가 말을 이었다.

"나는 벨기에를 떠나고, 당신 둘은 서로를 지켜보는 겁니다. 두 분이……."

"조용히 하시오."

두 번째 경찰이 거칠게 말했다. 그는 곧장 반박한 동료 못지않게 청렴하다는 걸 동료에게 보이려고 하는지도 몰랐다.

두 경찰의 오해를 풀어줘야 해. 질버만은 절망에 빠져 다시 입을 열었다.

"두 분은……."

그러나 오른쪽에 있는 경찰이 질버만의 팔을 흔들며 화가 나서 으르렁거렸다.

"입 다물라니까요."

왼쪽 경찰도 끼어들었다.

"계속 말하면 독일 수비대에 넘기겠소."

질버만은 이제 확실해졌다고 간주하고는 이렇게 애원했다.

"우린 서로 믿어야 합니다! 각각 1만 마르크를 드리지요. 그건 아마 벨기에 프랑으로는 5만……."

둘이 서로 얼굴만 볼 수 있다면 분명 동의할 텐데. 질버만은 안타까웠다.

"그만하시오. 한마디만 더 하면 헤르베스탈 방향으로 갈 거니까."

오른쪽에 있는 경찰이 말했다.

질버만은 입을 다물었다. 셋은 숲길에 도착해서 걸음을 멈췄다.

"자, 다 왔소."

그의 가방을 내려놓은 남자가 매우 위협적인 어투로 말했다.

"여기가 당신 조국이오. 절대 돌아오지 마시오! 그랬다가는 아주 위험해질 테니!"

"이보세요."

질버만은 거듭 애원했다.

"두 분을 모욕하려는 의도는 전혀 없었어요. 정말입니다.

하지만 한 번만 더……."

"당신, 한 번만 더 눈에 띄면……."

경찰이 으르렁거렸다.

그 말에 질버만은 몸을 돌려 숲을 가로질렀다. 나무뿌리에 걸려 비틀거리면서 독일 제국에 다시 들어섰다.

7

질버만은 양쪽 엄지로 귀를 막았다. 전신주 모양은 모두 똑같다. 모두 똑같아. 도주 중……. 전신주 모양은 모두 똑같다……. 아, 이러다가 정신이 돌겠구나. 바퀴의 단조로운 노랫소리가 그를 고문했다.

이런 환경에서 어떻게 잠을 잘 수 있을까? 그는 등과 쿠션 사이에 두었던 서류 가방을 왼손으로 치웠다. 잠금장치가 등을 파고들었기 때문이다. 여행 가방은 국도에 버렸고, 안에 있던 돈만 서류 가방으로 옮겨두었다. 국경을 넘는 데 실패한 몸 상태로 여행 가방을 계속 끌고 다니는 건 불가능했다.

지난밤에 한 시간 반 동안 걸었을 즈음 그는 대형 화물차를 만났다. 그 차를 불러 세운 뒤 뮌헨글라트바흐까지 타고 왔다. 다투고 사이가 틀어진 운전사 두 명은 프란츠를 연상시켰다. 두 사람이 이따금 내뱉는 건조한 말, 무뚝뚝하지만 긍정적인 인생관은 질버만에게 좋은 영향을 끼치며 기운을 약간 북돋워줬다.

그는 다시 기차를 타고 베를린으로 돌아가는 길이었다. 실패한 모험에 의기소침해져서, 벨기에 입국을 시도할 마음은 두 번 다시 들지 않았다. 그런 일을 하려면 꼭 필요한 결단력이 그에게는 없었다.

질버만은 맑은 공기를 마시려고 창문을 열고 몸을 내밀었다. 차가운 바람에 기분이 나아졌다. 그러다 오른쪽 눈에 먼지가 들어가서 먼지를 빼내느라 오 분쯤 몰두했다. 창문을 닫았을 때는 객실이 추웠다. 객실에는 그 혼자였다. 초콜릿 한 조각을 먹고서 잠을 자려 애썼다. 그러나 덜컹거리는 바퀴와 이리저리 살짝 흔들리는 기차 때문에 절망에 빠질 지경이었다.

그는 객실을 여러 번 왔다 갔다 하고 벽에 걸린 지시와 규정을 자세히 읽은 다음 자리에 앉았다가, 기차에서 조금 걸으려고 일어나 통로로 나갔다. 맞은편에서 다가오는 사람들을 아무 관심도 없이 바라봤다. 그러다 유대인처럼 보이는 어떤 남자를 보고는 자기도 모르게 이마를 찌푸렸다. 삼등칸 통로에서 유대인처럼 보이는 남자를 또 한 명 만났다.

기차에 유대인이 너무 많군. 질버만은 생각에 잠겼다. 이러면 우리 모두 위험해질 텐데. 당신들, 도무지 마음에 들지 않아. 당신들이 아니었다면 나는 평화롭게 살 수 있었을 거라고. 당신들 때문에 내가 불행 공동체에 빠져버렸잖아! 나는 보통 독일 사람과 다른 점이 전혀 없지만, 당신들은 정말 다를지도 몰라. 나는 당신들과 다르다고. 그래, 당신들이 없었다면 나는 쫓기지도 않을 거야. 평범한 시민으로 살 수 있을 텐데. 당신들 존재 때문에 나는 뿌리 뽑힐 거야. 우리는 서로 아무 상관도 없는데 말이지!

질버만은 이 생각이 품위 없다고 느꼈지만 어쩔 수 없었다. 어떤 사람에게 많은 이가 계속 이렇게 말한다고 가정해보자. 너는 행실이 좋은 녀석이야. 그런데 네 가족은 정말 별로지. 너와 달리 네 사촌들은 역겨워. 이러면 당사자도 쉽게 다수의 견해에 전염되고 만다.

평소 오토 질버만은 반유대인주의자라고 불리는 희비극적 형태와는 거리가 멀었지만, 지금은 이런 상황에 처해 있었다. 그는 명확한 생각을 할 수 있는 처지가 아니라, 이웃의 존재 자체를 모욕으로 받아들일 정도로 신경이 예민해져 있었다.

너희 때문에 내가 어려움에 처한 거야. 그는 분노에 차서, 유대인처럼 생긴 어떤 남자를 매서운 눈길로 쏘아봤다. 그 남자는 질버만의 시선을 알아채고 대뜸 민감하게 반응했다.

남자가 창가 자리를 떠나 질버만에게 다가와 거친 목소리로 물었다.

"내가 당신한테 뭐 빚진 거라도 있소?"

질버만은 깜짝 놀라 아무 말도 하지 않았다.

"왜 그렇게 빤히 보는 거요?"

소기업 직원처럼 보이는 그 남자가 또 물었다.

질버만은 여전히 대답하지 않았다.

"이봐요."

남자가 그의 어깨를 툭툭 쳤다.

"내가 지금 당신에게 말하고 있잖아요!"

"대화하고 싶은 생각 없습니다!"

질버만이 날카롭게 대답했다.

"지금 여기가 기차만 아니라면……."

남자가 의미심장한 눈빛으로 쏘아보며 대꾸하자 질버만도 싸늘하게 물었다.

"아니라면 뭐요?"

"무슨 일이 벌어질지 알게 될 텐데 말이오!"

모욕당했다고 느낀 남자의 친구로 보이는 또 한 남자가 끼어들었다.

"막스, 자네 또 싸우는 거야?"

그가 묻고는 고개를 절레절레 저었다.

"자네는 상관할 필요 없어."

끼어든 남자가 막스라는 남자의 어깨에 손을 올리고 말했다.

"그만둬."

"이분이 나한테 왜 이러는지 모르겠군요."

질버만이 말했다.

"혹시 이 사람에게 유대인이라고 말하지 않으셨나요?"

"나는 아무 말도 안 했는데요."

깜짝 놀란 질버만이 대답하자 친구로 보이는 남자가 말했다.

"말했다면 아마 주먹질을 했을 겁니다. 그는 유대인이 아니거든요."

"내가 곱사등이에 사팔뜨기라도 된다는 듯이 노려보는 게 싫소."

남자는 좀 누그러진 듯했다.

"나도 다른 사람들처럼 당원이란 말이오!"

"기분 나쁘게 할 의도는 없었습니다."

질버만은 사과하고 몸을 돌려 식당차로 갔다. 그곳에서 점심을 먹었다. 식사 후에는 기분이 훨씬 나아졌고, 오랫동안 고민한 끝에 퀴스트린으로 가서 아내와 앞날을 의논하기로 마음먹었다.

어쩌면 두려움이 사라질 때까지 거기서 며칠 묵을지도 몰라. 그는 그러길 바랐다. 아들에게도 다시 전화해볼 생각이었다.

불법 시도는 이제 평생 하지 말아야지. 나는 그런 일을 할 만한 성격이 못 돼. 질서 잡힌 생활에만 익숙할 뿐, 특이한 일은 못 한다고. 그는 국경의 숲, 거기서 돌아오던 일을 다시 떠올렸다. 또 시도해볼까? 이번에는 성공할지도 몰라. 독일 땅을 다시 떠날 수 있을까? 실패하기는 했지만, 어제 들였던 자신의 노고에 거의 감탄할 지경이었다.

어제의 모험은 당시에는 자기 존재를 지키기 위한 가장 어려운 투쟁이었다. 그러나 이제 식당차에 앉아 생각해보니 극적인 요소가 잊혔고, 그때의 기억은 여전히 우울하긴 했지만 한편으로는 거의 우스꽝스럽기도 했다. 그러자 패배에서 낙담이라는 부분이 어느 정도 덜어졌다.

훨씬 나쁜 결과가 생길 수도 있었어. 독일 수비대에 체포됐을지도 모르지. 게다가 그 일은 나만 고통받는 걸로 끝나지 않았을 거야. 그사이 날이 밝아서 벨기에 경찰들이 서로 얼굴을 보고 속마음을 알아챘을 테니.

이런 상상을 하자 기분이 무척 좋았고, 질버만은 그 편안한 느낌을 한참이나 즐겼다. 2만 마르크를 제안했지. 제정신이 아니었어. 그랬다면 그다음 나를 체포한 경찰에게는, 그다음과 또 그다음 경찰에게는 뭘 줘야 했을까? 질버만은 미소 지었다. 어쨌든 나는 스스로 생각했던 것보다 훨씬 강해.

식대를 지불하고 나왔다. 반유대주의자임을 밝힌 남자와 만나지 않기를 무척이나 바랐는데, 바람대로 만나지 않았다.

풍성하고 훌륭한 식사 덕분에 질버만은 기분이 좋았다. 객실에 돌아와서 창가에 앉아 금방 잠이 들었고, 몇 시간이나 자다가 하노버에 와서야 깼다. 객실을 지나가는 식당차 종업원에게 커피를 주문한 뒤, 창문을 열고 바깥을 내다봤다. 신문팔이를 손짓해 잡지를 몇 권 사서 자리에 던져놓고, 플랫폼을 돌아다니는 여행객들을 지켜봤다.

어떤 귀부인이 눈길을 끌었다. 그녀는 질버만의 객실 창 앞에 서서, 자기보다 조금 더 나이 들어 보이는 여자와 이야기를 나누고 있었다. 엿들을 의도는 없었지만 몇몇 문장이 귀에 들어왔다.

"말을 너무 많이 하면 안 돼."

나이가 더 들어 보이는 여자가 말했다.

"말을 적게 할수록 너한테 유리해! 네 변호사가 있잖

아. 안 그래? 비방을 그냥 듣는 편이 판사에게 훨씬 더 좋은 인상을 남긴다는 사실을 기억해둬. …… 말할 필요가 없어! 잘못은 그 사람이 했잖아! 그리고 우아하게 행동하고! …… 차분하고 우아하게. …… 그러면 언제나 가장 좋은 인상을 주니까. …… 휘말리지 마. 합의하면 권리를 계속 잃어. …… 그리고 내가 언제든지 증인으로 나설 용의가 있다고 변호사에게 말해. 네가 편지만 쓰면 바로 갈 테니! …… 그 사람이 너를 어떻게 대했는지 내가 알잖아. 정말이지……. 그런데 짐꾼은 어디 있는 거야? 너, 번호 기억해뒀니? 나도 모르겠는데……. 번호를 항상 기억해야 해. 무슨 일이 벌어질지 모르니까. 저기 오네. …… 네 좌석이 좋아야 할 텐데. 담배 자주 피우지 마. 혈색에 안 좋아. …… 아까 말했듯이, 네가 편지만 쓰면 언제든 갈게. 네 남편에게 제대로 말해둬. 그 남자는 자기 자신을 너무 몰라. …… 너는 소송에 너무 신경을 안 썼어. …… 그 사람을 계속 관찰해. 정말 꼭 해야 해! 많이 할수록……. 승무원이 벌써 손짓하네. 너 이제 타야 해. …… 네가 편지 보내면 내가 바로 다음 기차로 달려갈게!”

질버만은 창문에서 몸을 뗐다.

이런 고민도 여전히 존재하는구나. 그는 신기하다는 느낌이 들 정도였다. 싸우기 좋아하고 불평 많은 친구를 둔 여자들을 조심해야 해. 엘프리데는 언제나 내 말만 들었지. 질버만은 한숨을 내쉬었다.

객실 문이 열리더니 짐꾼이 들어와 여행 가방 두 개를 그물 선반에 넣고 통로로 나가서 누군가를 기다렸다. 질버만은 담배 한 개비를 물고서 방금 산 잡지를 뒤적이며 생각했다.

긴장되는군.

짐꾼이 고맙다고 인사하는 소리가 나더니 누군가 객실에 들어섰다.

"하일 히틀러."

활달한 여자 목소리에 질버만은 고개를 들고 무뚝뚝하게 대꾸했다.

"하일."

그는 이미 많은 이야기를 들어 익숙한 그 여자에게 어느 정도 관심을 보이며 물었다.

"창문 닫을까요?"

"아, 그냥 두세요."

지극히 매혹적으로 반짝이는 여자의 회청색 눈동자는 그의 존재를 긍정적으로 받아들이는 듯했다.

여자 얼굴은 독특했지만, 고전적 의미에서 아름답지는 않았다. 그러나 질버만은 남의 이목을 끌 만큼 생기에 찬 여자의 눈 때문에, 그 눈의 영향을 받지 않고 냉철하게 미적 관점에서만 여자의 외모를 평가하기 어려웠다. 여자라면 입이 조금 크고 코는 약간 짧다는 걸 알아챘을 것이다. 그는 이 낯선 여자의 눈 내부에 전류가 흐른다고 생각했다. 그 전류가 그에게 옮겨와 따뜻한 물결을 일으켜 차분히 판단하기를 불가능하게 했다.

여자는 담뱃불을 붙이고 치마 주름을 편 다음, 핸드백을 열어 립스틱과 작은 거울을 꺼냈다. 담배를 몇 모금 피우고 재떨이에 눌러 끄고는 아주 집중해서 입술 화장을 고치기 시작했다.

질버만은 공공장소에서 화장 고치는 행위를 탐탁지 않게 여겼지만, 지금은 사랑스럽게 공들여 단장하는 여자 모습에서 뭔가 신선한 기분을 느꼈다. 이 행위에 동반되는 교태는 언제 어디서나 비난받을 만한 일은 아니었다. 예외적인 경우에는—그는 지금 맞은편에 앉은 사람이 이런 예외적인 경우라고 확신했다—매력이 경감되지 않았다.

맞은편에 앉은 여자와 어떤 관련이 있는지 아직 몰랐지만, 어쨌든 그는 출발하기 전에 묀헨글라트바흐에서 면도한 게 다행이라고 생각했다. 평온한 동행이 생긴 것을 기뻐하며 그는 이 일에 대해 더는 생각하지 않고 잡지를 뒤적였다.

십 분쯤 후에 여자가 뭔가 말했을 때, 질버만은 다시 떠오른 걱정거리에 정신을 쏟느라 듣지 못해서 다시 물어야 했다.

"기차가 중간에 정차할지 아니면 베를린까지 그대로 갈지 여쭤봤어요."

여자 목소리는 무척 따뜻하고 밝았다.

"마그데부르크와 외비스펠데에서 설 겁니다."

질버만이 대답하고 잡지를 손에서 내려놓았다.

"고맙습니다."

여자 눈빛의 표현력은 여전히 생생했다.

"읽을거리를 가지고 온다는 걸 깜박했거든요."

"여기 있는 제 잡지들을 빌려드릴까요?"

"친절하시군요. 하지만 읽으려고 사신 걸 텐데요?"

"다 읽지는 못하지요. 여러 권이니까요. 여기 있습니다."

그는 잡지 두 권을 건넸다. 질버만이 보기에 여자 눈빛에는 완벽한 평온이 깃들어 있었다.

"이 노선을 처음 타시나요?"

그가 물었다.

여자는 한숨을 쉬었다. 이렇게 해도 정숙을 지키고 인습을 해치지 않음을 경험상 아는 한숨이었다.

질버만은 예의 바르게 침묵을 지켰다.

"유감스럽게도 아니에요."

여자가 드디어 대답하자 그는 연민을 드러내며 물었다.

"여행을 무척 싫어하시는군요?"

"아주 좋아한답니다. 하지만 어떨 때는……."

여자는 입을 다물었다.

"그렇지요. 어떨 때는 별로……."

질버만은 맞장구를 치고 자연스럽게 한숨을 쉬었다.

여자가 그를 가만히 바라봤다.

도깨비불이야. 정말이지 춤추는 도깨비불 같아. 생각에 잠겼던 질버만이 다시 입을 뗐다.

"평온을 벗어나려고, 또는 평온을 찾아서 여행하기도 하지요."

그는 여자 눈이 미소를 짓고 있다고 확신했다.

"솔직히 말하면, 베를린으로 가려고 여행하는 거예요."

여자 말에 질버만은 웃음이 터졌다.

나는 유부남이야. 게다가 도주 중이고. 서글픈 내 처지를 걱정하는 것 말고는 다른 생각을 할 여유가 없어. 마음이 흔들릴 수도 없고 흔들리고 싶지도 않아.

"이 기차를 타서 무척 기쁩니다."

그는 여자에게 조금 더 가까이 다가가려고 몸을 앞으로 살짝 숙였다.

"승객 수가 적당하거든요."

여자는 그의 말에 대답하지 않고 잡지를 읽기 시작했다.

질버만은 평소와 달리 어리석게 행동했다는 생각이 들었다. 그다지 아름답지 않은 풍경이 차창을 스쳐 지나가는 모습을 보며, 자기 얼굴이 빨개졌을 거라고 추측했다. 나는 모험을 원하는 건가? 아니야, 나는 그런 것과 거리가 먼 사람인데. 그래도 혹시…… 아니, 말도 안 돼.

"성냥 가지고 있나요?"

여자가 물었다.

"그럼요."

질버만은 서둘러 주머니를 뒤져 성냥을 찾아 여자에게 불을 건넸다.

"고맙습니다."

여자는 그를 차분하게 한참이나 바라보다가 불쑥 입을 열었다.

"혹시 변호사신가요?"

"아닙니다."

그는 화들짝 놀라며 대답했다.

"그냥 그런 생각이 들어서요."

여자는 조금 전 읽던 잡지로 눈을 돌렸다.

"아, 전에 변호사가 되려던 적이 있긴 했지요. 법학을 몇 학기 공부했답니다. 그게 나중에 도움이 되었어요. 사업가가 법적 지식을 가지고 있으면 해될 게 없지요. 혹시 뭔가 도와드릴 게 있을까요?"

"그것 때문에 여쭤본 게 아니에요."

여자 말에 질버만이 미소를 띠며 물었다.

"제가 변호사처럼 보이나요? 서류, 재판, 수수료, 궐석재판 등을 연상시켜요?"

"아니요. 모르겠어요. 나는 사람을 보고 직업을 맞히지는 못해요."

"그런데 왜 그런 생각을 했는지 여쭤도 될까요?"

"그게 중요한가요?"

"흥미로워서요. 하지만 고집을 부릴 생각은 없습니다."

"당신을 보니 누군가 떠올랐거든요."

여자의 설명에 질버만이 농담했다.

"내가 그 사람보다 좀 나아야 할 텐데요."

여자는 웃음을 터뜨리고 그를 다시 빤히 바라보다가 말했다.

"비교하기 어려워요."

"비교해보니 나에게 불리한 모양이군요."

둘은 함께 웃었다.

이 사람은 왠지 가벼워. 질버만이 생각했다. 어쩌면 내가 이 여자에 대해 알아야 할 것보다 더 많이 알아서 이렇게 상상하는지도 모르지. 어쨌든 표면적인 도덕에 길든 사람들도 있잖아. 그런 사람들은 불편해. 그는 여자를 자세히 바라봤다. 아름다운 열병. 왜 이런 말이 생각나는지 알 수 없었다.

"뭐 하나 여쭤도 될까요?"

그가 물었다.

"그럼요. 대답할지 말지는 내 마음이지만요."

"내가 누구를 닮았는지 여쭤보고 싶어서요."

"그건 중요하지 않아요."

여자가 조금 싸늘하게 대답했다.

"하지만 궁금한걸요."

"이제 그만두죠."

여자는 다시 잡지를 들여다봤다.

뭘 그만두지? 질버만은 의아했다.

여자는 잡지를 눈에 상당히 가까이 가져다 대고 읽었다. 근시로군. 그런데 허영심이 강해서 안경은 쓰지 않아. 이렇게 생각하자 질버만은 자기도 모르게 웃음이 새어 나왔다. 사소한 이 두 가지 약점이 무척 호감이 가고 어느 정도 인상적이기까지 했다. 그는 뭔가 생각하는 척했지만, 실제로는 평온하게 잡지를 읽는 여자 얼굴을 관찰하고 있었다. 이마가 그리 넓은 편은 아니군. 사실 좁다고 말할 수 있어. 아마 많이 복잡하거나 지나치게 예민한 사람은 아닐 거야. 어쩌면 그 반대일 수도 있고. 질버만은 다시 한숨을 내쉬었다. 어쨌든 내가 알아낼 수는 없겠지. 유감스럽군.

"그게 그렇게 힘드세요?"

여자가 비웃음과 동정이 뒤섞인 표정으로 물었다. 질버만은 여자 목소리에서 선의를 느꼈다. 지극히 여성적인 선의였다.

"더 힘든 일이 있어서요."

그는 자신을 비웃는 것처럼 들리게 대답하고 싶었지만, 미소가 부자연스러웠다.

"뭔가 걱정이 있으신가요?"

여자는 관심과 호의를 보이면서도 적당히 거리를 두는 음색으로 물었다.

"사업상의 문제겠지요?"

이렇게 덧붙이고는 지극히 우아하게 고개를 저었다. 협상과 회의, 회사 설립이나 지불정지라는 세계는 전혀 모른다는 듯한 고갯짓이었다.

"아닙니다."

질버만은 짧게 대답했다.

여자는 이제 눈에 띌 만큼 흥미를 보였다. 그녀는 사적인 걱정에 훨씬 익숙했고, 질버만의 고민도 감정적인 영역이라고 짐작했다. 두 회사를 합병하는 일은 전혀 몰랐지만, 사람들 사이의 차이에 대해서는 어느 정도 알았다.

"사업가에게 사업상의 문제가 아니면 도대체 어떤 문제가 있을까요?"

여자의 질문은 보기 흉한 호기심이 아니었다. 관심, 인간적 관심이었다. 질버만이 듣기에는 분명 그랬다.

"언제나 돈이 문제는 아니랍니다. 물론 돈의 중요성을 절대 부인하진 않지만요."

"나도 그런 뜻은 아니었어요."

여자 말에 질버만은 잠시 침묵하다가 불쑥 물었다.

"부인이 보시기에 나는 인간을 닮은 존재인가요?"

여자는 당황한 듯 미소 짓다가, 기묘한 질문을 한 그의 음색 때문에 진지해졌다.

"그럼요."

그녀는 단호하게 고개를 끄덕이며 자신의 대답을 강조했다.

"나도 그렇다고 생각합니다. 이른바 열등감이라는 걸 느끼지 않으니까요."

"열등감을 느낄 이유가 없지 않나요?"

그 질문에 질버만은 기분이 좋아졌다.
"나는 유대인입니다."
그러고는 거의 위협하듯 그녀를 빤히 노려봤다.
"아……."
여자는 그 사실을 차분하게 받아들였다.
"그래요! 혹시 나와 이야기하는 게 당혹스러운가요?"
"왜요?"
여자가 느긋하게 그를 바라봤다.
"흠, 나는 법률적 보호만 받지 못하는 게 아니라 어딘지 천민이 되었다고 생각하니까요. 안 그렇습니까?"
"왜요?"
"내가 부인에게 왜 이런 이야기를 하는지 모르겠군요. 며칠 동안 말을 하지 않으면 나중에는 입이 저절로 혼자 떠들기도 하지요. 나는 도주 중이랍니다. 범죄를 저지르지도 않았고, 정치와도 평생 연관이 없었어요. 그런데도 체포될 위기에 처했고 우리 집은 파괴됐지요. 완전히 망가지진 않았지만 많은 부분이 부서졌어요. 부인도 아시다시피, 유대인은 지금 체포당하고 있어요. 뭐, 이런 거야 별로 중요한 일이 아니겠지요. 용서를 빕니다!"
그는 무척 흥분해서 경솔하게 말했다. 여자 눈길은 여전히 그의 얼굴을 향하고 있었다.

"내가 뭘 용서해야 하죠? 용서해야 할 분은 당신인데요."

"내 이야기로 당신을 귀찮게 했으니까요. 전혀 흥미롭지 않은 이야기로 말이지요. 쫓기는 바람에 신경이 날카로워졌습니다. 이런 상황에 익숙하지 않아요. 예전 상태, 평범한 삶이 아직 내 안에 남아 있답니다. 이 모든 일을 어떻게 해야 할지 모르겠어요. 나는 자유로운 사람이었는데 말이지요!"

"외국으로 도망갈 수는 없나요?"

"어디로요?"

그는 소리 지르다시피 되묻고는 겨우 마음을 다스렸다.

"입국시켜주지 않습니다. 오래, 너무 오래 기다렸어요. 끝까지 궁지로 몰아넣지는 않으리라 늘 믿었지요. 나는 전방 군인이었어요. 다른 모든 이와 마찬가지로 시민이었고요. 내 시도는 벨기에 국경에서 실패로 끝났습니다. 붙잡혀서 독일로 다시 밀려났지요. 그때 이후로 계속 이등칸으로 여행 중입니다. 여전히 부유하긴 하지만요. 체포된다면 국가는 내 돈으로 대포나 어뢰 하나쯤 살 테지요. 자세히는 모르지만."

"상황이 그 정도로 안 좋은가요?"

여자가 살짝 떨리는 목소리로 물었다.

질버만은 차분하게 대답하려고 애썼다.

"어쩌면 내 생각이 지나친지도 모릅니다. 하지만 참수를 당할 판인데 그 이유도 모른다면, 평온할 수도 없고 객관적으로 생각할 수도 없게 되지요."

"이제 어디로 가시려고요?"

여자가 동정심이 묻어나는 목소리로 물었다.

"그냥 계속 움직일 겁니다. 그 이상은 나도 몰라요. 공격당하기 전까지, 돌격대가 나를 멈춰 세울 때까지 그저 여행하는 거지요. 사람들이 나를 움직이게 했으니, 멈춰 세우기도 할 겁니다."

"소름 끼치네요."

여자 눈은 그 어느 때보다 심하게 흔들렸다.

"그걸 어떻게 견디시나요?"

여자는 앞으로 몸을 약간 더 숙이고 그를 바라보며 무척 큰 관심을 나타냈다. 질버만이 보기에 여자 얼굴은 호기심과 연민, 흥분과 비슷한 긴장감이 뒤섞여 있었다.

"그건 자발적으로 장기 단식하는 사람에게 던질 만한 질문이군요."

그는 조금 무뚝뚝하게 대답했다.

자기 문제를 모두 말하고 나자 문제들은 그를 더욱 심하게 내리눌렀다. 자기 처지를 그 어느 때보다 더 암울하게 느꼈다. 그는 균형을 잡으려 힘겹게 애썼다.

"죄송해요. 나쁜 뜻으로 질문한 게 아니에요."

여자가 말했다.

"압니다. 내가 무례했어요. 사흘 동안 아무……."

"이해해요."

여자가 따뜻한 시선으로 바라보며 나지막하게 말했다.

그의 마음속에 희망이 자랐다. 이 여자를 잡자, 꽉 붙잡자. 이 여자와 도망가자, 탈출하자. 모든 것을 무시해야 이 상황을 이겨낼 수 있다. 그래야만 이긴다.

그러나 질버만은 별 의도를 품지 않은 채 관찰과 구애의 눈빛으로 여자를 빤히 바라봤다.

"도와줄 사람이 없나요? 변호사나 인맥은요? 그런 사람들은 언제나 뭔가 할 수 있어요."

"내 친구들은 내가 새 친구를 구할 만한 큰돈은 남겨주지 않았어요."

그는 자기 대답이 품고 있는 과장이 부끄러웠다. 나는 여전히 남에게 잘 보이려 하는군.

"협박을 받으셨나요?"

"재산을 도둑맞았지요! 하지만 사람들 눈에 거의 띄지도 않습니다. 시체는 구더기가 먹어 치우는 법이니까요."

질버만은 불협화음을 내듯 웃었다.

"내 남편이 변호사예요."

여자가 얼른 말했다.

"당원이기도 하고, 당에서 호감도 얻고 있고요. 하지만 유감스럽게도 나는 남편과 이야기할 수 없어요. 그렇지 않다면 남편이 당신을 위해 당장 뭔가 할 수 있을 텐데요."

"고백할 게 있습니다."

다시 차분해진 질버만이 여자 말을 가로챘다.

"의도하지 않았지만, 그 이유를 알게 되었답니다. 친구와 이야기 나누는 걸 우연히 들었거든요."

여자는 불편한 표정으로 잠시 입을 다물었다가 말했다.

"그래요? 흠……. 내 친구는 헤어질 때마다 복습하듯 그 말을 하는 진기한 습관이 있어요. 그 누구보다 나에게 더 해가 되는데 말이지요."

"어쨌든 유감스럽게도 걱정거리가 있는 사람은 나뿐이 아니라는 사실을 확인했지요."

그가 서둘러 말했다.

"유감이라고요?"

"부인의 경우는 정말 유감이지요. 그 걱정거리 때문에 여기 계신 건 고맙지만요."

"적어도 내가 도울 수 있다면 좋을 텐데요."

여자는 자기 문제에서 그의 문제로 말머리를 바꾸었다.

"부인과 이야기하는 것만으로도 도움이 됩니다."

"정말인가요?"

여자는 그의 말을 믿는 눈치였다.

"그럼요, 그렇고말고요."

"유대인이 왜 공격당하는지 정말 이해할 수 없어요."

여자 말에서 호의가 느껴졌다.

"예전에 유대인 친구가 있었어요. 내가 알기로 그 친구는 팔레스타인으로 이주했지요. 그런데 그 말을 하려던 게 아니고, 다른 생각을 했어요. 당신은 정말이지 아리아인처럼 보이는데, 그게 도움이 되지 않나요?"

"이름이 질버만인걸요!"

"아, 그렇군요. 요즘 같은 시기에 좋은 이름은 아니지요?"

"예. 그런데 이름이 설령 마이어라고 해도 도움이 안 될 겁니다. 내 여권에 빨간색 'J'가 크게 쓰여 있으니까요."

"아니, 세상에!"

여자는 벌컥 화를 냈다.

"도대체 왜요? 좀 이상하게 들리겠지만, 그리고 평소에는 이런 말을 하지 않지만, 당신은 정말 호감이 가는 분인데요."

그는 여자에게 살짝 몸을 숙여 인사한 뒤 웃음을 터뜨렸다.

"유감스럽게도 정부 생각은 부인과 다르답니다. 정부는

나에게 호감을 느끼지 않아요. 이렇게 말하지요. '질버만, 너는 유대인이다!' 나라는 인간과 특성은 전혀 중요하지 않다는 겁니다. 유대인인지 아닌지가 중요하지, 호감을 느끼는지 아닌지는 중요하지 않아요. 결정할 때 필요한 건 표제일 뿐, 내용은 상관없습니다."

"끔찍하군요."

여자가 한숨을 내쉬었다. 질버만은 여자가 이런 대화에 약간 피곤을 느낄 거라고 짐작했다.

그는 수다스러운 자신에게 놀라고 짜증이 났다. 어쩌다가 아무 상관도 없는 여자에게, 기껏해야 우연히 함께 여행하게 된 승객의 기이한 운명에 아주 조금 관심을 보인 여자에게 내 이야기를 늘어놓았을까? 이 사람한테 불평을 한다고 무슨 도움이 되나? 설령 이 여자의 호기심이 진짜 관심이라고 해도 내게 어떤 이익이 있을까? 여자들은 언제든 '끔찍하군요'라고 말한다. 기차 사고에 대해 들어도, 지인이 발을 삐었다고 해도, 전차를 놓쳐도 '끔찍하군요!'라고 말할 것이다.

내 운명은 관용어가 된 거야. 그게 전부다!

질버만은 정말이지 동정은 사양하고 싶다고, 자기는 그저 이야기하고 싶고 자기 목소리를 듣고 싶고 자기 상황을 스스로 명확하게 알고 싶어서 이야기한 거라고, 어쨌든 '끔찍하군요'라는 말을 끌어내려고 말한 게 아니라고 해명하고픈 욕구를 강하게 느꼈다. 동정이 중요한 게 아니었다. 그건 정말 필요하지 않았다.

"왜 그렇게 씁쓸한 표정으로 보세요?"

여자가 미소를 지으며 물었다.

"뭐라고요?"

"당신 눈빛이 뭔가 화난 것 같아서요. 이해는 하지만, 나는 이 모든 일과 아무런 관계가 없다는 걸 아셔야 해요. 마음으로 말이에요. 나는 반유대주의자가 아니니까요."

"부인이 반유대주의자라면 뭐가 달라집니까?"

질버만이 날카롭게 물었다.

여자는 분노하는 눈길로 그를 바라보며 마음이 상해서 대꾸했다.

"화가 나신 모양인데요. 하지만 나는……."

여자는 어떻게 말을 이어야 할지 몰라 잠시 입을 다물었다가, 더는 화난 표정이 아니라 순수해 보이는 미소를 띠고 말했다.

"내가 반유대주의자라면 당신에게 상당히 불편한 일을 벌일 수도 있지요. 안 그런가요?"

"난 두렵지 않아요."

질버만이 경멸하듯 말하고는 자신에게 확신을 주려는

듯이 반복했다.

"전혀, 전혀, 두렵지 않다고요!"

"정말이에요?"

여자가 미소를 지으며 물었다. 위험해 보이는 미소였다.

"부인, 나를 불안하게 만들고 싶으신가요?"

이제 질버만도 미소를 띠고 물었다.

"아니요."

나지막하게 대답하는 여자의 눈이 물기에 젖어 촉촉하게 반짝였다.

"요즘 같은 시대에는 유대인에게 맹수 역할을 하는 게 힘든 일도 아니랍니다."

질버만이 비꼬듯 말했다.

맹수라고? 그가 보기에 여자는 최대한 위험한 방식으로 무해하게 보이려 하고 있었다.

"내가 또 용서를 빌어야겠군요."

그는 이렇게 말하고는 생각에 잠겼다. 당신은 지금 우쭐하겠지.

"아니, 왜요? 왜 그러세요? 혹시 내가 맹수 역할을 한다는 뜻인가요?"

질버만은 고개를 저으며 또렷하게 부인했다.

"그런 생각은 절대 하지 않을 겁니다! 맹수의 아름다움,

위험한 요소…….”

그는 한숨을 쉬었다.

“그런 건 이제 제대로 칭찬조차 할 수 없군요!”

그 말이 너무 구슬프게 들려서 여자는 웃음을 터뜨렸다가 다시 진지하게 물었다.

“유대인들은 왜 이 모든 일을 견디나요? 왜 방어하지 않고 도망치기만 하지요?”

“우리가 낭만주의자들이었다면 지난 2천 년 동안 살아남기 어려웠을 겁니다.”

질버만은 자신의 이성을 자랑스러워하며 대답했다.

“살아남는 게 그렇게 중요한가요?”

“중요하지요! 살아남는다는 것은 극복한다는 뜻입니다. 빙하 틈새로 곧장 떨어지는 건 기술이 아니지만, 산을 넘는 건 기술이에요. 살려면 용기가 필요합니다. 자살에는 절망만 있으면 되지만요.”

그는 잠시 말을 멈추고 또 다른 비유를 찾았다.

“손수레를 제멋대로 방치하는 것보다는 미는 게 훨씬 어렵지요.”

“그저 손수레를 밀려고 산다고요? 너무 사소한 거 아닌가요? 나는 자신의 삶을 축제로 만드는 사람들에게서 더 큰 감동을 받아요. 타인이 기대하는 대로 행동하는 게 아닌, 자기에게 맞는 걸 하는 사람들 말이에요."

질버만은 호의를 보이면서도 잘난 척하며 웃었다.

"재미있군요. 아주 재미있어요! 부인이 나 같은 처지라면 뭘 하실 건가요? 잘 생각해보세요. 부인이 유대인인데 어쨌든 재산은 있어요. 그리고 도주 중이고요. 뭘 하실 생각이지요?"

"음, 솔직히 말하자면 인생을 매우 즐기며 살겠어요."

여자가 환하게 웃으며 대답했다.

"매일 마지막 날이라는 듯 즐기며 살 거예요. 그러면 하루하루가 다른 사람들의 일 년과 같을 거예요. 그리고…….
그런데 지금 비웃는군요. 왜 웃으시죠?"

여자가 짜증스럽게 이마를 찡그렸다.

"자세하게 말해서 그게 어떤 모습인가요?"

질버만이 진지하게 물었다.

"사흘 전 집이 습격받았는데 즐길 수 있다고 믿으시나요? 가족이 어디 있는지 알기는 하지만 찾아갈 수 없다면? 돌격대원만 보면 체포당할까 봐 떨어야 한다면?"

"결혼하셨나요?"

여자가 그의 항변에는 대답하지 않고 되물었다.

"그래요, 했습니다……."

질버만은 입을 다물었다. 어쩌면 이제 결혼한 상태가

아닌 게 아닐까. 그저 과거에 결혼했던 게 아닐까. 나는 지금 혼자잖아. 지금은 혼자야!

"그러면 부인은요?"

"오빠 집으로 피했어요. 오빠는 아리아인입니다."

그는 기계적으로 대답했다.

"끔찍하군요."

여자는 핸드백에서 작은 초콜릿을 하나 꺼냈다. 은종이를 벗기고 곰곰이 생각에 잠겨 초콜릿을 들여다보더니, 질버만에게 권하고 자기도 작은 조각 하나를 입에 넣고 천천히 씹었다.

"그런데 전혀 방어할 수 없나요?"

한동안 초콜릿을 씹기만 하던 여자가 다시 물었다.

"그래요, 급행열차를 멈추려고 거기에 몸을 던질 수는 있겠지요. 열차는 내 시체를 옆으로 치울 동안 이 분 정도 멈출 테고요. 부인은 정말로 내가, 나 오토 질버만이 세계사에 개입할 수 있다고 믿으시나요? 낭만주의자시군요."

사실 여자는 대화에 지치기 시작했다.

"이 일에서 우스꽝스러운 면을 보시는 건 어떨까요?"

그는 여자의 제안에 놀라서 그녀를 바라보다가 단호하게 대답했다.

"아니요. 그건 너무 어렵군요. 어떤 우스꽝스러운 면 말씀인가요? 내 불행을 비웃어보라고 누가 나에게 요구할 수 있죠? 부인은 다리가 부러지면 웃으시나요? 그 정도로 유머러스하신가요?"

"그럴지도 모르지요."

여자가 대답했다. 그녀는 질버만의 말보다 흥분한 그의 상태에 더 깊은 인상을 받았다.

"못 믿겠어요. 어쨌든 누군가 침을 뱉는데, 부인이 그걸 멋진 농담으로 받아들이는 모습은 상상하지 못하겠군요."

"그건 당연히 아니지요! 도대체 무슨 말도 안 되는 생각을 하시는 거예요?"

여자가 화를 냈다.

"내가 먼저 시작한 게 아닙니다. 하지만 그만하지요."

둘은 입을 다문 채 서로를 노려봤다. 그러다 여자가 나지막하게 말했다.

"비슷한 점이 있긴 하군요. 그 사람도 싸늘하고 진지하게 말하니까."

"누가요? 아, 그 변호사?"

여자는 대답하지 않고 담배를 물었다. 질버만이 불을 건넸다. 그러면서 둘은 몸이 가까워지고 눈길도 다시 마주쳤다. 질버만은 자기 자리에 다시 똑바로 앉아, 지나가는 말처럼 이야기했다.

"내가 유대인이 아니고 결혼도 하지 않았다면, 부인에게 무척 많이 끌린다고 말했을 겁니다."

"정말인가요?"

여자가 미소 지으며 물었다.

"유대인이고 결혼도 했는데 왜 그런 말을 하시지요?"

"모르겠어요. 어쩌다 보니 저절로 그렇게 된 것 같군요."

"그냥 다른 여권을 하나 마련하시는 건 어때요?"

여자가 말머리를 돌렸다.

"고틀리프 뮐러라는 이름의 여권이 있다면 모든 게 무척 간단할 것 같은데요. 영화에서 본 적이 있는데, 어떤 남자가 그렇게 정체성을 바꾸더군요. 음, 그러니까 그건 그냥 기술적인 문제 아닌가요? 당신이 질버만이라고 자기소개를 하지 않는 한, 유대인이라고 생각할 사람은 아무도 없을 거예요. 사실 아주 간단해요."

"나는 사기꾼 실습이 부족해요."

질버만은 여자가 자기 인생 문제, 가장 심각한 걱정을 다루는 방식에 상당히 짜증이 났다. 그래서 모욕감을 느끼며, 경멸하는 눈길로 그녀를 빤히 노려봤다.

"왜 그러세요? 정당방위일 텐데요. 그 이름으로 살 수 있고 일도 할 수 있어요. 문제가 사라지는 거예요."

"당신 지인, 그 변호사가 당신 말을 듣지 못하는 게 정말 다행입니다. 듣는다면 머리카락이 쭈뼛 설 테니까요!"

"그래요, 내 남편은 소름 끼칠 정도로 소시민이에요. 원칙을 따르는 사람이지요. 꼭 다른 사람이 먼저 해야 자기도 할 수 있어요. 하지만 당신은 지금 원칙을 지킬 입장이 아니지 않나요?"

"내 원칙은 빼앗겼어요. 하지만 내가 범죄를 당했다고, 그런 행동을 할 권리가 생기는 건 아닙니다."

여자는 비웃는 눈빛으로 그를 빤히 쳐다봤다.

"그래요, 그래. 알아요. 품위 있고 자비심도 많고 선량하지요. 다른 사람들을 두려워하면 그러지 않을 도리도 없고요."

"두려움이 문제가 아니에요. 도덕 문제도 아니고요. 지성과 책임감에 관한 문제입니다. 스프링클러들을 대부분 냉수 요양소에서, 사기꾼은 감옥에서 종말을 맞고, 행실이 바르고 이성적인 사람은……."

"……도주하다가 끝나지요."

여자가 추임새를 넣고 그를 가만히 바라봤다.

질버만은 웃음이 터졌다.

"나는 겨우 사흘 전부터 도주 중입니다. 그걸 잊지 마세요. 범죄자는 평생 도주하지요. 아마 계속 새로운 범죄를 저지르며 도주할 테지만요. 평범한 사람은 안정된 삶을 원하고 비상사태를 극복하려고 노력하지만, 자기 삶 전체를 비상사태로 만들면서 극복하진 않아요. 그런 상황에 적응할 수 있는 사람은 아무도 없습니다."

"아웃사이더는 아마도……."

"그럴 수도 있지요."

질버만이 여자 말을 가로챘다.

"어쨌든 나는 아웃사이더가 아닙니다. 버릇을 고칠 순 없어요. 나는 시민으로 태어났고, 시민으로 죽을 겁니다. 도주하긴 하지만 시민이에요. 그건 확실합니다."

"그 훌륭한 도덕 덕분에 재산 대부분을 지켜내신 모양이군요."

그는 뭐라고 해야 할지 몰라 잠시 그대로 있다가 입을 열었다.

"그것과는 상관없어요."

"그것과만 상관있지요! 당신은 결국 재산에 의지해야 할 테니까요. 모험에서 벗어나지 못할 거예요."

"아니요!"

그러다가 질버만은 곧 부드럽게 덧붙였다.

"부인. 나는 당신이 무척, 무척 좋아요. 얼마나 좋은지 아마 상상하지 못하실 겁니다. 하지만 부인은 나와 마찬가지로, 인생에 대해서는 그저 문학 소설을 통해서만 아는 정도예요. 화내지 마세요."

여자는 고개를 젓고는 그의 말이나 태도에 화난 기색 없이 대답했다.

"다들 마음에 열정이 없어요."

"열정이라고요? 나는 평범하게 자라났어요. 나는 규범이, 명백함이 필요해요! 방식이라고 말할 수도 있겠지요. 대혼란에 저항할 수 있으려면 그런 혼란 속에서 자랐어야 합니다."

"억지로라도 껍질을 벗게 된 걸 기뻐하세요."

여자가 사려 깊으면서도 유쾌한 표정으로 말했다.

"물론 불행한 일이긴 해요. 하지만 불행도 결국 삶을 더 기쁘게 만들어줄 거예요."

질버만은 기침이 나올 정도로 웃고서 대답했다.

"부인은 정말 감동적이에요. 죽어가는 사람에게 센세이션을 경험하게 되었다고 축하할 수 있다니 말이지요."

그는 여자 쪽으로 몸을 숙여, 무릎에 가볍게 올려둔 그녀 손에 자기 손을 얹었다. 여자는 그대로 있었지만, 얼굴에 미소가 사라졌다. 그러고는 미동도, 윤기도 없는 눈으로 뭔가 기다리듯 그를 바라봤다. 질버만은 여러 번 여자 손을 쓰다듬다가 그녀에게 키스했다.

"당신, 정말 흥미로웠어."

그의 목소리에는 진정한 감탄과 가벼운 조롱과 순수한 온기가 뒤섞여 있었다.

8

그러면 안 되는 거였어. 질버만은 생각에 잠겼다. 그럴 권리가 전혀 없잖아. 나는 아내를 사랑하는데! 상황 때문에 그런 거야. 확실해. 하지만 어려운 상황일수록 원칙을 더 잘 지켜야 하잖아. 지금쯤이면 퀴스트린에 있어야 하는데. 이미 갔어야 해!

시계를 보니 6시 40분이었다.

데이트, 데이트한 게 언제였던가? 그런데 하필이면 지금……. 원래는 6시 반에 동물원 옆 카페에서 여자와 만나려고 했다.

그러나 발걸음을 늦췄다.

늦게 가야겠다고 마음먹었다. 그러면 다 끝나지. 제대로 시작하기 전에. 놓쳤다는 나쁜 감정조차 남지 않아. 여자는 어쩌면 오지 않았을지도 몰라. 어쨌든 왔는지 안 왔는지 알 수 없어.

사실 우르줄라 앙겔호프가 나랑 무슨 상관이 있을까? 정사라는 모험? 내가 그걸 원하기라도 했나. 그러지 않아도 문제가 너무 많은데.

그는 더 천천히 걷다가 기념 교회가 보이자 발걸음을 멈췄다.

이성을 모두 끌어모으자고 결심했다. 내가 어떤 상황에 있는지 명심해야 해. 그러면 발걸음을 돌릴 수 있어!

질버만은 그러면서도 계속 걸어갔다.

우르줄라 앙겔호프는 내게 아무 의미도 없어. 난 그 여자에 대해 너무 많은 걸 알잖아.

발걸음이 빨라졌다. 7시 십 분 전이었다.

여자는 이미 사라졌을 거야. 질버만은 이렇게 짐작했지만, 그 생각에 안심이 되는지 불안한지 자신도 알 수 없었다. 분명 이미 갔겠지!

그는 다시 멈춰 섰다.

스스로 보기에도 나는 너무 우스꽝스러워. 그녀는 센세이션을 좇는 여자에 불과해. 내가 그 여자의 센세이션이 되고 싶은 건가? 도깨비불 같은 눈동자에 홀려 가족의 운명을 위험하게 만들려는 건가?

그는 카페로 들어서며 중얼거렸다.

"아무쪼록."

그게 무슨 뜻인지는 자기 자신도 몰랐다. 널찍한 공간을 가로지르며 사방을 둘러봤지만, 여자는 없었다. 아마 애초에 오지도 않았을 거야. 질버만은 자신에게 말했다. 급행열차에서 벌어진 소소한 에피소드, 그게 전부야. 하지만 이런 생각도 마음에 들지 않았다. 온 게 헛수고가 되는 건 싫었다. 오지 않아도 되었을 텐데. 그는 짜증을 내며 자리를 잡고 커피를 주문했다.

악단이 연주하고 있어 당혹스러웠다.

어쩌면 이렇게 바보 같을까? 실은 그 여자가 오기를 바라면서도, 그 여자를 기다리지 않는다고 자신을 설득하다니. 그리고 그 두 가지를 동시에 믿다니.

질버만은 동전을 테이블에 두고 일어섰다.

안녕, 우르줄라 앙겔호프. 그는 마음속으로 여자와 작별하며 이렇게 된 게 무척 잘된 일이라고, 그녀가 오지 않아서 다행이라고 생각했다. 꼭 다시 만날 마음이 생긴다면 전화번호부에서 그 사람 주소를 찾으면 되지. 카페를 나서며 그는 자신을 위로했다. 하지만 그럴 마음은 없어.

역으로 향했다. 지난 며칠 동안 아내 생각을 자주 하지 않았다고 자책했다.

하지만 아내가 어떻게 지내는지 알잖아. 질책하다 자신

을 변호했다. 편지랑 전보를 보냈어. 아내 생각도 했어. 그것도 많이! 사실 더 자주 했어야 해. 사흘 동안 헤어져 있었군. 겉보기에는 흩어졌어도 가족은 마음으로 하나여야 하지. 우리는 그동안 같이 살았고, 앞으로도 함께 살 거야. 하지만 모든 게 예전과 같을 거라고, 나흘 전과 똑같아질 거라고 상상하기는 어렵군.

바깥 상황이 평온하면 마음도 평온해질 수 있을까? 모든 게 달라졌어. 마음의 안정을 잃어버렸고, 삶은 어떻게 해볼 수 없는 우연들로만 이루어져 있다. 주체에서 객체가 된 것 같아.

역에 도착한 그는 퀴스트린으로 가는 차표를 샀다.

역 돌계단을 올라가며 다시 우르줄라 앙겔호프를 생각했다. 만났더라면 얼마나 좋았을까. 내가 도대체 왜 늦게 갔지? 그녀가 나에게 무척 큰 의미일 수도 있었는데, 나는 일부러 놓쳤잖아. 그녀가 속한 시간, 그녀가 긍정하고 감당할 수 있는 그 시간만으로 한정된 관계. 그래! 그는 분노했다. 잔인함과 낭만, 무지와 불손. 그 여자는 속을 알 수 없고 변덕이 심하지만 매혹적이야! 시간이 흐르면 그런 느낌은 지속될 수 없겠지.

기차에서 자리를 잡고 부드러운 쿠션에 기대자, 동생과 통화하는 걸 잊었다는 게 떠올랐다. 퀴스트린에 내려서 전화해야지. 그렇게 마음먹고서 신문을 읽었다.

퀴스트린에 도착해 기차에서 내렸지만 어쩔 줄 몰라 망설이며 플랫폼에 서 있었다.

일단 에른스트 형님에게 전화하자. 형님이 집에 없으면 상황에 따라서 하인에게 말을 전해야 해.

뒷짐을 지고 무표정하면서도 중요한 일이 있다는 얼굴로 플랫폼을 거니는 역장에게 질버만이 공중전화 부스가 어디 있는지 물었다. 질문을 해도 역장이 걸음을 멈추지 않는 바람에 그는 역장을 따라 걸어야 했다. 질문을 반복하자 그제야 역장은 안개처럼 몽롱한 자신의 행위에서 깨어나 전화가 있는 곳을 가르쳐줬다.

역장은 공중전화 부스까지 그를 따라왔다. 질버만이 수화기를 들고 10페니히를 넣은 뒤 번호를 돌리고 몸을 문 쪽으로 돌렸을 때도, 그는 파란 물빛 같은 눈동자로 여전히 질버만을 바라보고 있었다. 전화 부스 문 앞에 서 있는 그의 모습이 유리창 너머로 보였다.

질버만과 눈길이 마주치자 그는 빨간 모자에 손을 올려 인사하고는 몸을 돌려 다시 거닐기 시작했다.

이상하군. 질버만은 배 언저리에 불길한 기운을 느꼈다. 물어보지 말았어야 하는 건가? 혹시 모르잖아.

에른스트가 전화를 받았다.

"오토예요!"

질버만은 흥분해서 목소리를 높였다.

"에른스트 형님, 안녕하세요? 놀라셨지요? 방금 퀴스트린에 도착했습니다. 어떻게 지내세요? 엘프리데는요?"

에른스트 홀베르크는 바로 대답하지 않고 잠시 뜸을 들이다가 입을 열었다.

"그래? 고맙네. 우린 잘 지내지. 엘프리데도 물론 잘 있고. 삼십 분 전에 힐데와 장 보러 시내로 갔네. 유감이군. 아니면 직접 통화할 수 있었을 텐데."

"아내가 흥분을 좀 가라앉혔나요? 아무 일도 없었어요?"

"그래, 걱정하지 말게. 자네는 어떤가?"

홀베르크는 원래 활발한 사람이 아니었지만, 그래도 그의 목소리에서 드러나는 느긋함에 질버만은 짜증이 났다. 그래서 비난을 담아 대꾸했다.

"상상하실 수 있잖아요."

"흠……. 음……. 이제 어쩔 생각인가? 물론 나랑 상관은 없지만 말일세. 자세히 알고 싶지도 않고! 어쨌든 앞으로 계획이 어떻게 되나?"

"괜찮다면 형님 댁에서 며칠 묵으며 생각할 시간을 좀 갖고 싶은데요. 사흘째 침대에서 못 잤어요."

"그런가? 음, 하지만 여기로 올 수는 없네. 안 그런가? 엘프리데 걱정은 말게. 원하는 대로 언제까지 우리 집에 묵을 수 있으니. 하지만 자네는 안 되네. 불가능해. 이해하지? 당에서 알면 나는 끝장일세. 하지만 자네가 돈이 필요하다면 많이는 못 주지만 몇백 마르크 정도는 당연히 줄 수 있네."

"엘프리데와 통화해야겠어요!"

질버만은 고함을 치다시피 목소리를 높였다.

"아내는 한시도 거기 머물지 않을 겁니다. 정말 미치겠네요! 형님이 필요한 지금, 아주 대단치 않은 작은 부탁을 하는데 거절하시다니요! 내가 형님을 위해 무슨 일을 했는지 잊으셨습니까?"

"오토, 흥분하지 말게."

차분한 홀베르크 목소리에서 짜증이 묻어났다.

"자네를 이삼 일 묵게 하려고 내 삶을 파괴할 수는 없네! 자네가 나를 도와주기는 했지만, 나더러 자네를 위해 망하라고 요구하면 안 돼. 내가 유대인과 인척이고 우리 집에 묵게 했다는 사실을 당에서 알면 나는 당장 짐을 싸야 하네."

"내가 무슨 일을 겪었는지 아세요?"

"오토, 잘 듣게! 그렇게 신파조로 나와도 소용없네! 엘프리데가 걱정 없이 지낼 수 있는 걸 다행으로 여기게. 여기가 아니면 어딜 가겠나? 자네, 그 애를 끌고 다닐 셈인가? 독일 전역으로? 정신 차리게. 본인이 위험하다고 아내까지 위험으로 내몰 생각을 하다니, 자네 정말 이기적이야. 자네가 우리 집에 묵지 못한다고 엘프리데까지 묵지 말라니. 오토, 안 되네. 남자다운 줄 알았더니 아니군."

"형님이, 형님 같은 성품의 분이 그런 말을 하다니요! 엘프리데와 나는 이십 년도 넘게 함께 산 부부입니다. 내가 언제 멋대로 엘프리데를 위험에 처하게 한 적 있는지 한번 직접 물어보십시오."

"오토, 나도 아네. 화내지 말게. 사정이 안 된다는 걸 이해해주게! 자네는 우리를 웃음거리로 만들어! 엘프리데는 여기 묵을 수 있네. 내 동생이니까. 하지만 자네는…… 좀 다르지."

"안녕히 계세요."

질버만은 전화를 끊고 당혹스러워 중얼거렸다.

"웃음거리로 만든다, 내가 웃음거리로 만든다고."

이 말을 너무 자주 반복해서, 나중에는 아무 의미도 없어졌다. 공중전화 부스에서 나와 역장에게 달려가서 소리쳤다.

"베를린으로 가는 다음 기차가 언제 떠납니까?"

"십 분 후에요."

역장은 이제 멈춰 서서, 이 기이한 행동을 해명하길 바란다는 듯이 그를 빤히 봤다.

질버만은 그에게 신경 쓰지 않고 차단기를 통과해 서둘러 매표창구로 달려갔다.

"베를린 행 차표 한 장 주십시오!"

그는 계속 고함을 질렀다.

"함부르크 행 한 장, 쾰른 한 장……. 그리고 또 어디 행이 있습니까? 어서 추천해봐요!"

역무원이 놀라서 그를 빤히 바라봤다.

질버만은 그에게 1천 마르크짜리 지폐를 던지고 소리쳤다.

"차표, 차표들! 내 말 못 알아들어요? 차표 달라고요!"

"베를린 행, 이등칸 말인가요?"

역무원이 이해하려 애쓰며 물었다.

"뭐든 상관없어요. 어서 차표 주십시오!"

역무원이 도움을 청하느라 주위를 두리번거렸다.

나를 정신병자라고 생각하는구나. 질버만이 생각했다. 어쩌면 그가 옳은지도 모르지. 나는 아마 이미 정신병자일 거야. 질버만은 정신을 차리고 억지로 웃으려 애썼다.

"베를린 행 차표 한 장 주십시오."

역무원이 금방이라도 누군가를 부를 것처럼 노려봐서

질버만은 힘겹게 입을 뗐다.

역무원은 고개를 저으며 질버만에게 차표를 건넬 준비를 했다.

"왜 그렇게 고함을 지릅니까?"

정신병자일지 모를 승객이 위험하지 않다는 걸 확신한 역무원이 퉁명스럽게 물었다.

"술을 좀…… 많이 마셨어요."

질버만은 위험에 처할 행동을 했다는 걸 깨닫고 더듬거리며 대답했다.

"그게 고함을 지를 이유는 아니지요. 잔돈은 없습니까?"

아니, 있었다.

창구를 떠나 플랫폼으로 가면서, 역무원 시야를 벗어나기 전까지 약간 비틀거리는 척했다. 이 얼마나 바보 같은 짓인가. 정말 멍청하다. 그렇게 생각하자 다시 실망과 분노가 밀려왔다.

다들 배신자야. 모두, 모두, 모두. 배신하지 않는 사람은 아무도 없어. 몸을 숙이고 이렇게 말하지. "어쩔 수 없었어." 아니, 본인의 의도도 있었던 거다. 기회를 악용하여 자기 본래 의도를 숨기고 핑계를 댈 뿐이지. 아내는 왜 오빠 집에 있는 걸까? 내가 그를 웃음거리로 만든다는 걸 아내는 모르나? 나도 잠시 거기 묵어도 되는지 오빠에게 부탁할 생각은 하지 않은 건가? 아니면 아내도 오빠 의견에 동의하나? 아니야, 그건 불가능해! 하지만…… 정말 불가능할까?

나는 여행 중이야. 아내의 오빠는 한자리에 있고. 그리고 그의 논리도 모두 옳지. 어쩌면 아내는 유대인과 결혼한 걸 오래전부터 후회하는지도 몰라. 시대가 정말 변했어! 나는 적에게는 사업 대상이, 친구에게는 위험이 되네. 불행이 죄가 되는 시대야. 불행 말고 나에게 남은 게 또 뭐가 있을까?

급행열차 차표. 이것뿐이지.

내가 다른 사람들의 기대와 다르게 행동한 때가 많았는지도 몰라. 다 잊었다고 생각했는데 이제 보니 다들 기억하네! 에른스트 형님을 위해 보증을 설 때, 내가 망설이지 않았던가? 그래도 보증을 섰지. 하지만 그는 결국 보증을 서준 건 잊고, 내가 망설여서 자기가 기다렸던 사실만 기억한다! 사람들이 나를 비난할 소소한 일이 많을 거야. 하지만 그들은 그걸 유대인의 특성과 억지로 연결하지. 나는 평범한 인간으로 살아갈 권리가 없어. 사람들은 나에게 더 많은 걸 요구한다.

분노한 질버만이 입에 물었던 담배를 내던졌다. 내가 해온 일은 오늘날 다른 평가를 받아. 요즘 나는 의심받는 존재, 유대인이니까.

그는 들어와 있던 기차에 올랐다.

영원히 이런 식으로 계속될까? 여행하고, 기다리고, 도주하고? 왜 아무 일도 벌어지지 않지? 왜 나를 붙잡고, 체포하고, 때리지 않을까? 나를 절망의 끝으로 몰고 가 거기서 있게 만드네.

질버만은 창밖으로 빠르게 지나가는 깔끔하고 매혹적인, 자그마한 농가 마을을 바라봤다.

저건 다 무대에 불과해. 현실에는 사냥과 도주뿐이야.

그는 몸을 뒤로 기댔다.

내가 왜 늦게 갔던가? 그는 구슬프게 자신에게 물었다. 난 다시 인간이 될 수 있었는데. 여자 얼굴을, 여자 눈을 떠올렸다. 다시 만나야 해. 그는 베를린에 도착하자마자 주소를 확인하고 찾아야겠다고 마음먹었다.

베를린 역을 나서려는데, 누군가 익숙한 목소리로 말을 걸었다.

"질버만, 아직 살아 있었소?"

질버만이 몸을 돌렸다. 그러고는 그다지 마땅찮게 대꾸했다.

"아, 당신이군요. 함부르거."

둘은 악수했다.

함부르거는 예순 살이었다. 청력이 나쁘고 머리를 언제나 살짝 기울이고 있는데, 그 때문인지 상대방 말에 집중하는 느낌과 동시에 지나치게 열성적이라는 인상도 주었다. 그는 겉보기에도 유대인 같았고, 나치 깃발이 지나가는데 팔을 올려 인사하지 않았다고 거리에서 나치 청년단에게 뺨을 맞은 적도 있었다. 그때 저항하다가 마지막 남은 앞니 두 개를 잃었다. 그 이후로 함부르거는 무척 잘 놀랐고, 비뚤어진 얼굴은 뭐든 수용하는 표정을 짓고 있었다. 그가 질버만의 팔을 움켜잡았다.

"세상에, 이 기쁨은 평생 잊지 않을 거요."

"어떤 기쁨 말입니까?"

질버만이 물었다.

"당신을 만난 기쁨이지요. 당신은 겉보기에 유대인이 아닌 것 같아요. 함께 있으면 안전하겠군요. 자, 이리 오시오. 커피 마시러 갑시다. 그런데 하인츠가 체포됐다오."

"어느 하인츠요?"

"내 아들 말이오."

"아! 금방 풀려나겠지요."

"그럴 리가 있겠소!"

둘은 역을 나섰다. 질버만은 함부르거를 노려보는 어떤 돌격대원의 눈길을 깨닫고 그에게 부탁했다.

"너무 크게 이야기하지 마세요."

하지만 청력이 안 좋은 함부르거는 계속 큰 소리로 물었다.

"뭐라고 하셨소? 당신은 어떻게 지내요? 좋아 보이네요! 다른 사람은 대부분……. 흠, 당신도 다 알겠지요! 그런데 어디 가시려는 거요? 아, 우리 둘이 함께 있는 게 좋겠소."

둘은 카페로 들어섰다. 함부르거는 여러 사람의 시선을 끌었다. 자리에 앉은 뒤 그는 의자를 끌어 질버만 옆에 바짝 붙어 앉으며 최대한 목소리를 낮춰서 말했다.

"이 짓을 하는 데 2천 마르크나 들었다오."

"무슨 짓 말인가요?"

"나는 길에서 잡혔지요. 그래서 이렇게 했어요. 어제는 뒤스부르크와 에센에, 엊그제는 뮌헨에 있었지요. 매형도 체포됐다오. 무슨 세월이 이런지. 내가 이 꼴을 보려고 예순 살이나 먹었는지! 이 꼴을 보려고."

"사업은 어떤가요?"

"사업? 사업? 그런 건 이제 없소! 돈을 찾으러 은행에 가지도 못해요. 사람들이 경찰을 부르면 어떡하겠소? 종업원, 밀크 커피 한 잔 주시오. 신문도 있소? 혹시 〈프랑크푸르터〉도 있는지?"

"없습니다."

종업원이 대답했다. 질버만이 보기에 그는 함부르거를 보고 놀란 듯했다.

"뭘 드시겠습니까?"

종업원이 이번에는 훨씬 더 싹싹한 목소리로 질버만에게 물었다.

"모둠 소시지 주십시오!"

"나도 하나 주시오."

함부르거가 끼어들어 주문하고서 질버만에게 물었다.

"그래, 요즘 뭐 하시오? 성가신 일은 당하지 않소?"

"도망쳤습니다. 지금 여행 중이고……."

"이렇게 합시다. 우리 둘이 함께 여행하는 거요. 당신과 있으니 안전하게 느껴져요. 예순이 되면 행동이 재빠르지 못해요. 세상에, 이럴 수가 있소? 예순 살이나 되어 애한테 맞아 치아를 잃다니! 오래전에 죽어야 했는데 죽을 시간을 놓쳐버렸소. 로자는 현명한 여자였소. 제때 죽었지. 당신도 장례식에 왔었지요. 1934년 가을에 말이오. 기억나시오? 그때 이후로 나는 더러운 일들만 겪었소. 로자는 정말이지 못 볼 꼴을 안 보고 잘 간 거요. 내가 항상 하는 말이지만."

그의 목소리가 또 매우 커졌다.

"내가 노인이라서 무척 다행이오. 요즘 젊은이들은 정말 가련하지요. 나는 적어도……."

"그래요, 그렇지요."

질버만은 짜증이 나서 그의 말을 가로막았다.

"잠깐 실례하겠습니다. 얼른 전화할 데가 있어서요."

그는 자리에서 일어났다.

"당신을 만나서 얼마나 기쁜지!"

함부르거가 다시 소리쳤다.

"적어도 다시 속 시원히 말을 할 수 있으니. 어서 다녀오시오."

질버만은 서둘러 공중전화 부스로 향했다. 함부르거와 만난 게 점점 더 불쾌했다. 사람들 시선을 온통 모으는 바람에 나까지 눈에 띄잖아. 게다가 지루하고 피곤한 수다까지. 그러지 않아도 우울한데 저런 소리까지 듣고 싶지는 않아.

그는 전화번호부를 펼치고 알파벳 'A' 아래 이름들을 살피다가 소리 내어 읽었다.

"헤르만 앙겔호프 박사, 변호사이자 공증인."

이 사람이 남편이군. 여자 주소를 알아내려고 이 사람에게 전화를 걸 수는 없어. 주소록이 있는지 주방에 물어봤지만 없다고 했다. 함부르거 때문에 계속 알아볼 수 없어서 화가 났다.

함부르거는 그가 다시 눈에 들어오자 사람이 많은데도 목소리를 높였다.

"질버만, 혹시 신문이 어디 있는지 알아봐주시오!"

질버만은 그의 고함에 반응하지 않았다. 그저 입을 꾹 다물고 자리로 돌아와 앉았다.

함부르거는 손에서 빵을 내려놓고, 평소보다 고개를 더 심하게 기울이며 물었다.

"무슨 일이오? 뭔가 안 좋은 일이라도 생겼소?"

그러다가 손바닥으로 자기 이마를 탁 치고서 큰 소리로 떠들었다.

"당신 이름을 부르면 안 되는데 불렀네요. 나는 여전히 예전과 똑같다고 생각한다오. 그러니까, 지금 상황을 잊는다는 말이지요. 노인이니 어쩔 수 있겠소. 그건 그렇고, 거위 소시지가 아주 맛있네요. 이 사람들이 요리를 잘하네. 그건 확실하오."

질버만은 입맛이 전혀 없었지만, 그냥 먹었다.

나는 그 여자와 함께하려 했는데, 이 남자와 함께 있구나! 함부르거가 쑥 들어간 턱으로 오물거리며 쩝쩝댔다. 구역질이 날 정도였다.

함부르거가 환한 목소리로 말했다.

"이 거위 소시지가 근심을 많이 잊게 해주네요!"

몇 분 후 그는 질버만 어깨를 두드리며 기분 좋은 표정으로 말했다.

"우리, 함께하는 거요."

"당신이 나를 웃음거리로 만듭니다."

질버만이 불쾌하고 짜증스럽게 내뱉었다.

함부르거가 그를 빤히 바라봤다. 식사할 때 보였던 기쁜 표정이 사라지고 눈은 둥그레졌으며, 뭔가 말하려는 듯이 입을 벌렸다가 다물었다. 머리가 오른쪽 어깨에 거의 닿을 정도로 기울어졌다. 그러더니 아무 말 없이 일어나, 옆 의자에 놓인 모자를 쓰고 외투를 입었다.

"함부르거, 그런 뜻이 아니었어요."

질버만이 말했다.

"그냥 저절로 나온 말입니다. 물론 당신과 함께 있고 싶어요. 농담한 겁니다. 마음 상하게 할 생각은 추호도 없었어요. 정말입니다. 함부르거, 이상한 행동은 하지 마시고 여기 계세요. 나와 있으면 좀 더 안전할 겁니다. 그러니 이제……."

함부르거는 인상을 찌푸리며 미소를 지었다.

"당신이 옳소. 물론 나는 당신을 웃음거리로 만들지요. 인간은 언제나 자신만 생각한다오. 잘 가시오."

질버만은 그가 악수하느라 내민 손을 꽉 잡고 애원했다.

"그냥 계세요. 내가 신경과민이었어요. 오늘 나도 그 말을 들었답니다. 불과 몇 시간 전에 말이지요. 이제 나는 그와 내가 아무 차이도 없다는 걸 깨달았습니다. 제발 앉으세요. 그냥 계십시오."

함부르거는 고개를 젓고서 아주 차분하게 말했다.

"아니, 아니오."

그러고는 모자를 톡톡 두드리며 말했다.

"자, 그럼 안녕히……."

질버만은 그의 뒷모습을 바라봤다.

난 이제 불평하면 안 돼. 방금 나는 베커와 핀들러, 홀베르크와 다를 바 없이 행동했어. 이제 나는 도덕적으로 분노할 자격조차 없어. 그럴 권리를 경솔한 짓으로 잃어버렸지. 어서 달려가 저 노인을 잡아야 하는데. 함께 있어야 할 텐데. 사악한 내 말이 어쩌면 그에게 남은 마지막 용기를 빼앗았는지도 몰라. 나 자신도 예민하면서 또 이렇게 잔인하구나. 이렇게 앉아서 그가 가는 걸 지켜보면서, 그를 떼어낸 걸 기뻐하고 있다니.

질버만은 심란한 눈길로 카페를 둘러봤다. 나와 당신들이 다른 게 뭔가. 우리는 정말 무서울 만큼 닮지 않았나.

그는 음식을 마저 먹고 계산한 후에 카페를 나섰다.

도깨비불. 그 여자를 생각하려고 애썼다. 그 여자 눈은 정말……. 하지만 이제 관심이 없었다. 늙은 함부르거의 힘겨운 발걸음과 즐겁게 음식을 먹던 모습만 눈앞에 떠올랐다. "내가 이 꼴을 보려고 예순 살이나 먹었는지!"라는 말도 들리는 듯했다.

질버만은 역 앞에 다시 섰다.

참, 주소록에서 이름을 찾으려 했지. 그런 생각을 했지만 이미 매표창구였다. 그의 앞뒤에 사람들이 서 있었다. 어디로 가야 하지? 그는 잠깐 생각했다.

"뮌헨 행 이등칸 주십시오."

질버만은 손에 차표를 쥐고 창구를 떠나며 미소 지었다.

어쨌든 나는 독일을 더 잘 알게 되는 거야.

9

질버만은 기차에서 이리저리 오가다가, 군인 두 명이 하모니카를 부는 어느 삼등칸 객실 앞에 멈춰 섰다.

이 기차는 14시 30분에 드레스덴에 도착하지. 서두르면 라이프치히로 가는 기차를 탈 수 있어. 하지만 서두를 필요 없잖아. 라이프치히에서 뭘 하겠어? 베를린으로, 함부르크로 돌아가자. 함부르크에서……. 그런데 이렇게 골머리 앓을 필요 없지. 중간에 기차를 갈아탈 수도 있어. 자주 환승할수록 더 안전해. 지역 자유 이용권을 살 걸 그랬네. 나는 거의 국영 철도의 일부가 되었군.

도르트문트에서 아헨으로 오던 기차에서 만난 뚱뚱한 남자와 닮은 어떤 남자를 세 번 마주쳤는데, 그가 또 다가왔다. 질버만은 군인들이 탄 객실 문을 열고 자리에 앉아 활기차게 말했다.

"무척 즐겁지요. 안 그래요?"

군인 둘은 당황한 표정으로 웃으며 연주를 멈췄다. 질버만의 눈에 수상쩍은 남자 등이 들어왔다. 질버만은 객실 창 앞에 서서 서둘러 말을 이었다.

"그래요. 군 복무 기간은 뭔가 멋진 데가 있어요."

그는 다시 수상한 등 쪽으로 눈길을 돌렸다.

"두 분은 내가 군인일 때 막 태어났을 거요. 그때 나는 정신없이 바빴지요. 베르됭 전투에 참전했어요. 두 분은 상상도 못 할 테지만. 당시 집중포화는…… 아, 정말 대단했답니다!"

질버만은 웃음을 터뜨렸다.

군인들은 당황한 기색으로 그를 바라봤다. 그를 어떻게 해야 할지, 어떤 대답을 해야 할지 모르는 표정이었다.

질버만은 수상쩍은 등에서 눈을 떼지 않다가 화를 내며 말했다.

"둘은 그때 신생아였는데, 지금은 중요한 세대가 되었군. 내가 당신들에게 할 말이 있지."

그는 종잡을 수 없는 말을 이어갔다.

"두 사람도 어쩌면 전쟁을 겪을지도 몰라요……. 그럴 권리가 있지. 지금을 즐기시오. 나중에는 늦으니까. 하하하……. 우리 중대에 친한 전우 네 명이 있었다오……. 두 명은 전사했고 두 명은 아직 살아 있지……. 베커와 나요……. 그건 대단한 경험이었소……. 전쟁은 굉장한 경험이지……. 난 그걸 빼앗기지 않을 거요……. 그래요, 경험이지……. 죽지 않는다면 말이오. 두 분도 알게 될 거요……. 알게 될 테지……. 그 경험이 두 사람을 사나이로 만들어줄 거요……. 아니면 시체로. 그래요, 경험……. 나는 캉브레 탱크 전투에도 참전했다오. 그런 탱크는 튼튼하지요……. 예를 들면 복도에 붙은 거울보다 튼튼해요……. 두 사람도 다 알게 될 거요! 나도 같이…… 그저 어떤가 보려고 나도 함께하고 싶지만 보시다시피…… 하하…… 상대방 배에 총검을 꽂기란 결코 간단하지가 않아요……. 그쪽도 총검을 가지고 있다면 말이지. 총알에는 두 종류가 있어요……. 쏘는 총알, 그리고 되받는 총알……. 그래요, 이미 말했다시피…… 두 사람도 아마…… 되받는 걸…… 경험하게 될 거요……. 나는 아니지만. 이봐요, 하모니카 안 부시오? 어서 불어요……. 우리 중대는 언제나 곡을 연주했지. 언제나! 베커도 하모니카를 가지고 있었어요……. 그놈은 전쟁 중이라는 걸 잊게 할 정도로 연주를 잘했지……. 자, 불어요. 어서!"

기차 속도가 느려졌다. 수상한 등이 창가에서 사라졌다.

"이제 기차를 갈아타야겠소."

질버만이 말했다.

"두 사람에게 해줄 말이 많은데…… 유감스럽군……. 나는 러시아에도…… 갔소. 참호 열네 개와 지하 방공호를 지나 전진하고…… 두 번 중상을 입고……. 그래요, 그런데 이제 환승해야 해요……. 무척 자주 갈아타야 한다오……. 하하."

그는 객실에서 뛰쳐나와 통로를 달려, 기차가 미처 서기도 전에 뛰어내렸다. 서류 가방을 몸에 꽉 붙인 채 플랫폼을 넘어 달렸다.

"라이프치히 행 기차는요?"

달리면서 짐꾼에게 묻자 방향을 알려줬다.

괜찮은 놈들이야. 질버만은 군인 두 명을 떠올렸다. 그런데 내가 무슨 말을 했더라? 뭐, 중요하지 않아. 어차피 한마디도 알아듣지 못했을 거야. 이제 라이프치히로 가야지. 베를린으로 돌아갈 수도 있어. 아무래도 상관없잖아. 반드시 라이프치히로 갈 의무는 없어! 작센 주가 마음에 든 적은 사실 한 번도 없었다고.

그는 다른 짐꾼을 붙잡고 물었다.

"베를린 행 기차는요?"

"이십 분 뒤에 떠납니다."

질버만은 지나치게 열성적으로 인사하고서 계단을 달

려 내려가, 서둘러 매표창구로 가서 베를린 행 차표를 샀다. 그런 뒤 바람을 좀 쐬려고 역에서 나왔다. 드레스덴, 난 여기 무척 자주 왔어. 이곳에 졸름 회사 본점이 있지? 좋은 고객이었지. 잠깐 들러서 인사나 할까. 아니, 그러지 않는 게 좋겠다. 게다가 지급도 좋지 않았어. 어음, 언제나 어음이었지! 판터&존 회사 어음을 생각하면 어지럼증이 날 정도야. 1만 6천 마르크를 단숨에 잃었지. 그 사람들이 도대체 무슨 생각을 한 걸까? 탄탄하고 오래된 회사였는데 갑자기…….

질버만은 역으로 돌아와, 습관처럼 매표창구로 다가갔다. 그러다가 차표를 이미 샀다는 데 생각이 미쳤다. 주머니에서 쓰레기와 지폐를 같이 끄집어냈다. 사실 국영 철도에서 자기에게 할인을 해줘야 한다고 생각했다. 갑자기 어지러웠다. 대합실이 빙빙 돌았다. 들어오고 나가는 기차들이 보이고, 경적 소리와 날카로운 소리와 덜컹거리는 바퀴 소리와 멀고 가까운 곳에서 이야기하는 소리가 크고 작게 들렸다…….

그가 쓰러졌다.

어떤 여자가 비명을 질렀다. 역무원들이 달려오고, 구경꾼들도 그를 보려고 밀치락달치락했다. 한 남자가 질버만에게 몸을 숙이고 외투와 재킷, 조끼와 셔츠 단추를 풀고 귀를 그의 가슴에 가져다 댔다.

"심장이 뛰어요. 일시적인 어지럼증입니다."

남자가 차분하게 말했다.

구급대원들이 와서 질버만을 일으켜 구급차로 옮겼다.

질버만이 정신을 차리고 보니 병실이었다. 놀라서 몸을 일으키고 주위를 둘러보며, 묵직한 통증에 이마를 쓸어봤다. 지금 여기가 어딜까 생각했다.

나는 여행 중이었지. 마지막에 뮌헨에 있었어……. 아니다, 베를린으로 돌아갔지……. 그러고는 드레스덴에 갔고…… 그다음에는…… 아니, 아직 드레스덴인 것 같다.

그는 이 추측에 안심이라도 된 듯 베개에 다시 머리를 기댔다. 두통 빼고는 괜찮아. 만족스럽군. 그러다가 소스라치게 놀라 고함을 질렀다.

"서류 가방이 어디 있지?"

침대 옆에 초인종이 달려 있었다. 두세 번 누르자 중년 간호원이 들어왔다.

"간호원, 내 서류 가방 어디 있습니까?"

질버만이 대뜸 물으며 몸을 일으켰다.

"진정하세요."

간호원이 그에게 양손을 뻗으며 안심시켰다.

"서류 가방 어디 있냐고요!"

"분명 잘 보관하고 있을 거예요."

"이보세요, 그 서류 가방에는 약 3만 5천 마르크가 들어 있습니다!"

"그럴 리가!"

간호원은 깜짝 놀랐다.

"그렇다니까요!"

질버만은 흥분해서 고함을 질렀다.

"3만 5천 마르크요! 내가 그렇게 쉽게 뺏길 거라고는 생각도 하지 마십시오!"

"너무 시끄럽게 굴지 마세요!"

"당장 감독과 면담해야겠어요!"

"감독이라뇨? 의사 선생님 말인가요?"

"누구든 상관없습니다. 서류 가방을 돌려주십시오! 게다가 나는 건강하고……."

그가 다리를 침대에서 내렸다.

"여기 머물지 않을 겁니다!"

간호원은 양손을 깍지 끼고서 비난의 의미를 가득 담아 말했다.

"여보세요, 여보세요."

"서류 가방 달라고요!"

질버만이 재차 날카롭게 요구했다.

"가방이 있다면 드릴 거예요."

"내 양복도요. 가고 싶다니까! 그 전에 뭔가 먹을 것 좀 주시지요. 먹는 걸 깜박 잊어버린 것뿐입니다. 돈도 낼 수 있어요!"

"침대에 다시 누우세요."

간호원이 엄하게 명령하자 질버만은 그 말을 따랐다.

"당장 의사와 이야기하고 싶습니다. 나는 정말 건강해요. 시간도 없고요. 회의가 있어요. 아주 중요한 회의! 그러니 당장 내보내주십시오!"

"당신은 지금 병원에 있어요. 여긴 호텔이 아니에요! 그리고 고함지르지 마세요. 다른 환자들을 배려해야지요."

"나를 배려하는 사람은 아무도 없는데."

질버만은 훨씬 누그러진 목소리로 대답했다.

"서류 가방을 가지고 계셨다면 돌려드릴 거예요. 마치 강도 소굴에 빠진 것처럼 행동하시네요. 이곳에 당신을 붙잡아둘 사람은 없어요."

"먹을 것을 좀 주십시오."

질버만은 다시 부탁하고, 아주 차분하게 덧붙였다.

"레드와인 한 병도요. 나는 병이 나면 언제나 레드와인으로 치료합니다."

"하지만 하루나 이틀 정도는 여기 있어야 해요."

"있어야 한다고요?"

간호원 말에 그는 다시 흥분했다.

"있어야 한다니? 나에게 강요할 수 있습니까? 내가 그 정도로 힘이 없는 건 아닐걸요! 어쨌든 서류 가방을 최대한 빨리 돌려주십시오!"

간호원이 양손으로 옆구리를 짚고는 화가 잔뜩 나서 말했다.

"이것 보세요. 사람들이 당신 목숨을 구했어요. 그게 아니라도 도와주기는 했고요. 재산을 훔치려는 게 아니라 도와주려고 여기로 데려온 건데, 당신은 마치……."

질버만은 침대에서 벌떡 일어나 고함을 치며 간호원을 노려봤다.

"도움을 바라는 게 아닙니다! 전혀 아니에요! 가고 싶을 뿐입니다! 그거, 안 받아도 됩니다. 도움이라는 거!"

질버만은 도움이라는 단어가 사악한 모욕이라도 되는 것처럼 집어 던지듯 간호원에게 소리쳤다.

간호원이 병실을 나가자 그는 침대에 누웠다.

차분해지자. 질버만은 자신을 타일렀다. 차분해져야 해! 맥박을 짚어봤다. 열도 없어. 뭔가 먹어야 했는데. 너무 적게, 너무 불규칙하게 먹었어. 게다가 지난 며칠 계속 흥분 상태였으니.

이불을 턱까지 끌어 올렸다.

사실 여긴 누워 있기 무척 좋군. 그냥 며칠 머무는 게 좋겠어. 그는 병실을 살펴봤다. 조촐하고 깔끔하네. 정말 여기 있어야겠다. 아니, 아니야. 여긴 감옥이라고! 감옥 전 단계야! 감옥에서 매질하려고 여기서 일단 치료하는 거다.

간호원이 커다란 서류와 연필을 들고 돌아왔다. 질버만은 그녀를 의심 가득한 눈으로 노려봤다.

"서류 가방과 돈은 당연히 그대로 있어요. 여기 당신 소지품 목록입니다. 빠진 게 있다면 바로 말씀해주세요."

중요한 재물은 다시 찾았기 때문에 질버만은 목록을 받아 들고 별 관심 없이 훑어봤다.

"의사 선생님이 퇴원해도 좋다고 했어요."

간호원이 덧붙인 말에 그는 마음이 가벼워졌다.

"반가운 소리군요. 고맙습니다."

간호원은 병실을 나가려다가 문간에서 몸을 돌리고 물었다.

"유대인이신가요?"

질버만은 소스라치게 놀라며 되물었다.

"그래서 뭐요?"

"아, 아니에요. 안심하세요. 당신에게 뭔가 나쁜 짓을 할 사람은 여기 아무도 없으니까요. 원한다면 이곳에 며칠 더 계셔도 돼요. 그런데…….”

“떠날 겁니다.”

질버만이 얼른 대답했다.

“물론 아주 좋은 의도에서 그렇게 말씀하시겠지만 나는 갈 겁니다. 지금 아주 건강해요. 그저 잠깐 어지러웠어요. 그런 건 금방 지나가지요.”

간호원은 이미 병실을 나가고 없었다.

이제 무슨 일이 벌어질까? 정말 내가 가게 내버려둘 건가? 돈을 돌려줄까? 아니면……. 다른 가능성도 많아. 돈이 있는 유대인을 그냥 가게 두지는 않을 거야. 그는 침대에서 일어나 맨발로 문 쪽으로 가서 문을 열고 복도를 내다봤다. 나는 덫에 걸린 거야. 잡혔어! 그들이 내 돈까지 가지고 있다! 모두 한 가지 체제 안에 있어. 이 병원도 마찬가지야! 전체주의 국가가 나를 공격하고 있어. 나를!

질버만은 모퉁이를 돌아오는 간병인이 눈에 들어오자 급하게 문을 떠나 침대로 돌아왔다.

어쩌면 여기서 편안하게 머물 수 있을지도 몰라. 하지만 무슨 일이 일어날지 모르는데 과연 편안할까? 여기서 지체할수록 위험이 커져! 돈이 유혹하니까…….

그는 협탁에 놓인 주전자에서 물을 한 컵 따라 들이켰다. 배가 고프군. 왜 먹을 것을 가져다주지 않을까? 도대체 나를 어쩌려는 거지?

다른 간병인이 병실로 들어와, 질버만의 옷을 의자에 걸쳐놓았다.

왜 서류 가방은 안 가지고 왔을까? 질버만은 곰곰이 생각했다. 주머니를 만져보니 비어 있었다.

"내 여권은? 돈은 어디 있습니까?"

그는 음식 쟁반을 들고 함께 들어온 간호원에게 물었다.

"나중에 드릴 거예요."

간호원이 안심시켰지만, 질버만은 미심쩍어하며 계속 물었다.

"여긴 국립병원인가요?"

"아니에요. 시립이에요."

"역시, 그럼 그렇지!"

그는 음식을 먹기 시작했다. 식사하다 말고 갑자기 멈췄다. 불안한 마음이 들었다. 내가 사람들더러 돈을 훔치라고 부추기고 있어. 게다가 스스로 수상쩍은 짓도 하고. 이 사람들이 나를 어떻게 생각할까? 그는 남은 음식을 꾸역꾸역 급하게 밀어 넣었다. 다시는 이러면 안 돼. 적진에서 기절하다니.

질버만은 삼십 분 후에 병원을 나섰다. 소지품은 모두 돌려받았다. 그는 감동할 만큼 놀라서, 간호원에게 100마르크를 건넸다. 거절하자 질버만이 정말 모욕을 당한 듯이 굴었으므로 간호원은 어쩔 수 없이 받았다.

여전히 힘이 없고 혼미했으므로, 그는 몇 걸음 가지 않아서 퇴원한 것을 후회했다. 먼저 우체국에 가서 가격표기우편물로 아내와 여동생에게 2천 마르크씩 부쳤다. 그러자 의무를 행했다는 느낌이 들었을 뿐 아니라, 서류 가방의 위험과 책임에서 다소 벗어났다는 마음에 기분이 상쾌해졌다.

베를린으로 곧장 돌아갈지 드레스덴에 좀 더 머물지 고민하다가 후자를 택했다. 아무 계획 없이 시내를 산책한 후, 톱니 궤도로 산을 오르는 아프트식 철도를 타고 바이센히르슈로 올라가면서 우르줄라 앙겔호프의 조언을 생각했다. "내가 당신이라면, 매일 마지막 날이라는 듯 즐기며 살 거예요!" 이렇듯 낯선 아이디어를 실행에 옮길 수 있을지 자신의 능력에 심하게 의심이 들긴 했다. 하지만 자신에게 불리한 바람이 불어오는 장소들을 좀 더 알면 마음을 짓누르는 이 여행의 무의미함을 어느 정도는 덜 수 있지 않을까 생각했다.

나는 드레스덴에 열두어 번이나 왔지만 바이센히르슈에 가본 적은 없어. 그곳에서 보는 풍경이 무척 아름답다고 하던데.

올라가면서 질버만은 아내와 기차에서 만난 여자를 번갈아 생각했다. 그 여자를 꼭 다시 만나야겠어. 이렇게 생각하자 그녀가 무척 그리웠다. 그 여자의 관심과 무관심, 바보 같은 조언과 가벼운 방식 모두가. 한숨만 쉬고 있는 사람은 절대 아니야. 다행이지. 그는 불현듯 한 가지 계획을 세웠다. 어떻게 해서든 그 여자를 찾아내겠다는 의도를 품었다.

바이센히르슈에 도착한 질버만은 평범한 관광객처럼 행동하려고 애썼다. 이미 어스름한 어둠에 잠기고 불빛만 산발적으로 보이는 드레스덴을 내려다보며, 자기 눈 아래 펼쳐진 광경을 즐기려고 노력했다.

엘프리데랑 함께 못 봐서 유감스럽군. 아름다운 경치를 무척 좋아하는데. 아프트식 철도를 잠깐 타는 것도 아주 즐거워했을 거야. 그는 한숨을 내쉬었다. 나에게 의미 있는 사람은 아내뿐이야.

질버만은 레스토랑에 들어가 자리에 앉아서, 그림엽서를 달라고 했다.

"모젤 와인 한 병 주십시오."

그림엽서만 달라는 게 아닌지 걱정하는 듯한 종업원을 안심시키며 와인도 주문했다.

나는 여전히 살아 있어. 질버만은 이렇게 생각하며 미

소를 지으려 했다.

주머니에서 만년필을 꺼내, 아내에게 무슨 말을 쓸까 생각했다. 지금 바이센히르슈에 앉아 있다고, 모젤 한 병을 앞에 놓고서 안락한 분위기에 있다고 믿으려 안간힘을 쓰는 중이라 해야 하나? 오빠가 엽서를 본다면 이렇게 말하겠지. '그거 봐라. 네 남편은 잘 지내!' 그러면 아내는 아마 안심할 거야.

하지만 나는 아무도 안심시키고 싶지 않아!

그는 울화통을 터뜨리고 그림엽서를 찢으면서 중얼거렸다.

"안 되겠다. 소풍 온 사람처럼 굴 수는 없어."

종업원을 불러 계산하고 레스토랑을 나왔다.

아프트식 철도를 타고 드레스덴으로 돌아왔다. 시내에 도착하자 서둘러 전차를 타고, 베를린 행 기차를 탈 수 있기를 바라며 드레스덴 노이슈타트 역으로 갔다.

객실이 여전히 가장 편하군. 질버만은 출발하기 일 분 전에 기차에 오르며 생각했다. 이번에도 이등칸을 탔다. 객실에는 그 말고도 남자 두 명과 중년 부인 한 명이 타고 있었다. 질버만은 앉자마자 매점에서 산 소설을 읽기 시작했다. 삼십 분이 지나자 피곤해져서 머리를 뒤로 기댄 채 눈을 감았고, 금방 잠이 들었다가 베를린에 도착해서야 꼈다.

남자 두 명은 이미 객실에서 나가고 없었고, 중년 부인만 그를 깨우느라 조심스럽게 팔을 건드렸다.

"고맙습니다."

그는 반쯤 잠에 취해 인사를 하고 힘겹게 몸을 일으켰다. 중년 부인이 객실을 떠나자 그는 번잡하게 외투를 입고 모자를 쓰고서 그녀를 따라나섰다가, 뭔가 없다는 느낌을 불현듯 받았다. 한동안 애쓰다가 서류 가방을 생각해 냈다. 급하게 자리로 돌아가봤지만, 가방은 없었다. 좌석으로 기어 올라가 화물 선반도 살펴봤지만, 그곳에는 신문뿐이었다. 질버만은 서둘러 객실을 뛰어나갔다.

드레스덴에서 두고 내렸나? 기억해 내려고 애썼다. 아니, 역에서 산 소설책이 가방에 들어 있었지. 그러니 기차에서 도둑맞은 거야! 그는 역 출구로 달려가면서 이런 결론을 내렸다.

혹시 그 중년 부인이?

아니, 그랬다면 나를 깨우지 않았겠지. 그리고 부인이 든 건 핸드백과 작은 여행 가방뿐이었어.

그러니까 남자 두 명이군!

그 사람들이 어떻게 생겼더라? 한 명은 콧수염이 있었어. 금색 콧수염. 그런 콧수염이 난 사람은 흔치 않아.

질버만은 역무원을 잡고 소리쳤다.

"도둑맞았습니다. 금발 남자가 내 서류 가방을 훔쳤어요. 내 돈을!"

"그건 철도경찰에 신고하셔야 해요."

역무원은 이렇게 대꾸하고는 그냥 제 갈 길을 갔다.

그 두 남자 외모를 기억했어야 하는데! 질버만은 절망에 빠졌다. 어떻게 생겼는지 전혀 기억이 안 나네. 그 빌어먹게 평범한 얼굴들이.

그는 다급하게 차단기를 통과하여 그 뒤에 멈춰 섰다.

도둑들이 어쩌면 여길 지나갈지도 몰라. 그러니 여기서 기다려야겠다. 그러다가 그들이 자기보다 훨씬 빨리 움직였을 거라는 생각이 번뜩 들었다. 그래서 역 대합실로 달려 내려가 출구 앞에 서 있기로 마음먹었다. 하지만 역에 출구가 많아서 어느 출구를 지켜야 할지 알 수 없었다. 여행객 대부분은 사라졌고, 행동이 굼뜬 몇 명만 지나갔다. 질버만은 낙담하여 벤치에 주저앉았다.

아무 소용 없어. 도둑은 도둑맞은 사람이 잠에서 깨 자기를 쫓아올 때까지 기다리지 않아. 이미 사라졌어.

경찰관 한 명이 그의 옆을 천천히 지나갔다. 질버만은 벌떡 일어나 그의 뒤를 따라갔다.

"도둑맞았습니다."

그가 떨리는 목소리로 설명을 이었다.

"드레스덴에서 이곳으로 오는 기차에서 약 3만 1천 마르크를 도둑맞았어요. 서류 가방, 가죽 서류 가방입니다."

경찰관은 깜짝 놀라 멈춰 서서 미심쩍은 눈길로 질버만을 바라봤지만, 곧 믿기로 한 모양이었다.

"혹시 그 가방을, 그러니까 가방에 돈이 들어 있었지요? 가방을 누군가 기관사에게 가져다준 건 아닌지 물어봤습니까? 나는 그런 업무는 하지 않습니다. 철도경찰에 문의하셔야 해요. 저기 간판 보이나요? 당장 그곳으로 가서 도난신고를 하세요. 분실물 보관소에도 문의하셔야 합니다."

"철도경찰?"

질버만이 기죽은 목소리로 물었다.

"그럼요! 철도경찰이 하는 일이 바로 그런 겁니다. 시간 끌지 말고 어서 서두르십시오."

둘은 나란히 걸어가 파출소 건너편에 멈춰 섰다.

"예, 그래요."

질버만이 느릿하게 입을 뗐다.

"당연히 철도경찰에 문의해야지요. 고맙습니다."

"얼른 들어가세요."

경찰관이 그를 재촉하며 파출소를 가리켰다.

"서론만 늘어놓지 말고 바로 신고하시라고요."

"글쎄요, 잘 모르겠어요."

질버만이 부자연스러운 목소리로 망설이며 대답했다.

"뭘 모른다는 겁니까? 서류 가방이 있었나요, 없었나요?"

경찰관이 미심쩍다는 표정으로 물었다.

"당연히 있었지요. 3만 마르크가 들었어요! 하지만 혹시 가방을 발견했는지 플랫폼에 가서 다시 한번 물어보는 게 낫겠어요."

"물어봐야 소용없습니다. 힘들게 3만 마르크를 훔쳐놓고 누가 도로 내놓겠어요."

"아니, 누군가 발견했는지도 모르니까요."

경찰관은 언짢은 표정으로 그를 노려봤다.

"도둑맞았다고 하지 않았습니까! 그런데 누가 어떻게 발견한다는 건가요?"

상황이 안 좋아졌다. 질버만은 가방을 잃어버려서 불안한 만큼이나 철도경찰도 두려웠다.

내가 신고하면 돈만 잃는 게 아니라 자유도 잃겠지. 하지만 신고하지 않는다면 돈과 가방을 다시 찾을 가능성은 없어. 이러나저러나 끝장이야. 그 가방은 마지막 남은 재산이었는데. 그러다 누군가 가방을 발견해서 분실물로 냈을지도 모른다는 비현실적인 희망이 다시 생겼다.

"다시 물어봐야겠어요."

질버만은 이렇게 말하고는 놀란 눈으로 고개를 저으며 바라보는 경찰관을 남겨두고 플랫폼으로 향했다.

차단기까지 와서야 차표 끊는 걸 잊었다는 생각이 났지만, 다행스럽게도 기차는 아직 역 안쪽에 서 있었다. 그는 서둘러 발권기로 가서 차표를 뽑고 플랫폼으로 달려가, 숨을 헉헉거리며 기관사에게 물었다.

"혹시 서류 가방 들어온 거 없나요? 3만 마르크 넘게 든 가방입니다!"

"3만 마르크라. 아이고, 세상에!"

기관사가 깜짝 놀랐다.

"들어왔어요?"

"나한테 들어온 건 없는데요. 분실물 보관소에 신고하셔야 해요. 하지만 별 도움이 안 될 것 같군요. 3만 마르크는 정직한 사람도 쉽사리 소매치기로 만들 수 있는 액수지요. 어느 칸에 계셨나요?"

"이등칸이었어요."

그는 아까 객실을 뒤지면서 아마도 가방을 못 보고 지나쳤을 거라는 희망이 솟구쳤다. 둘이 함께 기차에 올랐는데, 질버만은 어느 객실에 탔었는지 정확하게 기억하지 못했다. 그래서 두 사람은 이등칸 흡연 객실을 모두 뒤졌지만 아무 성과도 없었다.

"콧수염이 금색이었어요."

같은 칸에 탔던 사람의 인상착의를 묻는 말에 질버만이 대답했다.

"처음부터 좀 수상쩍게 보이긴 했습니다. 하지만 이거야 나중에 든 착각일 수도 있지요. 이미 말했듯이 남자 두 명이었고, 그중 한 사람은 콧수염이 금색이었어요."

"중년 부인은요? 그 부인에게는 안 물어봤습니까?"

기관사가 묻자 질버만이 우울하게 대답했다.

"아, 그 생각을 못 했네요. 물어봤더라면 두 도둑의 인상착의를 자세하게 알아낼 수도 있었을 텐데."

"당연하지요. 그 부인에게 물어보셨어야죠."

"인상착의는 말할 수 있습니다. 잿빛 옷을 입었고……."

기관사가 시계를 본 후 제안했다.

"철도경찰과 분실물 보관소에 가보세요. 내가 할 수 있는 일은 모두 했어요. 더는 도와드릴 수 없군요. 원하신다면 파출소를 금방 찾을 수 있게 다른 역무원을 소개해드리지요."

기관사가 창밖으로 몸을 내밀고 주위를 두리번거렸다.

"아니, 괜찮습니다."

질버만은 다급하게 감사 인사를 했다.

"그냥 두세요. 무척 친절하시군요. 하지만 가는 길은 이미 알아요. 고맙습니다."

그는 객실을 나와 힘없이 양손으로 난간을 잡으며 기차에서 내려와 느릿느릿한 걸음으로 다시 차단기 쪽으로 향했다.

나는 그저 수명이 약간 줄었을 뿐이야. 질버만은 자신을 달랬다. 그냥 그것뿐이라고. 돈도 중요한 도움이 되지는 못해. 이미 아는 사실이잖아.

하지만 이런 생각은 위로가 되지 않았다. 자신에게 불리한 뭔가 결정적인 일이 벌어졌음을, 돈을 잃으면서 저항 가능성과 유일한 거점이 사라졌음을 그는 잘 알았다. 미래의 삶을 결정할 이 타격에 직면하자 지금 눈앞에 닥친 위험은 거의 아무것도 아닌 듯했다.

다시는 회복할 수 없는 일이 이제야 벌어진 거야. 무관심한 척하려고 해봐야 결국 소용없었다. 질버만은 돌계단을 내려갔다. 이제 나에게 남은 시간은 없어. 돈을 잃으면서 시간 계좌도 잃은 거야.

질버만은 '철도경찰'이라는 간판 앞에 섰다.

손잡이를 내리고 문을 연 다음, 안쪽을 들여다봤다.

"하일 히틀러." 무뚝뚝한 목소리가 들려왔다.

"금방 다시 오겠습니다." 질버만은 몸을 돌려 아까 앉았던 벤치로 천천히 걸어갔다.

신고한다고? 그는 고민에 빠졌다. 도둑을 신고해? 누구에게 신고한다는 거지? 질버만은 씁쓸하고 우울하게 웃었다. 도둑맞은 피해자를 체포하고 재판에 넘기겠지! 도둑이 아니라!

몸을 뒤로 젖히자 벤치 등받이가 나지막하게 삐걱거렸다. 손가락을 넓게 벌리고 벤치에 손바닥을 올려놓았다. 이제 끝났다. 완전히 끝장났어! 그러다 벌떡 일어나, 파출소 쪽으로 몇 걸음 다가가며 중얼거렸다. "신고해야지. 강도에게 도둑을 신고해야겠어!"

파출소 문이 열리더니 어떤 경찰관이 나왔다. 질버만을 본 그가 물었다.

"무슨 일입니까?"

질버만은 아무 대답도 하지 않고 몸을 돌렸다.

곰곰이 잘 생각해야 해. 서두르지 말고. 그는 다시 벤치로 가서 앉았다. 경찰관은 그를 잠시 노려보다가 지나갔다. 질버만은 그의 뒷모습을 바라봤다.

"내 서류 가방. 서류 가방을 찾고 싶다고! 말도 안 되잖아! 한 시간 전만 해도 가지고 있었는데!"

그가 중얼거리며 고개를 푹 숙였다.

말도 안 돼. 이건 그냥 상상일 거야. 일주일 전까지만 해도 나는 베커 고철 주식회사 주인이었어……. 몇 시간 전까지는 3만 마르크를 가지고 있었고……. 어려움이 많았지만, 가능성도 아주 많은 사람이었다고. 주머니에 3만 마르크가 있으면 아직 생활력 있는 사람이지. 수많은 가능성이 있었어……. 이용하기만 하면 되는 가능성이! 여행, 싸움, 걱정, 자신을 괴롭히던 일, 고민……. 이 모든 것이 헛수고였군. 인생 전체가 무의미해. 내가 이룬 모든 것이……. 사업가 오토 질버만으로 베를린을 돌아다녔는데……. 가족과…… 친구도 있었고…… 삶을 살았어……. 무척 멋지게 살았지……. 뿌리를 내렸잖아……. 아니, 뿌리내리진 못했어. 그건 그저 착각이었다……. 이게 진짜 삶이야. 현실이라고……. 이 벤치……. 빈 주머니……. 들어갈 용기가 나지 않는 파출소……. 이제 진짜 질버만의 삶이야. 나는 벤치에 앉아 있어. 아무것도 소유하지 못한 채. 이제 역이 문을 닫으면 이 벤치에서도 쫓겨나겠지.

그는 벤치 널빤지를 쓰다듬었다.

내가 이룬 게 이거로구나. 여기 오려고 국경을 몰래 넘었고, 경찰관 두 명에게 숨을 좀 쉬게 해달라고 구걸했어. 한 번 더 시도했더라면! 그는 망연자실하여 한숨을 내쉬었다.

그러다가 벌떡 일어나서 으르렁거렸다.

"내 돈을 찾아야겠어. 3만 마르크를!"

질버만은 다시 파출소로 다가가며 말할 수 없는 분노에 휩싸여 생각했다. 본때를 보여주지. 하지만 문 앞에서 다시 걸음을 멈췄다.

돈이 얼마나 남았는지 확인하려고 지갑을 꺼냈다.

"220, 230, 240."

쉰 목소리로 나지막하게 세어봤다. 아직 지폐로 280마르크가 있었다.

내일. 그는 이렇게 마음먹고 파출소에서 몸을 돌려 출구로 향했다. 내일 다시 오자.

소기업 직원은 280마르크로 몇 달이나 살 수 있어. 도둑은 내 돈으로 뭘 할까? 그게 유대인 돈인 줄은 꿈에도 모를 테고, 아마 불안해서 누군가 자기를 쫓는 줄 알 거야. 어쩌면 내 서류 가방은 도둑과 전국을 떠돌지도 모르겠다.

역 출구에 이르러 그는 다시 멈춰 서서 구슬픈 생각에 잠겼다.

1919년에 우리가 젤리히&질버만 회사를 설립했을 당시, 내 출자 자본은 3만 마르크였어. 2만은 아버지에게서, 1만은 브루노에게 빌렸지. 그러니까 이 3만 마르크가 원래 시작이었다! 지금은 종말이고. 지금까지는 그저 벌었던 것을 잃었는데, 이제는 초기 자본을, 미래를 위해 투자할 수도 있는 돈을 잃었어.

이렇게 비관적으로 생각하지 말아야지. 그는 생각을 바꾸었다. 그저 최근 과거만 잃은 거잖아. 그건 사실 제대로 된 내 것도 아니었어. 돈이 안전을 보장했던가? 질버만은 상실을 잊으려고 계속 애썼다. 아니야! 안전하다는 망상만 주었을 뿐이지.

아니, 말도 안 돼. 망상보다 훨씬, 훨씬 더 의미 있었다. 그건 내 미래 전부였어. 내 인생 이십 년을 잃은 거다. 이십 년을! 정말 배은망덕한 소리였어. 내 재산은 평생 위기로부터 보호해주는 벽이었지. 나를 도와주지 못한 날은 얼마 되지 않았어. 나는 존재 기반을 도둑맞았다! 나는 죽은 목숨이야. 완전히 죽었어. 완전히!

그는 역을 나가서, 승객을 기다리던 택시를 타고 운전사에게 자기 집 주소를 말했다. 자살하기 전 최소한 한 번 더 자기 침대에서 자고 싶었다. 계획했던 도난신고는 그래서 하지 않았다.

택시가 공중전화 부스를 지나가자 질버만은 다른 생각이 떠올라서 차단 유리를 손가락으로 두드리며 소리쳤다.

"멈춰요!"

택시는 전화 부스를 100미터쯤 지나서 멈췄다. 질버만은 요금을 내고 뒤돌아서서 전화 부스로 달려갔다. 부스에 들어가 전화번호부를 펼치고 알파벳 'A'를 찾았다. 변호사 앙겔호프 이름을 발견하자 습관적으로 파란 색연필로 밑줄을 긋고는 번호를 돌렸다.

한참을 기다렸다. 드디어 잠에 취한 어떤 목소리가 전화를 받았다.

"예, 누구십니까?"

"변호사 앙겔호프 씨입니까?"

질버만은 최대한 침착하게 되물었다.

"예, 그렇습니다만……."

"부인과 통화할 수 있을까요?"

"아내와요? 지금 이 시간에 말입니까? 이봐요, 도대체 누구십니까? 뭐 하는 짓이에요?"

"부인과 꼭 통화해야 해요. 아주, 아주 중요한 일입니다!"

질버만이 강조했다.

"그래요. 그런데 최소한 당신이 누군지, 왜 그러는지는 설명해야 할 게 아닙니까? 한밤중에 이런 식으로 전화를 받다니, 평생 처음 겪는 일입니다."

"부인이 기차에 핸드백을 두고 내리셨습니다."

질버만은 가명을 지어내기 어려워서 첫 번째 질문에는 대답하지 않고 거짓말을 했다. 그런데 내가 잃어버린 핸드백을 어쩌다 생각해냈지? 아, 내 서류 가방. 그렇지.

"내가 핸드백을 발견했어요."

그가 천천히 말을 이었다.

"부인에게 돌려드리고 싶군요."

"그러면 내일 들러서 제게 주시지요."

변호사가 약간 누그러진 목소리로 제안했다.

"유감스럽게도 나는 여행 중입니다. 아주 잠깐만 시간이 있어요."

"오늘 밤에 말입니까? 너무 늦은 시간이에요. 조금 일찍 전화하시지 그랬습니까?"

"그럴 상황이 아니었어요. 내 업무를 봐야 했으니까요."

질버만은 대담하게 거짓말을 했다.

"음……. 그렇겠지요……. 무척 친절하시군요……. 그런데 내일 아침 일찍 들르실 수는 없을까요?"

"내일 아침. 그럴 수도 있겠지요. 그런데 내일 9시 20분에 함부르크로 떠납니다."

어라, 내가 출발 시간을 외우고 있네. 질버만은 자신에게 놀랐다. 외우면 여러모로 도움이 되지. 예를 들어 이런 경우에 말이야.

"그러면 죄송하지만 내일 아침 8시에 저한테 들르시면 어떨까요?"

변호사가 무척 정중한 목소리로 다시 제안했다.

"어디 사십니까?"

"쿠르퓌르스텐담 65번지입니다."

"예, 그 주소는 이미 전화번호부에 있고요. 그런데 핸드백에 부인에게 보내는 편지가 있는데, 주소가 다르네요. 잠시만요……."

그는 입을 다물었다. 하지만 변호사가 주소를 불러줄 거라는 예상은 빗나갔다.

변호사는 불쾌하다는 듯이 으르렁거렸다.

"그래서요?"

"내 입장이 곤란합니다. 어떻게 해야 할지 모르겠어요. 사실 이야기를 나누다가, 두 분이 별거 중이라는 암시를 받았거든요."

"그런데 왜 나한테 전화한 겁니까?"

"그러게요. 나도 잘 모르겠군요. 두 분 가정생활이 어떤지 자세히는 듣지 못했습니다. 내가 알 필요도 없고요. 그저 핸드백을 어디로 가져가야 할지 궁금해서요. 부인에게 전해드려야 하니까요."

"내일 아침 내 사무실에 가져다 두십시오."

"글쎄요. 그래도 될지. 두 분이……."

"이제 그만합시다! 마음대로 하십시오. 아내에게 가져다주든지 말든지. 어쩌면 그게 최선일지도 모르겠네요."

"그냥 분실물 보관소에 맡겨야겠어요."

질버만은 마지막으로 한 번 더 시도했다.

"이 주소가 지금도 유효한지 모르겠고 말입니다. 분실물 보관소가 부인을 찾아낼 수 있겠지요."

"나랑 상관은 없지만, 벨러 펜션에 가져다주는 게 낫겠어요. 어차피 나에게 맡기지 않을 거라면 말이지요. 편지 봉투에 어떤 주소가 쓰여 있습니까?"

질버만은 얼른 전화번호부를 펼쳤다.

"다시 한번 봐야 합니다. 귀찮게 해서 죄송합니다. 안녕히 계십시오."

그는 수화기를 내려놓고 기대에 차서 전화번호부를 훑었다. 주소를 물어보는 게 낫지 않았을까. 펜션이 전화번호부에 없으면 어쩌지? 다시 전화하는 건 불가능해. 하지만 다행스럽게도 전화번호부에 주소가 있어서 옮겨 적고 거리로 나섰다. 모험이로군. 그는 화가 날 지경이었다. 모험이야!

택시를 탔다. 펜션에 도착해서 여러 번 초인종을 울리고서야 문이 열렸다.

"앙겔호프 부인을 뵙고 싶습니다."

잠옷을 입은 하녀가 깜짝 놀라 그를 보며 미심쩍다는 표정으로 물었다.

"지금요?"

"그래요, 지금."

질버만이 단호하게 대답하고는 해명하듯이 덧붙였다.

"지금 여행 중인데, 부인에게 전해줄 것이 있어서요."

"저한테 주시면 안 돼요?"

"안 됩니다."

그는 주머니를 뒤져 여자에게 3마르크를 건넸다.

"부인에게 가서 말을 좀 전해주시겠어요?"

하녀는 그를 들어오게 하고 서재로 안내했다. 십 분쯤 후에 우르줄라 앙겔호프가 서재에 들어섰을 때, 질버만은 앉아 있던 소파에서 반쯤 잠든 상태였다. 여자는 그를 차분하게 바라봤다. 기쁘지도, 그다지 놀랍지도 않고 그저 의외인 듯했다. 질버만은 소파에서 벌떡 일어났다.

"잘 있었어?"

그는 인사를 건넸지만, 자기가 왜 왔는지 더는 생각나지 않았다.

"다시 만나고 싶었어. 내가 너무 늦게 가는 바람에 당신을 만나지 못했거든."

"이 주소를 어떻게 알았어요?"

앙겔호프가 물었다.

"당신 남편에게 물어봤지."

질버만은 계속 반말을 하기로 마음먹었다.

"아."

질버만은 앙겔호프가 칭찬하듯 살짝 미소 짓는다고 생각했다.

"그러지 말지 그랬어. 내가 남편하고 지금 어떤 관계인지 당신도 알잖아."

"하지만 당신을 만나고 싶었어."

그가 나지막하게 대답했다.

"왜? 아무 의미도 없어. 그래서 나는 약속을 지키지도 않았고."

질버만은 자기도 모르게 싱긋 웃었다. 당연하지. 이 사람도 약속을 지키지 않았군.

"당신 말이 옳을 수도 있지."

그의 말에 여자는 의아한 듯이 고개를 젓고 물었다.

"자, 그래서?"

"음……. 나도 모르겠군. 뭘 해야 할지 모르겠어. 정말 몰라! 난 이제 끝장이야. 드레스덴에서 베를린으로 오던 기차에서 돈을 도둑맞았어."

여자가 놀라 눈을 크게 떴다.

"당신 돈을?"

"내가 왜 당신에게 왔는지 모르겠군……. 당신이 보고 싶었어……. 하지만……. 아무 의미도 없지……. 이게 모두……. 나도 모르겠다."

그는 여자 손을 잡고 가만히 내려다보다가 입을 맞추고 말했다.

"잘 있어."

"이상하네. 당신, 뭔가 원하는 게 있지. 무슨 일이야? 내가 도와줄까? 그러니까……."

"아니, 아니, 아니야."

그는 화내다시피 하며 여자 말을 끊고 고개를 저었다.

"당신도 나를 도울 수는 없어."

그러고는 한숨을 쉬고 문 쪽으로 천천히 발걸음을 옮겼다. 그의 어깨에 불현듯 여자 손이 올라왔다. 그는 여자에게 고개를 돌리고 무슨 일이냐고 묻는 눈길로 바라봤다.

"여기 머물고 싶어?"

질버만은 속삭이는 여자를 텅 빈 눈길로 가만히 지켜보다가 대답했다.

"글쎄……. 모르겠다. 음…… 가는 게…… 좋겠어. 갈게."

"마음대로 해."

앙겔호프가 차분하게 대답하고서 물었다.

"그런데 이제 뭘 어떻게 할 거야?"

"아무것도 안 해!"

그는 이렇게 대꾸하고 펜션을 나섰다.

10

질버만은 가족과 동물원을 산책했다. 원래는 포츠담으로 가서 상수시 궁과 정원을 다시 보고 싶었지만, 에두아르트가 노이엔 호수에서 보트를 타자고 고집을 부리는 바람에 상수시 계획은 포기했다.

에두아르트는 자신의 축제 계획을 관철했고 방금 아버지에게 서커스 구경 허락까지 받았으므로 기분이 아주 좋았다. 질버만도 월요일에 중요한 회의가 있어 일찍 잠자리에 들 생각이었으므로 베를린에 머문 게 무척 만족스러웠다.

날씨가 아주 좋았다. 가족은 여름 여행 계획에 대해 이야기했다.

"에두아르트에게 새 양복을 한 벌 해줘야 해."

질버만 부인이 눈길로 아들을 가리키며 말했다.

"내가 어릴 때는 옷을 아껴 입었어."

질버만이 이렇게 대꾸하고는 아들에게 물었다.

"에두아르트, 학교 숙제 했니?"

"그러게요."

에두아르트는 다른 쪽으로 눈길을 돌렸다.

"'그러게요'는 대답이 아니야. 오늘 저녁 나한테 보여주는 거 잊지 마라."

에두아르트는 잠시 말이 없다가 입을 열었다.

"수학 문제를 제대로 이해하지 못했어요."

"말도 안 돼."

질버만은 울화가 치밀었다.

"그런데도 산책하러 가겠다고 한 거냐? 오늘 저녁에는 서커스를 보러 가고? 아니, 도대체 너 무슨 생각이지? 수학 문제 풀기 전까지는 우리랑 서커스 보러 갈 생각도 하지 마."

"하지만 얘는 공부를 아주 많이 해."

질버만 부인이 중재에 나섰다.

초인종 소리에 질버만은 소스라치게 놀랐다.

"에두아르트, 제발 좀."

그가 가물거리는 정신으로 말했다.

그러다 주위를 둘러봤다. 그는 침실에 누워 있었고, 혼자였다.

"아, 그렇지."

눈을 다시 감았다.

바깥에서 초인종이 재차 울렸다. 질버만은 천천히 침대에서 내려와 실내화를 신고, 눈곱을 떼어내며 문으로 향했다.

아주 딱 시간 맞춰 왔군. 그는 사람들이 자기를 체포하러 왔다고 생각하며 문을 열었다.

"우윳값 때문에 왔어요."

어떤 여자가 말했다.

질버만은 여자를 가만히 보다가 입을 뗐다.

"흠, 우윳값 때문에 왔다고요?"

"예. 벌써 네댓 번이나 왔어요. 그런데 아무도 문을 열어주지 않더군요. 뒤쪽 초인종이 고장인가 해서 오늘은 일부러 앞문으로 왔어요."

여자는 자기에게 가해진 악행을 증명하기라도 했다는 표정으로 그를 노려봤다.

"9마르크 75페니히예요."

여자가 힘주어 말하며 청구서를 건넸다.

"기다리세요."

질버만은 돈을 가지러 침실로 향했다.

"계속 배달할까요?"
돌아온 그에게 여자가 물었다.
"우유병이 뒷문에 있거든요. 사흘 전부터 배달을……."
"이제 필요 없습니다."
질버만이 여자 말을 막았다.
"하지만 가져온 건 이리 주시지요."
"34페니히를 적어둘까요? 그런데 배달을 안 시키실 거면……."
"34페니히라, 비싸군요."
"우윳값은 어디나 똑같아요."
직업적 명예에 모욕을 당했다고 느꼈는지 여자가 씁쓸하게 대답했다.
"당연히 그렇겠지요."
그는 깜짝 놀랐다.
돈을 지불하고 문을 닫은 다음, 우유병을 들고 침실로 갔다. 사람들은 정말 예민해. 우유 배달꾼은 사람들이 자기가 파는 우유가 1페니히 더 비싸다고 생각한다고 심한 상처를 입잖아. 그걸 참을 수 없는 거지. 그런데 나는……나는…….
질버만은 병을 열고 한 모금 크게 꿀꺽 마셨다.
이제 커피를 마시고 싶다. 입술을 닦고 욕실로 가며 생각했다. 뜨거운 물을 틀어놓고, 점점 채워지는 욕조를 아무 생각 없이 바라봤다. 그러고는 옷을 벗고 목욕을 했다.

정말 이렇게 목욕하고 싶었어. 그는 물속에서 몸을 쭉 뻗으며 생각했다. 욕조에 삼십 분 동안 있다가 면도하고 천천히 옷을 입었다. 넥타이를 막 맸는데 초인종이 또 울렸다. 이번에는 뒷문이었다.

이번에는 빵값인가? 유쾌해질 지경이군.

역시 빵값이었다. 그는 돈을 내고서, 맞은편 빵집에서 커피를 마시려고 몇 분 후에 집을 나섰다. 상당히 오랫동안 아침 식사를 했다.

식사를 마친 뒤, 어제저녁 결심하지 못했던 일을 하기로 마음먹었다. 파출소에 들어설 때 질버만은 지극히 침착했다.

"신고하려고 왔습니다."

경찰의 "하일 히틀러"에 대꾸하지 않고 바로 본론으로 들어갔다. 차단용 횡목까지 바짝 다가가, 양손으로 횡목을 짚었다.

"무슨 일입니까?"

경찰이 퉁명스럽게 물었다.

"도둑맞았어요."

"그건 내 담당이 아니오. 나는 전출입 신고만 받습니다."

질버만은 잠깐 기다렸다가 다시 입을 뗐다.

"그래도 누가 담당자인지 알려주시겠습니까?"

경찰은 흥분했다. 이런 말투는 그도 잘 알았다. 그는 질버만을 빤히 보며, 상대에게 강하게 반응하는 게 좋을지 고민하다가 한결 정중하게 대답했다.

"3번 사무실로 가십시오."

"거기가 어디 있습니까?"

경찰은 자리에서 일어나 횡목으로 다가와서 어떤 문을 가리키며 말했다.

"저쪽 복도 첫 번째 방입니다."

질버만은 감사 인사를 했다. 잠시 후 3번 사무실 앞에서 노크했다.

"들어오십시오."

거친 목소리가 들려왔다.

질버만이 들어갔다. 사복 입은 땅딸막한 남자가 책상에 앉아, 뒤적이던 신문을 내려놓고 서류 뭉치를 집었다.

"고소하러 왔습니다."

질버만이 그에게 다가갔다.

"하일 히틀러."

경감이 인사를 건네고는 당신도 어서 인사하라는 표정으로 그를 노려봤다.

"안녕하세요? 이미 말했다시피, 고소하러 왔습니다."

"독일인입니까?"

경감이 묻고는 서류를 들여다봤다.

"예."

"그렇다면 어서 독일식 인사를 하시오. 여기서는 그게 규정이니까!"

"유대인입니다."

"그러니까 독일인이 아니로군!"

경감은 서류를 덮고 질버만을 노려봤다.

"그 이야기는 다음에 하고요."

질버만은 분노를 억누르며 말을 이었다.

"고소하러 왔다고요!"

남자가 자기 턱을 쓸며 말했다.

"거짓 고소를 하면 처벌받는 거 아십니까?"

"거짓 고소 할 생각은 전혀 없습니다."

"어쨌든 제대로 고민해보고 진술하라고 충고합니다."

"일단 고소 내용부터 들어볼 생각은 없습니까?"

"유대인이라 이거지요!"

경감은 말을 하며 스스로 고개를 끄덕였다.

"고소하러 왔습니다!"

질버만은 같은 말을 네 번째 반복했다.

"당신이 거짓 고소를 할 경우, 처벌받는다는 걸 알리는 게 내 의무……."

"기차에서 서류 가방을 도둑맞았습니다."

그가 경감 말을 잘랐다. 창백한 질버만의 얼굴이 점점 빨개졌다.

"가방에 3만 마르크가 들어 있었어요. 이제 고소를 접수하시겠습니까?"

경감은 커다란 종이 한 장을 꺼내놓았다.

"3만 마르크는 어디서 났습니까?"

그가 질문을 던지고서, 펜을 잉크병에 담갔다가 한 방울을 조심스럽게 병 안으로 흘려보낸 다음 몸을 뒤로 젖혔다. 한동안 질버만을 바라보다가 다시 앞으로 몸을 숙이고 서류를 작성하기 시작했다.

"이름."

"오토 질버만."

"신분증 있습니까?"

질버만이 여권을 건넸다.

"좋습니다."

경감이 여권번호와 그 밖에 이런저런 정보를 서류에 적어 넣었다.

"지금도 동일한 주소입니다."

질버만이 설명했다.

경감은 아무 말이 없다가 고개 들고 날카롭게 물었다.

"돈이 어디서 났는지 물었습니다. 대답하지 않을 작정인가요?"

"남은 재산입니다. 나는 한때 부유했어요."

"그래서 돈을 서류 가방에 담아 끌고 다닌다는 말입니까? 아주 기이한 일이군요! 어느 기차에서 사라졌다는 겁니까?"

"드레스덴 발, 베를린 행 기차에서요. 이등칸 흡연실이었습니다."

"철도경찰에 고소했습니까?"

"아니요, 기관사에게는 말했습니다."

"철도경찰에 왜 고소하지 않았지요?"

"여기서 하려고요."

"이상하군요. 그러니까 드레스덴에서 베를린으로 오는 기차의 이등칸 흡연실에서 3만 마르크가 든 서류 가방을 도둑맞았다고 우기는 겁니까?"

"우기는 게 아니라 사실입니다."

"그거야 내가 알 수 없지요. 특별히 의심 가는 사람 있습니까?"

"중년 부인 한 명과 남자 두 명이 함께 타고 있었습니다.

남자 한 명은 콧수염이 금색이었고요."

경감은 웃는 것 같기도 하고 기침을 하는 것 같기도 했는데, 뭔지는 구분하기 힘들었다.

"그게 다입니까? 그들을 다시 알아볼 수 있겠어요?"

"아마 그럴 겁니다."

"서류 가방 모양새는?"

"갈색 가죽 가방인데 철제 자물쇠가 달렸습니다. 여기, 이게 열쇠예요."

"기차 번호 기억합니까?"

"아니요, 그 생각은 하지 못했습니다."

"몇 시에 그 일이 벌어졌다는 겁니까?"

"베를린 행 막차였어요. 그럴 겁니다."

"그럴 거라니! 기차가 베를린에 언제 도착했습니까?"

"1시경에요."

"그게 전부입니까? 서류 가방을 드레스덴 발, 베를린 행 막차에서 분실했다고 주장하는데……."

"도둑맞았다고요!"

질버만이 경감의 말을 가로챘다.

"여기서 이렇게 거만하게 굴지 마십시오! 나 귀 안 먹었으니까."

"이제 어떻게 처리할 겁니까?"

질버만이 물었다.

"두고 봐야지요."

"10퍼센트 사례금을 걸겠습니다. 범인을 체포했을 때 찾는 금액에 상응해서요."

"그거야 일단 돈을 찾았을 때 이야기고, 둘째는 당신이 돈을 정말로 분실했을 때, 그리고 셋째는……."

"고소를 진지하게 받아들이지 않는 건가요? 내가 농담하는 줄 압니까? 그래요?"

질버만은 경감 말을 막았다. 앉으라는 말을 헛되이 기다리고 있었지만, 이제 그냥 책상 맞은편 의자에 앉았다.

질버만이 허락 없이 앉자 경감은 자기를 무시한다고 간주했지만, 뭐라고 해야 할지 알 수 없었다.

"말을 가로채지 말아요!"

경감이 호통을 쳤다.

"내가 지금 토론하자는 게 아니니까. 당신은 고소했고, 나는 그걸 조사하고 전달해야 한단 말입니다. 자, 그러니 당신이 왜 3만 마르크를 가방에 넣고 여기저기 돌아다녔는지 설명하십시오."

"내가 여기저기 다녔다고 누가 그래요?"

"어쨌든 드레스덴에 갔잖아요."

"나는 드레스덴에 갈 권리가 없나요?"

"내가 그 질문에 대답할 필요는 없겠지요! 어서 내 말에……."

그는 말을 멈추고 작성한 서류를 보다가 불쑥 고개를 들고 물었다.

"돈을 외국으로 빼돌리려던 겁니까?"

"도둑을 찾을 건가요, 아니면 도둑맞은 사람을 의심할 건가요?"

질버만이 되물었다. 이런 공격은 이미 예상했다.

"아무것도 안 합니다. 말했잖아요. 이곳의 나는 내가 아닙니다. 경찰이에요. 아니라면 놀랄 일이지요!"

"나는 내가 아닙니다."

질버만이 더는 분노를 억누르지 못하고 경멸하듯 경감의 말을 흉내 냈다.

"당신이 당신 자신이 아니라면 도대체 누굽니까? 언제부터 독일 경찰이 정신분열에 시달리는 거죠?"

경감은 울화통을 터뜨리며 주먹으로 책상을 내리치고 고함을 질렀다.

"도대체 뭐 하자는 거요? 여기서 유대인 농담을 해도 된다고 생각합니까?"

질버만이 자리에서 벌떡 일어나며 소리쳤다.

"내 권리 전체를 빼앗은 사람들에게 도난신고를 하려는

게 아마 유대인 농담인지도 모르지요. 당신이 도둑은 찾지 않고, 도둑맞은 사람에게 뻔뻔한 말을 하는 게 독일 현실입니다. 이봐요……. 경감님……. 나는 돈을 찾고 싶어요……. 그러니…… 일을 하란 말입니다……. 나는 고소했어요……. 그리고 두 번째 고소도 바로 하지요……. 강도들이 내 집을 습격해서 가구를 부수고, 내 친구 핀들러에게 중상을 입혔습니다……. 여기……."

그는 주머니를 뒤져 하켄크로이츠를 꺼냈다.

"범인들이 이걸 남겼습니다……. 어서 조서를 작성하라고요. 안 쓰고 뭐 하는 겁니까……? 이 두 번째 고소는 훨씬, 훨씬, 훨씬 더 중요합니다. 어서 써요……. 그렇게 나만 빤히 보지 말고……. 내가 몸소 내 집을 부쉈다고 생각하는 겁니까? 메모해요. 핀들러, 테오 핀들러……. 그 사람이 증인입니다. 현장에 있었어요……. 범인들이 그에게 부상을 입혔어요……. 그때 핀들러는 사실 나를 약탈하려던 건데……. 그런데 뭐 합니까? 왜 조서를 작성하지 않아요? 자신이 경찰이라고 방금 말했잖아요. 당신은 모든 시민을 보호할 의무가 있어요……. 절도와 가택침입. 경감님, 나에게 그런 일이 벌어졌어요……. 핀들러는 부상을 당했고……. 대규모 범죄자 집단이 11월 9일 나에게만 범죄를 저지른 게 아니라…… 사방에서……. 그런데 조서 작성 안 합니까? 경감님, 살인자와 도둑…… 강도…….”

질버만은 점점 더 흥분했다.

“내가 여행한 게 수상쩍은 일입니까? 그래요? 나는 범죄자를 피해서 도망친 겁니다. 경감님, 그걸 잊지 말아요. 범죄자를 피하는 건 시민의 당연한 권리입니다. 안 그래요? 돈을 가지고 갈 권리도 있지요. 아닙니까? 고소할 권리도 있지요? 핀들러에게 물어보세요. 핀들러에게만……. 그 사람이 현장에 있었으니까…… 확인해줄 겁니다……. 그가 증인이에요……. 우리 집에 한번 오십시오……. 조사하고…… 확인해야지요……. 다른 사람들 집에도……. 우리 집뿐 아니라…… 자유를 빼앗고…… 폭행하고……. 그런데 경찰은? 대응하지 않습니까? 왜 안 하지요? 내가 말해줘요?”

그는 당장이라도 달려들 것처럼 경감을 노려봤다. 질버만의 입에서 거품이 부글거리고 침이 턱으로 흘러내렸다. 경찰 두 명이 그를 꽉 잡고 구금실로 끌고 갔다.

“도둑들!”

질버만이 고함을 질렀다.

“나는 돈을 찾고 싶다고……! 절도 방조자! 당신들은 모두 절도 방조자야……. 뇌물을 받았어……. 매수됐다고……. 범죄자…… 공범자들……. 3만 마르크…… 당신들이 내 돈을 나누는 거야……. 내 돈을……! 경찰 오라고 해……. 법이…… 법이 있다고……."

경찰이 질버만을 구금실에 넣고 문을 걸어 잠갔다. 질버만은 양쪽 주먹으로 문을 두드리며 완전히 정신이 나가서 고함을 질러댔다.

"문 열어! 경감과 면담해야겠어. 고소해야 한다고……. 증인도 있어……. 증인이 있어!"

그는 문을 발로 걷어차며 소리쳤다.

"내 돈 내놔! 이민 갈 거야! 정말이야……. 이민 간다고……. 서류 가방을 돌려받아야 해!"

문이 휙 열렸다.

"주둥이 좀 다물어."

경찰이 격분해서 그를 붙잡고 흔들었다. 질버만은 입을 다물었다. 경찰이 그를 팽개치고 구금실에서 나갔다. 질버만은 벽 쪽으로 비틀거리며 가다가 나무 침상에 몸을 던지고 눈물을 흘렸다. 십 분쯤 누워 있었다. 그러다 다시 벌떡 일어나 문 쪽으로 가서 고함을 질렀다.

"법이 있어! 법이 있다고!"

그는 이 두 마디를 계속 되풀이했다. 드디어 문이 다시 열렸다.

"제정신입니까?"

누군가 소리쳤다.

“법이 있어요!”

질버만이 재차 말했다. 주눅이 들어 이번에는 훨씬 나지막한 소리였다.

“닥치지 않으면 정신병원으로 끌고 갈 겁니다!”

다음 날 질버만은 다시 경감 앞에 불려 갔다. 그가 고소하러 갔다가 분노를 터뜨린 그 경감이었다. 이번에 경감은 안전상 경찰 두 명과 함께 있었다.

“아시겠지만.”

경감은 서류에서 눈도 떼지 않고 무뚝뚝한 목소리로 입을 뗐다.

“어제 당신은 나뿐 아니라 경찰 전체를 상대로 악랄한 욕설을 퍼붓는 죄를 범했습니다. 게다가 독일 민족을 비방하는 중상 모독도 했고요.”

경감이 질버만을 똑바로 보며 물었다.

“여기에 대해 할 말 없습니까?”

질버만은 침묵했다.

“강제수용소에 갈 생각입니까?”

질버만은 침묵했다.

“당신을 상대로 소송할 겁니다!”

질버만은 침묵했다.

경감이 벌떡 일어나 고함을 질렀다.

"도대체 무슨 생각을 하는 겁니까? 입을 열어요!"

"난 고소했어요."

질버만이 꽉 잠긴 목소리로 대답했다.

"3만 마르크를 도둑맞았다고요! 집이 습격당했다고요!"

경감은 자리에 앉아서 나지막이 물었다.

"이성을 좀 찾을 생각은 없습니까? 고집으로는 아무것도 이룰 수 없어요. 그걸 아셔야지요."

질버만은 그를 못 본 척하고 창밖을 내다봤다.

"마음만 먹으면 당신을 당장 강제수용소에 보낼 수 있습니다. 당신이 그렇게 하도록 강요하는 거나 마찬가지예요. 그곳에 가면 예의범절을 배우게 될 겁니다!"

"내 고소를 조사했습니까? 돈을 찾았나요?"

질버만이 물었다.

"또 시작입니까? 묻는 말에만 대답하십시오!"

경감은 어제 구금실에서 다른 서류와 함께 압수한 병역수첩을 집어 들었다.

"당신, 군인이었군요."

그가 약간 누그러진 목소리로 말했다.

"물론 병참기지에 있었겠지요. 안 그렇습니까?"

"서류에 그렇게 쓰여 있어요?"

질버만이 되물었다.

"서류야 위조할 수도 있는 거니까."

질버만은 대답하지 않고 그저 어깨만 으쓱했다.

"위조 서류라고 말한 적 없습니다. 위조할 수도 있다고만 했지."

경감이 말을 이었다.

"자, 이제 당신을 어떻게 할까요? 한번 제안해보시죠."

"내 서류 가방이 어디 있는지 조사하기를 바랍니다."

"파렴치하군."

경감이 말했다. 그 말에는 고집을 어느 정도 인정한다는 의미도 포함되어 있었다.

"어쩔 수 없이 당신을 강제수용소로 이송해야겠습니다! 거기 가면 정신을 차릴 테고, 요즘 유대인이 어떻게 행동해야 하는지 배우게 될 겁니다! 사람들이 당신을 다룰 줄 모른다고 생각하면 오해입니다."

"오해 안 해요. 그럴 거라고 확신합니다."

질버만이 대꾸했다.

"알면서 왜 소동을 피우는 겁니까?"

"3만 마르크가 든 서류 가방을 잃어버렸어요. 고소하려고 여기 온 겁니다."

"정말 뻔뻔하군요……. 당신을 구금하겠습니다!"

"그럴 줄 알았어요. 여기 오기 전에 이미 알았다고요."

질버만이 차분하게 대답하자 경감이 호기심 어린 목소리로 물었다.

"알면서 왜 온 겁니까?"

"내가 어떻게 되든 이제 상관없으니까요. 그리고 오랫동안 늘 세금을 낸 사람으로서, 경찰이 나를 위해 자기 의무를 이행해주길 바라니까요."

"경찰은 당신을 위해 있는 게 아닙니다!"

경감은 생각에 잠겨 그를 빤히 바라보다가 물었다.

"서부전선에 있었습니까? 얼마나?"

"그게 이 일과 무슨 상관인가요?"

경감이 웃음을 터뜨렸다.

"상관없지요."

그러고는 힘차게 덧붙였다.

"여기 다시는 나타나지 마십시오. 자, 어서 나가요!"

"3만 마르크가 든 서류 가방을 도둑맞았어요."

"안 되겠군!"

경감이 말했다.

"도저히 입을 다물지 못하는군요. 마이어, 연행해요. 관대하게 봐주려고 했더니……."

"자, 유대인. 이리 와."

경찰이 질버만의 팔을 잡았다.

질버만은 그의 손을 떨쳐내며 물었다.

"나 말입니까? 내 이름은 질버만입니다. 나더러……."

"하하하!"

경감이 웃으며 말했다.

"마이어, 혼나고 있군요. 자, 이 사람을 내쫓아요. 그냥 놓아주라고요. 전방 군인이었으니 뭔가 이익을 보는 것도 있어야지요. 설령 유대인이라고 하더라도."

질버만을 문 앞까지 데려간 경찰이 명령했다.

"더러운 주둥이 좀 닫으시오. 이런 행운이 또 오지는 않을 테니까."

질버만은 그를 매섭게 노려봤다.

"당신 상사에게 내가 고소한 걸 조사하라고 해요. 또 올 거니까."

질버만은 무뚝뚝한 눈길로 상대를 노려보고서 그곳을 떠났다.

"운이 나쁘군. 이제 몸소 자살해야 하잖아. 그들이 해줄 수도 있었는데."

그가 투덜거렸다.

한 시간 동안 계획도 없이 시내를 떠돌아다녔다. 어느 순간 정신을 차리고 보니 변호사가 사는 건물 앞에 서 있었다. 안으로 들어가 승강기를 타고 3층에 올라가서 초인종을 울렸다.

뢰븐슈타인이 직접 문을 열었다.

"당신이군요. 경찰인 줄 알았는데……."

"이미 체포당하셨을 거라고 생각했습니다."

질버만이 가라앉은 표정으로 말했다.

"그런데도 오셨습니까?"

뢰븐슈타인이 질문을 던지며 그를 들여보냈다.

"그건 그렇고, 지금 막 풀려났답니다."

"이제 어떻게 하시려고요?"

질버만이 물으며 외투를 내려놓으려 했다.

"한 시간 후에 외국으로 가는 기차를 탈 겁니다."

"비자가 있어요?"

"없습니다. 그런데 네덜란드 국경을 넘게 해줄 어떤 남자 주소를 받았어요. 질버만, 함께 갑시다."

"이미 해봤습니다! 게다가 지금 수중에 200마르크밖에 없어요. 기차에서 3만 마르크를 도둑맞았습니다. 어쩌면 당신이 돈을 구할 방법을 알지도 모른다고 생각해서 들렀어요."

"도둑맞다니……. 세상에, 어떻게 3만 마르크를 도둑맞을 수 있나요! 조심했어야 하는데. 하지만 달리 생각해보면 누구나 돈을 잃지요. 최소한 그것 때문에 죽을 염려는 없어요. 그러니 다행이라고 생각하십시오. 함께 가시겠습니까?"

"여행에 지쳤어요."

질버만이 나른하게 말했다.

"나는 좋아서 하는 줄 아시나요? 어서 결정하십시오. 시간이 없어요. 수많은 일을 처리해야 해요. 한 시간 후에 기차가 떠납니다. 어떻습니까?"

"돈이 별로 없어요."

"내가 조금 빌려드리지요. 당신은 여전히 그 정도 가치는 있으니까."

"고맙습니다. 안녕히 계세요."

뢰븐슈타인이 질버만을 잡아 세우며 물었다.

"자, 어떻게 하실 겁니까?"

"행운을 빕니다. 나는 여행에 지쳤어요. 생각만 해도 지겹습니다."

변호사는 이해할 수 없다는 표정으로 그를 빤히 바라보았다.

"지겹다고요? 이런 말을 들은 적이 있던가? 이봐요, 당신 목숨이 달린 문제입니다. 아시겠어요?"

질버만도 마주 쏘아보며 대꾸했다.

"내 돈을 찾고 싶습니다! 3만 마르크! 나는…… 나는…… 다시 잘 생각해봐야겠어요……. 어서 서두르십시오."

"뭔가 좀 이상하신 것 같군요."

뢰븐슈타인의 말에 질버만이 차분하게 대답했다.

"그래요. 그런 기분이 자주 듭니다……. 세상이 미쳤다는……. 다시 말해서, 세상을 어떻게 대해야 할지 더는 모르겠다는 뜻이지요. 사실 스스로……."

"아, 무슨 말씀을."

뢰븐슈타인이 다급하게 말을 가로챘다.

"당신처럼 이성적인 분이. 자, 어떻습니까? 함께 가시겠어요? 유감스럽지만 지금 바로 결정하셔야 합니다."

질버만은 고개를 저었다. 그러고는 그에게 악수를 청하며 작별했다.

계단을 천천히 내려오면서 그는 이제 뭘 해야 할지 고민했다. 여행을 해야지. 하지만 혼자 해야 해……. 뢰븐슈타인은 말이 너무 많아. 그냥 함부르크로 가야겠다. 그쪽 노선 풍경이 언제나 아름다웠어. 함부르크 행 객실에서는 늘 가장 편안했지. 도르트문트에 다시 갈 수도 있어. 가면서 최소한 푹 잘 수 있으니까.

그는 문 앞에서 멈춰 섰다.

뢰븐슈타인은 해낼 거야. 성실한 사람이지……. 절대

기죽지 않아. 나도 사실 그와 함께……. 하지만 내 돈은? 그러면 내 돈은 어떻게 되는 거야? 어쩌면 누군가 찾아낼지도 모르는데……. 나는 외국에 가 있고 돈은 한 푼도 없겠지!

질버만은 전차를 탔다.

회사에 가봐야겠어. 그동안 쌓인 우편물을 살펴봐야지. 회사를 전혀 돌보지 않았네……. 이건 처벌받을 정도로 경솔한 일이야.

그는 전차에서 뛰어내렸다.

회사라고? 이제 그런 건 없어. 그 생각이 떠올랐다.

택시를 불러, 운전사에게 베커 주소를 댔다.

어쩌면 베커가 돈을 좀 줄지도 모르지. 몇천 마르크 정도. 알 게 뭐야?

그러나 그는 바로 다음 교차로에서 택시를 세우고 하차했다.

부질없어. 모두 부질없다고!

그는 지나가는 전차에 뛰어올랐다.

"어디 가십니까?"

차장이 물었다.

"아돌프 히틀러 광장."

차표를 끊었다.

거기서 뭘 해야 하지?

두 정거장만 가서 내렸다.

어디로 가야 하나? 그는 두려움에 잠긴 채 생각했다. 내가 미쳤구나. 뢰븐슈타인과 떠났어야 하는데. 하지만 여행은 너무 지겨워!

질버만은 술집에 들어가 자리를 잡고 맥주 한 잔을 주문했다.

내가 미쳤어. 어쩌면 이게 지금 가장 좋은 상태, 가장 이성적인 상태인지도 모르지. 이 시절에는 저절로 이렇게 된다고. 하지만 이런저런 생각을 하다 보니 자신은 여전히 이성적이며, 이성적으로 생각해야 할 의무에서 벗어날 수 없다고 확신했다.

이 모든 것을 어떻게 처리해야 할까. 절망스러웠다. 이성은 나더러 자살하라고 해. 하지만 살고 싶다! 이 끔찍한 상황에서도 살고 싶어! 그러려면 분별력이 필요한데 그게 부족해. 이성이 나 자신에게 반항해. 내 존재를 부정해. 이걸 어떻게 해야 할까? 내가 이해하기 때문에 이성은 불행하다고 생각하고, 그래서 나는 절망스러워. 오해할 수 있다면 좋으련만. 이제 더는 할 수 없어. 상실한 것들의 목록 빼고는 남은 게 아무것도 없다. 정말 아무것도.

"뭐가 남았지?"

너무 크게 묻는 바람에 술집에 있던 몇 안 되는 손님들이 그가 앉은 쪽으로 고개를 돌렸다.

"뭐가 남았어?"

질버만이 재차 큰 목소리로 물었다.

맥주가 왔다. 그는 자리에서 일어나 계산을 마쳤다.

체포당해야겠다. 파출소로 가야지. 나를 체포하라고 해야지. 국가가 나를 살해했으니, 장례까지 치러야 한다.

그는 거리로 나서서 택시를 손짓하여 잡았다.

"제일 가까운 파출소로 갑시다."

그러나 차에 오르자마자 자기 결정을 후회했다.

어쩌면, 어쩌면……. 어떻게 될지는 아무도 몰라……. 뢰븐슈타인과 가는 게 나으려나? 그는 차단 유리를 두드리고 운전사에게 변호사 주소를 댔다. 그러나 변호사는 이미 떠났을 거라고 생각했다.

차가 멈추었을 때 운전사가 그를 깨웠다. 피곤해서 잠이 들었기 때문이다. 질버만은 승강기를 타고 올라갔다.

'분명 이미 갔을 거야.'

초인종을 울리면서 생각했다.

몇 초 뒤에 뢰븐슈타인이 문을 열었다. 그는 옷을 챙겨입고, 손에 작은 여행 가방을 들고 있었다.

"생각해보셨습니까?"

그가 집에서 나와 문을 잠갔다.

"할 일이 남아 있었어요. 운이 좋으시군요. 갑시다!"

두 사람은 승강기를 타고 내려갔다.

"너무 오래 지체했어요."

내려가는 길에 변호사가 짜증스러운 표정으로 말했다.

"이제 당신 소유물은 어떻게 됩니까? 돈은?"

"지나간 건 지나간 거지요."

뢰븐슈타인이 무척 차분하게 대답했다.

질버만은 그의 태도에 지극히 큰 감동을 받았다. 두 사람이 1층에 도착했을 때, 승강기 앞에 남자 두 명이 기다리고 있었다. 질버만은 승강기에서 나와 두 남자를 지나쳐, 뢰븐슈타인이 따라온다고 믿고 대여섯 걸음 걸어갔다. 그때 갑자기 "체포됐다"는 소리가 들려 다급하게 몸을 돌렸다.

남자 두 명 가운데 한 명이 변호사에게 수갑을 채우는 중이었고, 변호사는 질버만에게 어서 가라고 눈짓을 했다. 그의 얼굴은 하얗게 질려 있었다.

질버만은 자리에 멈춰 선 채 차분하게 물었다.

"무슨 일입니까?"

남자가 그의 팔을 잡았다.

"이 사람을 압니까?"

"물론 알지요. 내 변호사입니다."

"그러면 같이 파출소로 갑시다. 당신도 유대인입니까?"

"예."

질버만이 대답했다.

두 사람은 파출소로 연행됐다.

11

"내 이름은 슈바르츠예요."

수감자가 질버만에게 다가와 악수를 청했다. 그러고는 바로 덧붙였다.

"나는 지극히 정상이랍니다. 당신은 무슨 잘못을 저질렀나요?"

"아무것도."

질버만이 대답하고 침상에 앉았다.

슈바르츠가 그를 따라왔다.

"그거 당신 속임수죠. 당연하지."

질버만은 이마를 찌푸렸다. 감방 동기가 별로 마음에 들지 않았다. 충혈된 작은 눈에, 퉁퉁 부어 형태가 제대로 잡히지 않은 얼굴부터 꺼림칙했다.

"속임수?"

질버만이 묻고는 자리에 누웠다.

"그래서 여기 온 거잖아요. 모두 거짓말을 해요. 나도 했답니다! 나는 완전히 정상이에요."

"아마 그렇겠지요."

질버만은 이렇게 대꾸하고 눈을 감았다.

슈바르츠가 그의 어깨를 흔들며 불안에 가득 찬 목소리로 말했다.

"사람들이 나를 거세하려고 해요!"

"뭘 하려고 한다고요?"

질버만이 몸을 일으켰다.

"거세하려고 한다니까요. 핸드백을 훔쳤는데 미친 척했거든요. 그랬더니 거세하려고 해요! 하지만 당하고 있지 않을 거예요. 나는 정신분열증 환자가 아니에요. 정상이라고요! 아내가 있어요. 나는……."

슈바르츠는 감방 안을 이리저리 거닐었다.

질버만은 양손으로 관자놀이를 누르며 말했다.

"머리가 아프군요."

슈바르츠는 돌아다니던 발걸음을 멈췄다.

"그거 속임수예요! 당신도 거세당할 거예요!"

"말도 안 되는 소리."

질버만이 차분하게 대꾸했다.

"정말이에요! 무슨 잘못을 저질렀어요? 뭘 했는지 어서 말해요!"

"아무것도."

질버만은 약간 짜증을 내며, 아까 했던 대답을 되풀이하고 덧붙였다.

"알고 싶다면 대답해주지요. 나는 유대인이에요."

"그거 당신 속임수예요."

슈바르츠가 그의 앞에 섰다.

"아리아인 여자랑 잤나?"

그가 이렇게 묻고는 멍청한 표정으로 히죽거렸다.

질버만은 벽 쪽으로 돌아누웠다. 간수 보조가 문을 열고 감방에 식사를 넣었다.

"어이."

슈바르츠가 그에게 말했다.

"이쪽은 유대인이야. 못 견디겠어! 나는 국가사회주의자야. 유대인이랑 같은 감방에 있기 싫……."

"조용히 해. 너 이제 곧 거세될 거야."

간수 보조 말에 슈바르츠가 울부짖었다.

"안 돼!"

간수 보조가 히죽거리며 문을 닫았다. 슈바르츠는 감방 안을 이리저리 오갔다. 그러다가 문 앞에 서더니 주먹으로 두드리며 고함을 질렀다.

"유대인 나가라! 유대인 나가라!"

그의 고함에 다른 정신병자들이 화답했다. 갑자기 열두어 명이 저마다 시끄럽게 떠들었다.

"유대인 나가라! 유대인 나가라!"

질버만이 침상에서 벌떡 일어나 소리쳤다.

"닥쳐!"

슈바르츠는 불안한 표정으로 그를 바라보며 입을 다물었지만, 다른 사람들은 계속 고함을 질렀다.

"유대인 나가라! 유대인 나가라!"

"너를 거세할 거야."

슈바르츠가 속삭이고는 두려운 듯 구석으로 갔다.

"분명히 거세할 거라고!"

간수가 열쇠를 자물쇠에 넣고 시끄럽게 여는 소리가 들렸다.

"무슨 일이야?"

그가 물었다.

"유대인이랑 같은 감방에 있기 싫……."

"네가 싫고 좋고가 어딨어……."

수감자는 입을 다물었다. 간수가 감방을 나가자 슈바르츠는 또 고함을 지르기 시작했다.

"유대인 나가라! 유대인 나가라!"

질버만은 다시 침상에 누워 양쪽 엄지로 귀를 틀어막았다. 그러고는 큰 소리로 말했다.

"나는 곧 여행을 떠날 거야!"

슈바르츠가 가까이 다가왔다.

"뭐라고? 뭘 할 거라고?"

"여기, 왜들 이렇게 소란스럽지?"

질버만이 나지막하게 물었다.

"바보라서 그래. 모두 바보거든."

슈바르츠가 설명했다.

"그런데 나를 거세하려고 해!"

질버만이 일어나서 말했다.

"여기 있지 않을 거야. 떠날 거라고……! 7시에 아헨 행 기차가 떠나……. 8시 10분엔 뉘른베르크 행이……. 9시 20분엔 함부르크 행이……. 10시엔 드레스덴 행이……. 기차가 아주 많지……. 수없이 많아……. 난 떠날 거야!"

"그거 너 속임수지."

슈바르츠가 확신에 넘치는 목소리로 말했다.

"이리 와. 같이 소리치자. 유대인 나가라……."

발행인 후기

1942년 10월 29일, 울리히 알렉산더 보슈비츠는 아조레스 제도에서 북서쪽으로 약 1296킬로미터 떨어진 곳을 항해하던 아보소 호에 타고 있다. 영국 정부가 전세 낸 이 여객선은 독일 잠수함 U-575 어뢰에 맞아 중부유럽 표준시로 23시경에 침몰한다. 당시 울리히 보슈비츠는 겨우 27세였는데, 다른 승객 361명과 마찬가지로 그의 삶도 이때 소멸된다. 마지막으로 쓴 원고를 몸에 지닌 채로.

그는 몇 주 전 어머니 마르타 볼가스트 보슈비츠에게 편지를 보내, 자신이 죽을 경우 출간된 원고 혹은 출간되지 않고 보관된 원고를 어떻게 처리할지 자세히 설명한 바 있다. 1942년 8월 10일에 쓴 이 편지에서 그는 자신의 소설 《여행자》에 대해서도 언급한다. 1939년과 1940년에 각각 영국과 미국에서 출간된 책을 다시 철저하게 고쳐 쓰고 있으며, 교정한 앞부분 원고 109쪽을 영국으로 가는 수용소 동료 편에 어머니에게 전해주라고 건넸고, 뒤쪽 원고 교정 작업은 아직 끝나지 않았다고 말한다.

울리히 보슈비츠는 교정할 때 문학적 경험이 많은 사람의 도움을 받으라고 어머니에게 조언했다. 이 변화를 거치면 소설이 명백하게 개선될 거라고 확신하며, 이를 통해 곧 해방을 맞을 독일에서 출간될 기회도 높아질 거라고 기대했다. 영어로 쓴 조언은 다음과 같이 끝난다. "저는 이 책에 분명 성공할 만한 힘이 있다고 믿어요." 그러나 마르타 볼가스트 보슈비츠는 아들의 교정 원고를 받지 못한 듯하다. 현재 뉴욕 레오 베크 유대인 역사 연구소에 보관된 불완전한 유품 중에도 그 원고는 없다. 가장 가까운 친척인 조카 로이엘라 샤하프도 원고가 어딨는지 알지 못한다.

나는 2015년 12월에 로이엘라 샤하프와 연락이 닿았다. 이스라엘 일간지 〈하아레츠(Haaretz)〉의 문학비평가 아브네르 샤피라가 내가 재발굴한 책 가운데 한 권인 에른스트 하프너의 소설 《의형제(Blutsbrüder)》의 히브리어 번역을 계기로 나에게 인터뷰를 요청한 후의 일이다. 로이엘라 샤하프는 인터뷰가 나간 후 이메일을 보냈고, 아브네르 샤피라가 나에게 이메일을 전해줬다. 이메일에서 그녀는 베를린 출신인 삼촌 울리히 보슈비츠의 책이 여러 언어로 출간됐지만, 모국어로는 출간된 적이 없다고 했다. 출판인이자 편집인인 내가 1938년에 집필된 소설 《여행자》에 특별히 관심이 있을지도 모른다고, 독일어로 쓰인 초고는 뉴욕에 있는 다른 유품들과는 달리 1960년대 후반부터 프랑크푸르트 소재 독일국립도서관 망명 기록 문서실에 있다고 했다. 나는 이 말에 무척 흥미를 느껴, 2015년 성탄절 며칠 전에 프랑크푸르트로 가서 타자기로 쓴 이 소설의 첫 번째이자 유일한 사본을 온종일 읽었다.

나는 원고에 큰 감동을 받았다. 하지만 이 초고가 교정을 거치면 한결 좋아지리라는 사실도 명백해 보였다. 울리히 보슈비츠 자신도 그 필요성을 알았고 앞에서 언급했듯 영국과 미국에서 출간된 후에 소설을 다시 한번 손봤으므로, 나는 심사숙고 끝에 가족의 동의를 구하고 내가 발행하거나 편집하는 모든 원고와 똑같은 방식으로 이 원고의 독일어 초판도 편집하기로 했다. 이 책은 저자와 소통할 수 없다는 점만 다를 터였다. 나는 인상적인 대형 국립도서관의 작고 소박한 어느 방에 앉아, 11월 포그롬 때문에 공격당하거나 고발당할 위험에 처해 정처 없이 독일을 떠도는 오토 질버만의 운명을 좇았다.

도서관을 나설 때는 이미 어두워진 늦은 오후였다. 부

슬비가 내렸다. 프랑크푸르트 역 인근에 있는 호텔로 돌아오는 길에 내 눈에 들어온 모든 것이 말할 수 없이 음울했고, 원고를 읽으며 느낀 큰 슬픔을 더욱 깊어지게 했다. 호텔에 도착해서 1938년 11월 7일부터 13일 사이 독일과 오스트리아에서 벌어진 끔찍한 사건을 다시 알아보기 시작했다. 이 잔혹 행위를 아마도 가장 이른 시기에 소설로 문학적 증거를 남긴 울리히 보슈비츠에 대해 더 많은 것을 알아내고 싶었다.

요제프 괴벨스의 주장에 따르면 그 당시 잔혹 행위는 1938년 11월 7일에 폴란드 유대인에게 저격당한 파리 주재 독일 대사관 서기관 에른스트 에두아르트 폼 라트가 이틀 뒤 사망한 사건에 대한 민중의 분노 표현이었지만, 그의 주장이 사실이 아님은 오늘날 여러모로 증명됐다. 당시 17세였던 헤르셸 그린스판이 행한 저격은, 전국의 돌격대원과 친위대원에게 개인 자격으로 위장하여 유대인 회당에 방화하고 유대인 상점을 약탈하라고 지시해 단계적으로 유대인의 권리를 빼앗은 후 체계적 박해를 시작하는 표면적 계기일 뿐이었다.

1938년 11월 10일부터 포그롬 소식을 전하는 국제 언론으로 눈을 돌려보면 당시에도 대중은 나치 정권의 공식 성명을 믿지 않았음이 명백하다. 1938년까지만 해도 많은 외국인이 독일에 머물렀다. 언론인과 대사관 직원 가족, 사업가와 그 외 목격자들이 고국에 직접 소식을 전했다. 다들 경악하지만, 예상과는 달리 외국에서 협조하거나 유대인에게 이주 기회를 허용하는 일은 증가하지 않았다. 오히려 그 반대였다.

독일에 남은 유대인들이 도주만이 살 길임을 불현듯 깨달았을 때, 모든 문이 점차 닫혔다. 유대인이 프랑스나 영국, 스위스 같은 유럽 국가로 합법적으로 이주하는 일은 거의 불가능해졌다. 미국이나 남아메리카 국가들의 비자도—도주에 필요한 엄청난 비용은 별도로 하더라도—거의 얻기 힘들었다. 주인공 오토 질버만은 바로 이런 절망적 상황에 처해 있다. 울리히 보슈비츠는 소설 주인공을 통해 독일에 거주하는 수많은 유대인의 상황만 보여주는 게 아니라, 자신의 운명과 가족 이야기 일부도 필사적으로 묘사한다.

오토 질버만은 베를린에 사는 부유한 사업가로, 유대인 출신이지만 독일 정서를 지니고 있다. 제1차 세계대전에 군인으로 참전했으며 철십자훈장을 받은 그는 나치가 정권을 잡기 전까지 베를린에서 존경받는 시민사회 일원이었다. 1915년 아들이 태어나기 몇 주 전 사망한 울리히 보슈비츠의 아버지도 부유한 사업가였다. 1933년부터 가족의 운명을 뒤흔든 '유대인'이라는 사실은 그 전까지는 아무 의미도 없었고, 그는 기독교로 개종하기까지 했다. 그에 따라 울리히와 그의 누이 클라리사도 개신교 환경에서 자랐다. 화가인 어머니 마르타 볼가스트 보슈비츠의 가문에는 상원의원과 걸출한 신학자를 다수 배출한 뤼베크의 플리트 집안도 있었다. 그러므로 울리히와 클라리사 보슈비츠가 경험한 독단적 유대인 배제와 낙인, 점점 심해지는 박해는 이들에게 지극히 충격적이었다.

국가사회주의자들이 정권을 장악한 후 클라리사 보슈비츠는 의식적으로 자신의 유대인 뿌리로 향했고, 1933년 야간열차로 베를린에서 스위스로 도주하여 시오니즘에 참가했다. 클라리사는 팔레스타인으로 이주하여 처음에는 키부츠에 살았고, 울리히와 어머니는 1935년까지 독일에 남았다. 뉘른베르크 인종법이 발표된 직후 그들은 독일을 떠나 스웨덴으로 이주했고, 다음 해에는 오슬로로 갔다. 울리히 보슈비츠는 그곳에서 첫 번째 소설《삶의 옆에 있는 사람들》을 쓰고, 얼마 후인 1937년 여름 욘 그라네라는 필명으로 본니에르에서 스웨덴어로 출간했다. 스웨덴 언론은 이 저서에 열광적 반응을 보였다.

책이 거둔 성과 덕분에 그는 파리로 가서 소르본 대학에서 몇 학기 공부했다. 파리에 사는 오토 질버만의 아들이 아버지와 아리아인 어머니의 체류 허가증을 받으려고 필사적으로 애쓴 것처럼. 이 시도가 실패하자 오토 질버만은 밀입국하다 벨기에 국경 경찰에게 체포된다. 이 장면 역시 저자의 경험으로 보인다. 로이엘라 샤하프는 울리히 보슈비츠가 파리에 체류할 때와 이후 브뤼셀과 룩셈부르크에 머물 때, 룩셈부르크 국경에서 세관 직원에게 잡힌 이야기를 집안사람들이 한 적이 있다고 기억한다.

그러므로 이 소설의 많은 부분은 자서전 또는 가족 전기 성격을 띤다. 11월 포그롬 소식을 들은 울리히 보슈비츠에게 오토 질버만이 처한 자포자기와 절망이 전해진 걸까? 그는 사건 직후 마치 열에 취한 듯 겨우 사 주 만에 《여행자》를 썼다. 이 소설은 1939년 영국의 해미시 해밀턴 출판사에서 《기차를 탄 남자(The man who took trains)》라는 제목으로, 1940년에는 미국의 하퍼 출판사에서 《도망자(The Fugitive)》라는 제목으로 출간됐다. 울리히 보슈비츠는 무력감에 저항하고, 독일과 오스트리아에서 벌어진 범죄와 세상이 이 범죄에 보인 충격적인 무관심 또는 수동적 태도를 문학적 증거로 남기고자 글을 쓴 듯하다.

주인공 오토 질버만은 이름 없는 희생자들에게 형태를 부여한다. 그러나 그의 내부에는 울리히 보슈비츠의 상심도 반영되어 있다. 오토 질버만은 특별히 호감 가는 인물이 아니고—그는 같은 운명에 처한 유대인들을 경멸하기도 한다—그가 의미 없는 도주 중에 만난 독일인이 모두 사악한 사람도 아니다. 그는 독일 사회의 여러 전형을 만난다. 능동적으로 범죄를 저지르는 사람, 단순 가담자, 겁에 질려 못 본 척하는 사람, 강력한 감정이입 능력으로 도움을 주는 용감한 사람 등이다. 이는 여전히 소속감을 느끼는 나라와 인간을 향한 그의 시선을 보여준다.

그의 유품에는 1936년에 지은 풍자적이고 통렬한 시도 몇 편 있다. 예를 들면 이런 구절도 보인다. "독일적인 독일인들이 있는 한 독일은 다시 해방될 것이다." 울리히 보슈비츠는 당시까지도 이 희망을 놓지 않았으나, 이와 다른 독일인도 묘사한다. 〈우직한 남자들의 모임(Der Verein der Biedermänner)〉이라는 시 첫째 연이다.

신실한 눈, 신실한 손,
널찍한 가슴과 이중 턱
벽처럼 뻣뻣한 부동자세
독일식으로 통일된 당신들의 정신……

다른 시 한 편은 요제프 괴벨스에게 바친 것이다. 〈요제프의 전설(Josephslegende)〉 마지막은 다음과 같다.

요제프는 실업자,
삼류 소극장 편집자였지
지금은 엄청난 변신
대부호라네

불구인 그의 정신은
국가 엘리트를 잉태하지

전설은 역사가 되었네
축복은 힘든 일이었다네

이 모두는 저항감을 표현하려는 분노에 찬 시도들이다. 그는 자신에게 용기를 북돋우는 연도 빼놓지 않는다.

희망이 있는 자만 살아남지
앞을 더는 못 보는 자는
떠나기 전에 이미
정신을 포기한 것

이때 그는 혼자 파리에 앉아 다가오는 대재앙을 필사적으로 서술하는 21세 젊은이였다. 삶과 죽음 두 가지 가능성이 똑같다는 걸 그도 잘 알았다. 그러나 막이 내리기 전 그는 몇몇 끔찍하고 부조리한 운명의 전환점을 맞는다.

1939년 제2차 세계대전이 발발하기 직전 울리히 보슈비츠는 어머니를 따라 영국으로 망명했다. 나치 정권을 피해 망명한 거의 모든 독일인과 마찬가지로 그의 어머니와 그 역시 수용소에 격리됐다. 맨 섬에만 2만 5천 명이 감금됐다. 1940년 7월 울리히 보슈비츠는 예전에 군 수송선이었던 듀네라 호를 타고 오스트레일리아 포로수용소로 이송됐다. 유대인과 정치적 망명자뿐 아니라 독일과 이탈리아 전쟁포로까지 탄 배는 재난 상황이었다. 절망적일 만큼 꽉 찼고, 점령군은 승객들을 학대하고 약탈했다. 57일간의 항해는 고문이 되고, 수치스러운 영국 역사로 기록된다. 영화 제목이기도 한 '듀네라 청년들' 중에는 유대인 지식인도 많았다. 울리히 보슈비츠와 함께 수감된 동료는 로이엘라 샤하프에게 보낸 편지에 수용소 생활을 서술했는데, 문화가 중요한 역할을 했다고 한다.

1942년부터 수감자 가운데 일부는 다시 자유를 얻었다. 특히 영국군에 입대하여 나치 독일에 맞서 싸우려는 사람들이 먼저 풀려났다. 울리히 보슈비츠는 전쟁과 오랜 항해에 대한 두려움 때문인지 오랫동안 망설이는데, 어쩌면 알려지지 않은 다른 이유가 있었을 수도 있다. 그는 쉴 새

없이 쓰고, 죽는 것보다 마지막 원고를 잃는 게 더 두렵다고 동료 수감자에게 털어놓았다.

울리히 보슈비츠는 1942년 10월에 사망했으며 원고는 사라졌다. 그러나 이제 독일어권에서 독일 역사의 어두운 면을 당대에 묘사한 초기 문학적 증거로 이 저자와 그의 소설《여행자》를 발견했다. 감동적이고 놀라울 만큼 명철하며 상세한 관찰이 담긴 이 소설은 인간성을 위한 변론이다. 뿐만 아니라 휴머니즘의 이상에 헌신할 의무를 느꼈던 '독일적인 독일인', 조부모와 증조부모 세대를 위한 것이기도 하며, 이제는 그 후손들도 이 소설을 접할 수 있게 되었다.

이 책을 전후 독일 출판사에 입고하려는 시도가 없지는 않았다. 피셔 출판사가 거절했다는 말이 전해진다. 원래 원고와 그 외 다른 서류와 함께 독일 망명 기록 문서실에 보관된 편지에 따르면, 이 소설 출간을 위해 노력한 사람은 바로 소설가 하인리히 뵐이었다. 뵐은 자신의 두 번째 책인《열차는 정확했다》를 1949년에 출간한 미델하우베 출판사 편집자에게《여행자》를 추천했다. 그의 저서에는 다음과 같은 문장이 쓰여 있다. "누군가 너 때문에 굴욕을 느끼게 그냥 내버려둬서는 안 된다." 하인리히 뵐은 전후 독일에서 인도적 사회를 위해, 망각에 대항하여 열정적으로 싸운 사람 가운데 한 명이었다. 그러나 그의 추천도 출간으로 이어지지는 못했다. 이 소설이 출간되기까지는 수십 년이 더 걸렸다. 나에게 이 책의 흔적을 찾게 하고, 이와 같은 형태로 출간하게 신뢰를 준 로이엘라 샤하프에게 감사를 전한다.

원고를 편집하면서 나는 초안에 큰 존경을 표하며 작가의 의도에 맞게 작업했다고 확신한다. 이 판단이 착각이 아니기를, 부디 울리히 보슈비츠 소설이 지닌 감동적 특성이 잘 드러나는 형태로 독자에게 전해졌기를 빈다.

2017년

페터 그라프

모던&클래식

modern & classic

시골 생활 풍경 | 아모스 오즈 | 최정수

침묵하지 않는 작가, 아모스 오즈가 그려낸 쓸쓸한 이상향

고양이에 대하여 | 도리스 레싱 | 김승욱

현대사회의 모순에 천착한 작가 도리스 레싱, 그 곁에 머문 고양이들의 이야기

부끄러움 | 아니 에르노 | 이재룡

가장 '아니 에르노'다운 글쓰기, 자신의 삶을 지배한 원체험에 대한 고요한 응시

디 아워스 | 마이클 커닝햄 | 정명진

버지니아 울프에 대한 경의를 담은, 위험하면서도 아름다운 세기말 풍경

동물농장 | 조지 오웰 | 김욱동

최고의 정치적 우화이자 단 한 번도 절판된 적 없는 고전 중의 고전!

미국의 송어낚시 | 리처드 브라우티건 | 김성곤

절제된 언어, 감각적인 문장, 날카로운 풍자와 해학! 포스트모더니즘 문학의 시작이자 정수!

비행공포 | 에리카 종 | 이진

여자는 얼마나 자유로워질 수 있는가? 격렬한 페미니즘 논쟁을 부른 문제작!

붉은 망아지 · 불만의 겨울 | 존 스타인벡 | 이진, 이성은

노벨문학상 수상에 빛나는 존 스타인벡의 뜨거운 문학적 성취

녹색 고전: 한국편 | 김욱동

《삼국유사》의 평등사상부터 〈호질〉의 꾸짖음까지, 고전은 초록이다!

이런 이야기 | 알레산드로 바리코 | 이세욱

표현할 수 없고 이루어지지 않으며 반드시 어긋나는 것, 사랑!

그림자밟기 | 루이스 어드리크 | 이원경

퓰리처가 주목하는 작가 루이스 어드리크의 슬프도록 아름다운 자전적 풍경

세대를 초월하여 사랑받는 고전부터 현대의 문제작까지,
유려한 번역으로 만나는 문학의 정수!

비채의 모던&클래식 시리즈는 계속됩니다.

눈 이야기 | 조르주 바타유 | 이재형

에로티슴의 거장 조르주 바타유의 첫 번째 자전적 소설!

완벽한 캘리포니아의 하루 | 리처드 브라우티건 | 김성곤

구체적이면서도 신비롭고 시적이다! 〈잔디의 복수〉 등 산문 62편의 향연

스톤 다이어리 | 캐롤 실즈 | 한기찬

엄정한 지성과 풍요로운 상상력이 빛나는 1995년 퓰리처상 수상작!

푸줏간 소년 | 패트릭 맥케이브 | 김승욱

아일랜드의 소나기처럼 음습하고 눅진한 분위기! 영화 〈푸줏간 소년〉 원작소설

녹색고전: 동양편 | 김욱동

인도에서 중국, 일본까지 동양고전에서 배우는 선조들의 지혜!

녹색고전: 서양편 | 김욱동

환경을 도외시한 현대인에게 의식의 전환을, 논술을 준비하는 청소년에게 사유의 확장을!

하루하루가 작별의 나날 | 알랭 레몽 | 김화영

찬란했던 청춘과 방황, 그리고 아름답고도 고독한 생의 의미!

블러드차일드 | 옥타비아 버틀러 | 이수현

SF계의 '그랜드 데임' 옥타비아 버틀러가 창조한 일곱 빛깔 세계!

킨 | 옥타비아 버틀러 | 이수현

젠더, 인간, 인종의 딜레마… 200년 SF역사의 가장 뚜렷한 발자국!

임신중절_어떤 역사 로맨스 | 리처드 브라우티건 | 김성곤

조금 서툰 남녀의 순수하고 엉뚱한 연애 이야기!

열세 번째 이야기 | 다이안 세터필드 | 이진

19세기 영국의 조용한 시골마을, 화염이 삼켜버린 암울한 대저택의 비밀

여행자

1판 1쇄 발행 2021년 3월 8일 **1판 3쇄 발행** 2023년 8월 1일

지은이 울리히 알렉산더 보슈비츠
옮긴이 전은경
펴낸이 고세규
편집 박규민 **디자인** 정윤수
마케팅 백미숙 **홍보** 이혜진

발행처 김영사
주소 경기도 파주시 문발로 197(문발동) 우편번호10881
등록 1979년 5월 17일(제406-2003-036호)
구입 문의 전화 031)955-3100 **팩스** 031)955-3111
편집부 전화 02)3668-3290 **팩스** 02)745-4827 **전자우편** literature@gimmyoung.com
비채 블로그 blog.naver.com/viche_books
인스타그램 @drviche **트위터** @vichebook
ISBN 978-89-349-9194-6 04850 책값은 뒤표지에 있습니다.

비채는 김영사의 문학 브랜드입니다.